Diogenes Taschenbuch 21644

Hans Werner Kettenbach
Sterbetage
Roman

Diogenes

Die Erstausgabe erschien 1986
im Diogenes Verlag
Umschlagillustration: Henri Matisse,
›La Leçon de Peinture‹, 1919 (Ausschnitt)

Veröffentlicht als Diogenes Taschenbuch, 1988
Alle Rechte vorbehalten
Copyright © 1986
Diogenes Verlag AG Zürich
100/96/8/4
ISBN 3 257 21644 0

I

Kamp wacht auf gegen zwei in der Nacht. Nichts Beunruhigendes, nur das Übliche. Der Schlaf ist von ihm gewichen, lautlos, von einer Sekunde zur anderen. Vielleicht war es ein böser Traum, was ihn vertrieben hat. Aber Kamp weiß sich auch dieses Mal nicht zu erinnern. Der Schlaf hat nichts zurückgelassen.

Kamp lauscht. Das Hochhaus ist still. Er hat einmal ausgerechnet, daß es mindestens einhundertfünfzig lebende Menschen sein müssen, die in diesem Wabenbau sich jede Nacht zur Ruhe betten. Wo zwei beieinander schlafen, kann einer, wenn er erwacht, des anderen Atemzüge hören. Aber bis in Kamps Wabe dringt kein Laut. Die Aufzüge hängen regungslos in ihren finsteren Schächten. Es muß schon endlos lange her sein, daß die letzte Wohnungstür zugeschlagen ist, der Riegel des Sicherheitsschlosses ist eingeschnappt, ein Geräusch wie ein Schuß, der auf den Korridoren verhallt.

Vielleicht wird ein Zug die Brücke überqueren. Um diese Zeit sind die Güterzüge unterwegs. Stünde Kamp auf und sähe er aus dem Fenster, dann könnte er den nächsten vielleicht schon entdecken, die Stirnlampen der Lokomotiven ziehen ihre Bahn quer durch die stillen Lichter der Stadt. Aus der Höhe von Kamps Balkon ist das Rollen und Schlagen der schwarzen Räder nicht zu hören, aber sobald sie auf die Brücke fahren, rührt sich das Gitterwerk der Bögen, es dröhnt und singt. Kamp kann es hören wie einen Orgelton von weither.

Kamp hebt den Kopf. Als der Orgelton einsetzt, steht er auf. Er will nicht warten, bis die Brücke wieder verstummt, die Stille sich wieder auf seine Ohren legt und ihn bei lebendigem Leibe begräbt. Er tritt an die Balkontür, die scharfe Januarluft beißt seine Haut.

Gut drei Stunden wird es noch dauern, bis unten auf den Parkplätzen eine Autotür zugeschlagen wird und der erste Motor zu näseln beginnt. Vier Stunden, bis die Zeitung im Briefkasten liegt. Kamp reibt sich die Brust und die Arme. Dann zieht er sich an.

Er verstaut den Wollschal fest im Mantel, setzt die Pelzmütze auf und streift die gefütterten Handschuhe über. Bevor er die Wohnungstür schließt, nimmt er den Handschuh der Rechten wieder ab, er zieht die Tür behutsam ins Schloß, und den Schlüssel hält er ganz fest, während er ihn umdreht, der Riegel soll nicht lärmen.

Ist es nur Rücksicht auf den Schlaf der anderen? Die Frage belästigt ihn wieder, im Aufzug denkt Kamp darüber nach. Er senkt den Kopf, betrachtet die Spitzen seiner Schuhe. Und wieder erinnert er sich, daß er das früher jeden Morgen getan hat, wenn er hinunterfuhr. Er wußte, daß seine Schuhe blank waren, aber er konnte es nicht lassen, sich im Aufzug dessen noch einmal zu vergewissern. Lächerlich.

Und was ist das jetzt?

Er weiß, daß es ihm unangenehm wäre, einem seiner Hausgenossen zu begegnen, auch wenn er ihn nicht einmal flüchtig kennte. Selbst einem Betrunkenen würde Kamp jetzt nicht gern begegnen. Es ist nichts Ungewöhnliches, es ist jedenfalls erklärlich, wenn ein Mensch nachts um zwei betrunken nach Hause kommt. Aber warum sollte ein Mensch nachts um zwei seine Wohnung verlassen? Ist es normal, um diese Zeit spazierenzugehen?

Was für ein Mensch muß das sein, der in der Schlafenszeit spazierengeht, in einer bitterkalten Nacht?

Niemand begegnet Kamp. Er tritt hinaus, legt eine Hand gegen die Haustür und läßt sie langsam ins Schloß gleiten. Bevor er die Außentreppe hinuntergeht, sieht er sich um. Er zieht die Luft ein. Es riecht nach Schnee. Er geht die Treppe hinunter, zählt automatisch die Stufen, die sieben Schritte bis nach unten. Dann geht er in Richtung des Friedhofs, den Schotterweg am Spielplatz vorbei. Die Lichtkreise der Laternen kommen ihm vor wie Inseln, und jedesmal, wenn er eine der Inseln hinter sich läßt, muß er die schwarze Nacht durchqueren, die aus den Büschen fließt.

Schnee wäre schön. Schneefall, Flocken, die wie ein endlos sinkender Schleier die alte Welt verhüllen und über Nacht ihr ein neues, sanftes Gesicht verleihen. Den ganzen vergangenen Winter hat es nicht geschneit. Kamp hat Woche um Woche darauf gewartet, aber die Veränderung wollte sich nicht einstellen, die Welt war jeden Morgen genau so nackt und grau wie am Tag zuvor.

Tiefer Schnee, und die Welt ist nicht wiederzuerkennen. Als Kamp Schritte hinter sich hört, hat er Mühe, sich zurechtzufinden, einen Augenblick lang wundert es ihn tatsächlich, daß die Schritte nicht gedämpft und knirschend klingen, sondern spitz und hart auf den Schotter des Weges stoßen. Er wendet den Kopf und sieht auf der zurückliegenden Insel eine schnell sich nähernde Gestalt. Es könnte eine Frau sein. Er blickt wieder nach vorn.

Die Schritte werden schneller, sie überholen ihn. Kamp wirft einen Blick zur Seite. Eine sehr junge Frau, ein Mädchen eher noch, sie sieht starr geradeaus, legt, als sie Kamp passiert, ein paar Laufschritte ein, die Haare wehen. Sie trägt keinen Mantel, nur eine kurze Jacke, eine enganliegende, dünne weiße Hose, Stiefeletten.

Kamp geht langsamer. Er will ihr nicht Angst einjagen. Es sieht so aus, als hätte sie schon Angst. Was tut sie um diese Zeit auf diesem Weg? Der Weg führt zum Friedhof.

Kamp bleibt stehen. Er überlegt, wieviel Vorsprung er ihr lassen soll, als er sieht, daß das Mädchen den Schritt verlangsamt. Sie überquert die nächste Insel, bleibt im Halbdunkel dahinter stehen. Dann setzt sie sich auf die Bank zwischen den Büschen. Kamp erkennt die Beine in der weißen Hose. Sie schlägt die Beine übereinander.

Ein Strichmädchen. Der Gedanke übt einen jähen Reiz auf ihn aus, er starrt auf das schwärzliche Gestrüpp zu seiner Seite, und ihm ist, als sähe er satte Farben daraus hervorbrechen, die ineinander verlaufen, ein feuchtes Rot quillt über und breitet sich aus. Kamp streicht sich über die Augen. Er ruft sich zur Ordnung. Er wendet sich ab und geht zurück.

Am Fuß der sieben Stufen bleibt er stehen. Er ist mit sich unzufrieden. Warum sollte ein Strichmädchen ihn davon abhalten, seinen Weg zu gehen, am Friedhof vorbei, Grabsteine hinter der Hecke, danach die schmale Straße hinunter zum Fluß und das Ufer hinab bis zur Brücke, schwarzes, gurgelndes Wasser am Pfeiler, und weiter, noch weiter?

Er geht ein paar Schritte auf und ab. Wäre sie ein Strichmädchen, dann hätte sie ihn angesprochen. Sie hätte ihn wenigstens angesehen, im Vorübergehen angelächelt. Sie wäre langsamer gegangen. Aber sie ist an ihm vorbeigelaufen, als hätte sie Angst.

Kamp macht sich wieder auf den Weg zum Friedhof. Der Gedanke beunruhigt ihn, daß sie verschwunden sein könnte, die Nacht hat sie verschluckt, was mag aus ihr geworden sein? Er geht ein wenig schneller.

Schon von weitem sieht er die Beine in der weißen Hose. Sie sitzt noch immer auf der Bank. Sie wird sich den Tod holen. Ein rötlicher Lichtpunkt glüht auf. Sie raucht.

Kamp wartet darauf, daß sie ihn ansieht, während er sich der Bank nähert. Er wird sie anlächeln, aber keinen Zweifel daran lassen, daß er seines Weges gehen will, ein flüchtiges Nicken vielleicht, das Lächeln, um ihr klarzumachen, daß sie von ihm nichts zu befürchten hat.

Aber sie sieht ihn nicht an. Sie sieht starr geradeaus, zieht an ihrer Zigarette, nimmt keine Notiz von ihm. So hat es Kamp schon ein paar Schritte an der Bank vorübergetrieben, als er sich überwindet und stehenbleibt. Er wendet sich zurück und sagt: »Entschuldigen Sie, es geht mich nichts an. Aber Sie sollten da nicht sitzen bleiben. Es ist wirklich zu kalt.«

Sie zieht an ihrer Zigarette.

Kamp sagt: »Sie werden sich den Tod holen.«

Sie sagt, ohne ihn anzusehen: »Das ist doch mein Problem, oder?«

»Natürlich ist das Ihr Problem. Aber was hat das für einen Sinn, wenn Sie sich hier den Tod holen?«

Sie läßt den Zigarettenstummel fallen, setzt die Sohle darauf und dreht sie, verschränkt die Arme und sagt: »Hau ab.«

Kamp will in einem Anflug von Zorn sich abwenden und weitergehen, als er die Tränenspuren auf ihren Wangen erkennt, sie schimmern auf, als sie sich mit verschränkten Armen zurücklehnt. Kamp zögert. Dann sagt er: »Kann ich irgendetwas für Sie tun?«

Sie sieht ihn an. »Bist du schwerhörig, Opa? Ich hab gesagt, du sollst abhauen.«

Kamp sieht sie schweigend an.

Sie sagt: »Du glaubst doch wohl nicht, daß du mich auf eine so blöde Tour anmachen kannst. Hau ab und geh zu deiner Else.« Sie wirft den Kopf zur Seite, die Haare wehen.

Kamp wendet sich ab und geht. Als er die Friedhofsecke erreicht, hört er hinter sich die spitzen, harten Schritte, sie läuft hinter ihm her. Er geht weiter. Sie holt ihn ein, paßt sich seinem Schritt an, geht neben ihm, ohne ihn anzusehen. Nach einer Weile sagt sie, ihr Atem geht schnell: »Entschuldigen Sie, ich hab's nicht so gemeint.« Sie hebt das Gesicht, sieht ihn an: »Können Sie mir sagen, wie ich zur Straßenbahn komme?«

»Das geht hier lang. Ich werd's Ihnen zeigen.« Er geht noch ein paar Schritte, bleibt dann stehen und hält seine Uhr vor die Augen. »Aber um diese Zeit bekommen Sie keine

Straßenbahn. Ich weiß nicht, wann die erste geht. Jedenfalls nicht vor zwei Stunden.«

Sie sieht die düstere Friedhofshecke entlang. »Scheiße.«

»Das hilft Ihnen auch nicht. Sie frieren doch jetzt schon wie ein Schneider.«

Sie verschränkt die Arme, nickt: »Saumäßig.«

Kamp schüttelt den Kopf. Dann sagt er: »Vielleicht haben Sie Glück und erwischen ein Taxi. Der Taxistand ist gleich neben der Haltestelle. Ich kann Sie hinbringen, wenn Sie wollen.«

Sie nickt, ohne ihn anzusehen. »Ja.« Aus der Jackentasche zieht sie ein Taschentuch, sie wischt die feuchten Spuren von den Wangen, schneuzt sich laut, wischt unter den Augen her und noch einmal über die Wangen bis hinab zum Kinn. Sie verstaut das Taschentuch wieder. »Aber ich hab kein Geld dabei. Hab keins eingesteckt.«

»Ach so.« Kamp weiß, daß er unausweichlich in Verlegenheit geraten wird, schon steigt die Scham in ihm auf, er will sie nicht wahrhaben, schaut auf zum schwarzen Himmel, spürt eine Schneeflocke auf seinem Gesicht, sieht die nächsten heruntersinken. »Jetzt fängt es auch noch an zu schneien.«

Sie legt den Kopf in den Nacken. »Tatsächlich.« Dann sieht sie ihn an. »Ich weiß nicht. Ich hab mich ja bei Ihnen bestimmt nicht beliebt gemacht. Aber könnten Sie mir vielleicht was leihen? Zehn Mark würden langen, glaube ich. Für das Taxi.«

Kamp will etwas sagen, aber er bringt es nicht heraus, er räuspert sich heftig.

Sie sagt: »Ich geb Ihnen meine Adresse, und Sie geben mir Ihre Adresse, ich schick's Ihnen morgen zurück. Oder bringe es vorbei. Sie können sich darauf verlassen.«

»Das brauchen Sie nicht zu sagen, ich glaub Ihnen.« Kamp muß sich noch einmal räuspern. »Aber ich hab auch nicht so viel dabei.« Seine Stimme verliert sich in einem Murmeln: »Ich will gern einmal nachsehen«, er knöpft den Mantel auf, schlägt ihn zurück und zieht das Portemonnaie aus der Hosentasche. Er geht ein paar Schritte bis unter die nächste Laterne, öffnet das Portemonnaie und schiebt mit einem Finger die Münzen hin und her. »Nein, das reicht nicht.« Er hält ihr das Portemonnaie entgegen, versucht zu lachen. »Sieben Mark und ein paar Groschen. Es tut mir leid.«

Sie kommt langsam heran, mit verschränkten Armen, leicht vornübergebeugt, sie streckt die Knie nicht beim Gehen. Sie schüttelt den Kopf. »Macht doch nichts. War auch eine ziemlich blöde Frage.«

»Ach was. Das ist schon in Ordnung. Ist doch selbstverständlich. Ich hätte Ihnen ja gern geholfen.« Er könnte den Fall damit auf sich beruhen lassen, was geht ihn dieses Mädchen an, vorhin noch hat sie ihn behandelt wie ein Stück Dreck, so sind sie, diese großmäuligen, rücksichtslosen, egoistischen Kinder. Kamp möchte gern zornig werden, um endlich gehen zu können. Aber er weiß schon, daß er nichts auf sich sitzen lassen wird, nicht den Schatten eines Verdachts, nicht den geringsten Anlaß für einen verächtlichen Gedanken. Er muß auch das noch sagen: »Es ist wirklich dumm, aber ich habe auch zu Hause kein Geld mehr.«

Sie nickt.

Er sagt: »Ich wollte morgen früh zur Sparkasse gehen. Um Geld abzuheben.«

»Klar.« Sie sieht auf zum Himmel. Die Flocken fallen dichter. Hier und da setzt sich eine auf die schulterlangen, dunkelblonden, strähnigen Haare, auf die dunklen Augenbrauen, die Wimpern. Ein kleiner Mund, sie preßt die Lippen fest zusammen, ein rundes Kinn. Kamp glaubt im matten Licht der Laterne zu erkennen, daß es angeklebte Wimpern sind, sie sind sehr lang. Sie fährt mit den Fingerspitzen über die Brauen und den Haaransatz, schüttelt heftig die Haare. »Zeigen Sie mir noch den Weg zur Straßenbahn?«

»Natürlich.« Aber Kamp bleibt stehen. Plötzlich streift er den Handschuh ab, knöpft den Mantel wieder auf. »Jetzt ziehen Sie zuerst mal meinen Mantel über, damit Sie sich wenigstens ein bißchen aufwärmen.«

»Kommt gar nicht in Frage.« Sie geht voraus, bleibt stehen, winkt ihm. »Kommen Sie. Und knöpfen Sie den Mantel zu. Wollen Sie sich auch noch was holen?«

Eine Weile gehen sie stumm nebeneinander. Dann sagt sie: »Wie kommen Sie denn jetzt nach Hause?«

»Ich wohne gleich da hinten.« Er hebt den Daumen über die Schulter: »Da, wo Sie hergekommen sind.«

»Ach da?« Sie sieht ihn an. »Und warum sind Sie mitten in der Nacht unterwegs?« Sie lacht. »Haben Sie Streit mit Ihrer Frau?«

Kamp sagt: »Meine Frau ist tot.« Er räuspert sich. »Ich konnte nicht schlafen.«

»Entschuldigung. Tut mir leid.« Sie schüttelt die Haare. »Ich hab wirklich nicht meinen stärksten Tag.«

»Das war nicht schlimm. Sie brauchen sich nicht zu entschuldigen.« Nach einer Weile sagt er: »Sie ist schon lange tot.«

Noch fünfzig Schritte, sechzig höchstens bis zur Straße hinter dem Friedhof. Bald werden sie den unebenen Gehsteig erreicht haben, festgestampfte Erde unter einer dünnen Lage Splitt, die Körner glitzern im Laternenlicht. Gleich gegenüber, auf der anderen Straßenseite, das Gitter des Schulhofs. Vielleicht tragen die kleinen Backsteinsäulen, die das Gitter halten, schon weiße Mützen, wenn er zurückkommt. Aber er muß gar nicht bis zur Haltestelle mit ihr gehen. Es genügt, wenn er sie bis zur Ecke der Schule bringt, hohe, alte Fenster, schwarz und tot, und ihr den Weg weist, sie kann ihn gar nicht verfehlen, die Querstraße immer geradeaus und an der Ampel links.

Er mag diese Querstraße nicht. Sie ist eng und doch so öde, die nackten Fassaden der Neubauten, dazwischen die unbebauten Grundstücke, einst Gärten, in manchen werden noch immer die Kohlköpfe in Reihen gezogen. Im Herbst, unter dem nassen Himmel, schlägt einem der strenge Geruch in die Nase.

Der Schnee wird die Öde zudecken und begraben.

Noch zwanzig Schritte bis zur Straße, zehn nur noch. Die Flocken stieben schon im Lichtkreis der Laterne über dem Schulhof.

Kamp bleibt stehen. Sie geht noch ein paar Schritte, bleibt stehen, sieht ihn fragend an.

Kamp sagt: »Ich weiß nicht, ob Sie das wollen, aber...«

»Was denn?«

»Sie könnten mit zu mir kommen. Und warten, bis die erste Straßenbahn fährt.«

Sie schüttelt den Kopf. »Nein. Das möchte ich nicht.«

»Sie werden sich wirklich den Tod holen. In einer halben Stunde ist alles zugeschneit.«

Sie wendet sich ab und geht weiter. »Ich hab doch gesagt, daß ich nicht möchte.«

Er schließt zu ihr auf. Er geht mit ihr über den glitzernden Gehsteig, überquert mit ihr die Straße und führt sie am Gitter der Schule vorbei. An der Ecke bleibt er stehen. Er weist die Querstraße hinunter, noch ist sie schwarz und naß. »Sie müssen immer geradeaus gehen, dann kommt eine Ampel, da biegen Sie nach links ab. Und dann können Sie die Haltestelle schon sehen. Es ist nicht sehr weit.«

Sie nickt, sieht die Straße hinunter. Sie streicht die nassen Haare zurück. Kamp sagt: »Also, kommen Sie gut nach Hause.« Sie nagt an der Unterlippe. Dann sieht sie ihn an und sagt: »Vielleicht gehe ich doch besser mit Ihnen.«

Kamp atmet schwer auf, hebt den Blick zum Himmel. Er möchte ihr am liebsten sagen, daß sie sich nicht jede Minute etwas anderes einfallen lassen kann und daß er es jetzt leid ist und sie sehen soll, wo sie bleibt. Er hat sich schon erleichtert gefühlt. Es hat ihn zwar geärgert, daß sie sein Angebot ausgeschlagen hat, als sei es eine Zumutung, aber die Aussicht, sie loszuwerden und sich sagen zu können, sie habe es nicht anders gewollt, hat ihn zugleich erleichtert. Nun bedrückt ihn die Ahnung, daß er sich auf eine Situation eingelassen hat, die Verwicklungen hervorbringen und ihm zu schaffen machen wird. Kamp ist zornig, auf dieses Mädchen und auf sich selbst.

Sie sagt: »Mir ist wirklich unheimlich kalt.«

Kamp erwidert barsch: »Also los, kommen Sie.« Er kehrt um und schlägt einen weit ausgreifenden Schritt an, sie muß immer wieder ein paar Laufschritte einlegen, um gleichauf zu bleiben. Auf dem ganzen Rückweg sprechen sie kein Wort. Kamp streicht ab und zu die Flocken von den Wimpern und vom Schnurrbart. Sie löst die Arme nicht, läuft mit verschränkten Armen neben ihm her.

Als Kamp die Haustür aufschließt, schreckt ihn die Vorstellung, daß die Türen eines Aufzugs auseinanderfahren und einer der Hausgenossen herauskommt, er macht ihnen stumm, mit einem neugierigen Blick den Weg frei und sieht ihnen nach. Die dünne weiße Hose wird ihr am Hinterteil kleben, wahrscheinlich kann man im hellen Licht der Vorhalle den Slip darunter erkennen.

Im Aufzug schaudert sie heftig zusammen. Sie hebt den Kopf, die nassen Haare hängen ihr strähnig über die Wangen. Sie lächelt ihn an: »Ich muß schlimm aussehen.« Ihre Zähne schlagen aufeinander. Kamp schüttelt den Kopf. Um die Augen und neben der Nase hat sie schwarze Flecke, es sind die Reste des Lidschattens, durch die Tränen verschmiert.

Als Kamp die Wohnungstür aufschließt, sagt sie: »Wie hoch sind wir denn hier?«

»Neunzehnte Etage. Rund fünfzig Meter.«

»Du meine Güte. Ist Ihnen das nicht unheimlich?«

»Nein. Warum?« Er nimmt ihr die Jacke ab. Darunter trägt sie einen dünnen Pullover mit kurzen Ärmeln. »Wie können Sie nur mit solchen Sachen rausgehen?«

»Ich bin mit dem Auto abgeholt worden.« Sie hebt einen

Fuß, hält ein. »Darf ich die Stiefel ausziehen? Ich werd Ihnen sonst den Teppich versauen.«

Kamp zeigt ihr die Toilette und die Küche. »Haben Sie Hunger?« Sie schüttelt den Kopf. Er führt sie ins Wohnzimmer. »Ins Bad geht es durch mein Schlafzimmer.« Er weist auf die Tür, tut auch einen Schritt darauf zu, bleibt dann aber stehen. Der Gedanke fällt ihm schwer, daß dieses Mädchen sein Schlafzimmer und sein Bad betreten soll.

Sie steht auf Strümpfen vor ihm, reibt sich die Oberarme. »Wenn Sie vielleicht nur ein Handtuch hätten. Dann könnte ich mir die Haare trocken reiben.« Sie gräbt die Finger in die Arme, aber es nutzt nichts, sie zittert.

»Natürlich.« Kamp geht zur Schlafzimmertür. In der Tür bleibt er stehen, wendet sich um. Sie sieht ihn an. Er sagt: »Sie können auch baden, wenn Sie wollen.«

Sie schüttelt stumm den Kopf, reibt sich mit hochgezogenen Schultern die Arme.

»Das wäre aber vielleicht ganz gut. Dann kommt das Blut wieder in Bewegung.«

Sie bekommt die Zähne kaum auseinander, als sie sagt: »Nein. Ich möchte nicht.«

»Wie Sie wollen.«

Als Kamp sich abwendet, sagt sie: »Vielleicht könnte ich duschen.«

Kamp legt die Hand an den Türrahmen, schnauft, schüttelt den Kopf. »Sagen Sie immer erst das Gegenteil von dem, was Sie wollen?«

Ihre Zähne schlagen einmal heftig aufeinander. Dann bringt sie heraus: »Ich kann's auch lassen. Muß ja nicht sein.«

»Ich hab's Ihnen doch angeboten, Herrgott noch mal. Also los, kommen Sie.«

Sie folgt ihm auf ihren dünnen Strümpfen. Kamp macht im Schlafzimmer kein Licht, er schaltet die Lampe im Bad ein, läßt die Tür halb offen stehen, während er im Wäscheschrank sucht. Er bringt ihr zwei Handtücher und einen seiner

Schlafanzüge. Sie löst eine Hand vom Arm und weist auf den Schlafanzug: »Was soll ich denn damit?«

»Anziehen. Oder wollen Sie sich in Ihren Sachen hinlegen?«

»Ich will mich überhaupt nicht hinlegen. Ich kann im Sitzen warten.«

Kamp starrt sie an. Er holt Atem. Dann sagt er: »Ich werde Ihnen jetzt auf dem Sofa im Wohnzimmer ein Bett machen. Und dann können Sie sich hinlegen oder hinsetzen oder meinetwegen auch im Stehen warten. Und wenn Sie wollen, können Sie auch gleich wieder gehen.«

Er zieht die Tür heftig zu, wendet sich ab, hält ein, kehrt um. Er klopft an die Tür. Eine dünne Stimme sagt: »Ja?«

»Wenn Ihnen der Schlafanzug nicht reicht, können Sie den Bademantel drüberziehen. Er hängt am Haken hinter der Tür.«

»Danke.«

Kamp versucht, seine Gedanken zu ordnen, während er das Laken zwischen die Polster des Sofas stopft und glattstreicht. Er möchte einen Plan entwerfen, nach dem sich diese Geschichte reibungslos und möglichst schnell abwickeln läßt, er hat sich nun einmal darauf eingelassen, das ist nicht mehr zu ändern, aber sie soll nicht länger dauern als unbedingt nötig.

Der Anblick des Kopfkissens, des Federbetts auf dem Sofa stört seinen Gedankengang. Der Anblick erinnert ihn, Kamp widersetzt sich vergeblich, an die Zeit, als seine Schwägerin hin und wieder zu Besuch kam, sie war noch nicht vierzig, als sie Witwe wurde, die Wochenenden allein zu Hause fielen ihr schwer. Hast du was dagegen, wenn Gerda am Samstag noch mal kommt? Was soll ich denn dagegen haben, frag doch nicht so.

Der fremde Geruch im Wohnzimmer, süßlich-herb, nicht viel mehr als ein Hauch, aber unverwechselbar, wenn er sonntags morgens in die Küche ging, leise. Das Wohnzimmer noch im Halbdunkel, die Vorhänge geschlossen. Der rotbraune Haarschopf sah unter dem Federbett hervor, ein nackter Fuß, die weiße Wade, und über dem Sessel die Strumpfhose, der Büstenhalter. Nur ein vager Geruch.

»Heinz?« Die Stimme aus dem Bad, verhängt vom dumpfen Sprudeln des Badewassers.

Er war zur Tür gegangen, hatte sie einen Spalt geöffnet, warme Dampfschwaden. »Ja?«

»Weck doch Gerda, sie soll dir beim Frühstück helfen. Sie hat lange genug geschlafen.«

Er hatte die Tür des Badezimmers geschlossen. Er hatte die Tür des Schlafzimmers hinter sich zugezogen. Das Federbett auf dem Sofa, die Ausdünstung des Schlafes. Warme Haut, wie ungewollt bloßliegend. Der Augenaufschlag, aber ein Lächeln, kein Erschrecken. Ein wohliges Recken, das dünne Nachthemd spannte sich. Die Hand pendelte träge, sie ließ sich wie unabsichtlich zu einer Berührung nieder. Das Bein bewegte sich, es gab noch mehr von seiner Blöße frei. Warme Haut, sie floh die Berührung nicht. Sie nahm sie auf, und dann drängte sie sich ihr entgegen, immer heftiger, das Federbett wurde zurückgestoßen, ein unterdrückter Laut, der weiße Hals bog sich nach hinten, die Finger einer Hand krampften sich um den Mund, sie verschlossen ihn, und dann gerieten die Schultern in Bewegung, sie nahmen den Rhythmus auf, hoben und senkten sich immer schneller, es mußte schnell gehen, schnell, ja, und dann zogen die Schultern sich plötzlich zusammen, verharrten zitternd vier, fünf Sekunden lang, bevor sie breit auseinander fielen.

Das Federbett und das Kopfkissen zusammenlegen, schnell. Das Laken abziehen, hatte es Spuren abbekommen? Ein paar hastige halblaute Worte, ein unterdrücktes, beklommenes Lachen. Die Klinke der Schlafzimmertür behutsam nach unten drücken, die Tür öffnen. Ein Plätschern aus dem Badezimmer. Flüsternd: »Alles in Ordnung.« Und dann laut: »Mach den Kaffee aber nicht zu stark, Gerda!«

Kamp starrt auf das Federbett. Gleich morgen früh wird er den Bettbezug hinunterbringen in die Waschküche, und den Kopfkissenbezug und das Laken. Er hat erst vor zwei Tagen gewaschen, die Maschine wird nicht voll werden. Aber er wird das Zeug gleich morgen früh waschen. Ihm fällt ein, daß er ja auch den Schlafanzug waschen muß, den vor allem. Und die Handtücher natürlich. Er zieht die Brauen zusammen. Das ist wahrscheinlich schon zu viel für eine Maschine.

Aber vielleicht wird sie sich ja tatsächlich gar nicht hinlegen. Kommt raus aus dem Badezimmer in dieser lächerlichen Hose, dem jämmerlichen Pullover, und setzt sich in den Sessel, verschränkt die Arme. Die Aussicht, sich mit ihr unterhalten, zwei oder drei Stunden überbrücken zu müssen, ist Kamp zuwider, aber zugleich beruhigt ihn, daß er dann dieses Mädchen nicht in seinem Wohnzimmer allein lassen muß.

Kamp sieht sich um. Der kleine Schreibtisch ist aufgeräumt, neben dem Telefon steht nur die Schale mit den Bleistiften und Kugelschreibern. Auf der Schreibunterlage liegt noch die Zeitung. Kamp geht zum Wohnzimmerschrank, öffnet die Seitentüren.

Die Flasche mit dem Rotwein, noch verschlossen, die Weinbrandflasche, zu zwei Dritteln voll, er überzeugt sich, indem er die Flasche gegen das Licht hält. Die Ordner mit den Papieren, die Briefmarkensammlung. Die kleine grüne Geldkassette, darin das Sparbuch, sonst nichts, er braucht nicht hineinzusehen. Das Fotoalbum. Er schließt die Schranktüren ab, hält die Schlüssel eine Weile in der Hand, betrachtet sie, steckt sie dann in die Hosentasche.

Um vier, spätestens um halb fünf wird er auf die Uhr sehen und sagen: »Jetzt werden Sie eine Straßenbahn bekommen.« Vielleicht ist sie eingeschlafen, im Sitzen, der Kopf ist auf die Schulter gesunken. Er wird sie leicht an der Schulter berühren, sie wird die Augen aufreißen, wird um sich sehen, ihn aus weit aufgerissenen Augen ansehen. Er wird sagen: »Es tut mir leid, ich wollte Sie nicht erschrecken. Aber jetzt werden Sie eine Straßenbahn bekommen.« Sie wird nicken, aufstehen, hastig die Stiefeletten überstreifen. Er wird ihr in die Jacke helfen.

Kamp lauscht. Er hört gedämpft noch immer das Rauschen der Dusche. Er öffnet die Balkontür und geht hinaus. Hinter der Brüstung hat sich schon ein dünner Streifen von Schnee angesammelt, immer mehr Flocken taumeln über die Brüstung, schweben nieder und setzen sich ab. Zwei, drei Meter jenseits der Brüstung wird der weiße Schleier schon undurchdringlich. Kamp kann die Dächer in der Tiefe nicht mehr erkennen. Die Lichter der Stadt sind erloschen wie hinter einer Nebelwand.

Ihn fröstelt. Er schließt die Tür, bleibt stehen, sieht eine Weile zu Boden. Plötzlich schließt er den Wohnzimmerschrank auf, nimmt die Rotweinflasche heraus und bringt sie in die Küche. Er zieht den Korken, gießt die Hälfte der Flasche in den Blechtopf, zögert, gießt noch etwas nach. Zucker einrühren, nicht zu viel. Ein Stück Zitronenschale. Er darf nicht vergessen, die Zitrone aufzubrauchen. Nelken, es sind noch ein paar im Tütchen, zwei werden genügen, nein, drei. Aber Zimt.

Er hat keine Zimtstangen. Er hat sie beim Einkaufen immer wieder mal gesehen, vage Erinnerungen, früher standen sie im Küchenschrank, aber er hat sie nie gekauft, wozu braucht man sie eigentlich? Zum Glühwein, ja. Er überlegt eine Weile, dann schüttet er aus dem Tütchen gemahlenen Zimt auf den Wein, rührt um, beugt sich über den Topf, um zu sehen, ob der Zimt sich aufgelöst hat.

Als er den dampfenden Wein in die Glaskaraffe gießt, erscheint sie in der Schlafzimmertür, lautlos, auf bloßen Füßen. Die Beine des Schlafanzugs hat sie hochgeschlagen. Über dem Schlafanzug hat sie den Bademantel fest zusammengebunden, aber er hängt ihr um die Schultern. Auf dem Arm trägt sie ihre Sachen.

Sie lächelt Kamp an: »Vielen Dank, das war eine Wahnsinnsidee von Ihnen. Ich fühl mich schon wieder als Mensch.« Sie legt ihre Sachen auf den Sessel, schlägt das Federbett zurück, setzt sich aufs Laken, zieht die Beine an, stellt die Füße auf den Rand des Sofas.

Kamp gießt zwei Gläser ein. Sie deutet mit dem Finger darauf: »Was ist das?«

»Glühwein.«

»Ich möchte aber nichts mehr trinken.«

»Dann lassen Sie's eben stehen.«

Sie fängt an, ihre Zehen zu befühlen, bringt im Hocken die Hände auf beiden Seiten nach vorn und befühlt auf beiden Seiten die Zehen. Sie hat schlanke, glatte Füße, gerade Zehen.

Sie sagt: »Glühwein hab ich noch nie getrunken. Bekommt man davon nicht einen dicken Kopf?«

Kamp nimmt sein Glas und trinkt vorsichtig. Sie sieht ihm zu, bis er das Glas abstellt. Dann sagt sie: »Ich kann's ja mal versuchen.«

»Sie müssen vorsichtig sein, das ist sehr heiß.«

Sie nippt mit spitzen Lippen. »Hui, ist das heiß«, nippt noch einmal. »Das schmeckt gut. Aber ich lasse es ein bißchen abkühlen.«

»Nicht zu lange, sonst wirkt er nicht.«

Sie nickt, befühlt wieder ihre Zehen und betrachtet sie.

Die Stille kehrt zurück, aber dieses Mal bedrückt sie Kamp nicht. Der Schnee hüllt das Haus ein, wie in eine warme Decke, er läßt keine Lücke, keine Spalte offen, durch die die Kälte einbrechen könnte oder ein zugiger Wind. Irgendwann wird dieses Mädchen wieder etwas sagen, vielleicht eine Frage stellen oder nur ein Wort fallen lassen, es wird ihn anrühren wie eine Hand, und er wird antworten, es wird sein, wie wenn zwei Hände ineinander greifen, und gleich über ihnen das Dach, kein himmelhohes Flachdach, nein, ein niedriger Giebel, und dieses winzige Dach trägt ein dickes Polster von Schnee, Schneewehen ringsum an den niedrigen Wänden, nur das winzige Fenster schaut noch heraus, ein still leuchtender Fleck in der Dunkelheit.

Kamp fährt sich mit der Hand über die Augen. Sie schaut auf: »Sind Sie noch nicht müde?«

»Es geht.« Er räuspert sich. »Wann müssen Sie raus morgen früh?«

»Ich? Ich hab nichts Besonderes vor. Aber Sie müssen doch sicher raus?«

Kamp greift nach seinem Glas, trinkt.

Sie sagt: »Schmeißen Sie mich früh genug raus, damit ich Ihnen hier nicht im Weg bin. Oder vielleicht haben Sie einen Wecker für mich?«

Kamp sagt: »Das ist nicht nötig«, will noch etwas sagen, schweigt.

Sie blickt wieder von ihren Zehen auf: »Haben Sie Urlaub?«

Kamp trinkt sein Glas leer, stellt es ab, steht auf. »Ich werde Sie wecken.« Er zeigt auf die Karaffe: »Trinken Sie das, bevor es kalt wird. Das wird Ihnen guttun.«

Sie nickt, lächelt. »Und vielen Dank noch mal.«

Kamp sieht sich um. Er sieht, daß er den Schlüssel der Schranktür hat steckenlassen, als er den Rotwein zurückstellte. Er tut einen halben Schritt, hält ein, hebt in einer ziellosen Bewegung die Hand. Dann sagt er: »Die Lampe hat einen Fußschalter, gleich neben Ihnen.«

Sie beugt den Kopf vor über ihr Knie. »Okay. Ich werd mich jetzt auch hinlegen. Ich bin auf einmal hundemüde.«

Als er sich in der Schlafzimmertür umdreht, hat sie sich schon ausgestreckt, sie zieht das Federbett hoch unters Kinn.

Kamp sagt: »Also, gute Nacht.«

»Gute Nacht.« Sie lächelt ihn an. »Ich heiße Claudia.«

Er nickt, ein paarmal.

Sie legt sich auf die Seite, blickt über die Schulter. »Was bedeutet das H in Ihrem Namen?«

»Das H? Was meinen Sie?«

»Auf dem Türschild steht *H. Kamp.*«
»Ach so.« Er räuspert sich. »Heinz.«
Als er aus dem Bad zurückkommt, ist der Lichtstreifen unter der Tür erloschen. Er ist schon auf dem Weg zur Tür, senkt schon den Kopf, um zu lauschen, kehrt jäh um und bleibt stehen. Er schüttelt heftig den Kopf. Nach einer Weile fängt er an, sich auszuziehen. Im Schlafanzug geht er noch einmal auf den Balkon, hält eine Hand hinaus in die dichten Flocken, spürt sie schmelzen auf seiner Haut. Dann streckt er sich aus, schlägt das Federbett auf beiden Seiten ein. Mit einer Regung von ungläubigem Erstaunen spürt er, wie der Schlaf sich still auf seine Lider senkt, aber bevor er noch darüber nachdenken kann, schläft er, tief und traumlos.

2

Als Kamp am darauffolgenden Abend aus der Stadtbibliothek zurückkam, fand er das Schloß seiner Wohnungstür zerbrochen. Er starrte, den Schlüssel in der Hand, ungläubig auf die Abdeckplatte des Schlosses, sie hing abgeknickt am Türknauf. Kamp streckte einen Finger aus und berührte die Abdeckplatte. Sie ließ sich zur Seite heben. Er bückte sich. In der Öffnung, Holzsplitter an den Rändern, erkannte er den Zylinder des Schlosses, er saß schräg und locker, Kamp konnte ihn mit zwei Fingern bewegen.

Er richtete sich auf, holte tief Atem. Dann legte er eine Hand auf die Tür. Er verstärkte den Druck allmählich und so behutsam, als könne er anders noch mehr Schaden anrichten. Die Tür hielt stand. Er legte beide Hände auf das Holz, lehnte sein Gewicht dagegen. Die Tür rührte sich nicht.

Kamp starrte auf das Schloß. Vielleicht waren die Einbrecher gestört worden, hatten die Flucht ergriffen. Aber er konnte die Tür nicht mehr aufschließen. Sie hatten ihn aus seiner Wohnung ausgesperrt. Verzweiflung packte ihn, das würgende Gefühl, seine Zuflucht verloren zu haben. Wo sollte er bleiben? Auf dem Korridor, auf der Straße? An welchem Ort konnte er sich nun noch verkriechen?

Er raffte sich auf, ging zum Aufzug. Auf halbem Wege kehrte er um. Er versuchte, die Abdeckplatte geradezubiegen, wenigstens den Anschein herzustellen, als sei seine Wohnung unversehrt. Aber das Metall war sperrig. Die Platte knirschte unter Kamps verbissener Anstrengung, sie rieb sich an ihrer Halterung, aber der häßliche, ekelhafte Knick ließ sich nicht ausbeulen.

Der Hausmeister reagierte ungehalten, ja, ja, was solle er denn machen, vor zwei Monaten hätten sie's gleich an drei Wohnungstüren versucht, er könne ja schließlich nicht Tag und Nacht auf der Lauer liegen, dafür werde er nicht bezahlt, und die Mieter täten besser daran, untereinander ein bißchen aufzupassen, statt ständig fremde Leute ins Haus zu schleppen, ihm begegneten zu jeder Tages- und Nachtzeit Gesichter, die er noch nie gesehen habe, er könne doch nicht jeden fragen, was er hier zu suchen habe.

Kamp wandte sich ab ohne Gruß. Er ging in die Telefonzelle vor dem Haus und rief die Polizei an. Eine ruhige Stimme, ja, alles klar, die Kollegen kämen gleich. Kamp klammerte sich an die Auskunft. Er schlug im Telefonbuch unter Schlüsseldienst nach, wählte die erste Nummer, wurde nach zwei Sätzen unterbrochen, das werde aber heute nicht mehr gehen, morgen früh vielleicht, Augenblick mal, um zehn sei es möglich.

»Und wo bleibe ich bis dahin?« Kamp erschrak über seine eigene Stimme, sie klang gepreßt, fast erstickt, er erkannte sie kaum. Ja, du lieber Gott, das passiere vielen Leuten, er werde doch wohl Bekannte haben, sonst müsse er eben für die eine Nacht ins Hotel gehen. Kamp räusperte sich. Er sagte: »Ich habe nicht so viel Geld eingesteckt.« Dann sagte er: »Und meine Bekannten wohnen nicht hier.« Ein Seufzer des Überdrusses am anderen Ende, das sei natürlich besonderes Pech, aber man müsse sich heutzutage tatsächlich auf so eine Situation einstellen, da helfe nichts, gar nichts, Zustände wie in Chicago.

Kamp, den Hörer ans Ohr pressend, sah plötzlich das runde Gesicht von Frau Klose, Hertha, vor sich, die Löckchen über der Stirn, gepflegtes Grau, mit einem leichten Blauschimmer, die gepolsterten Wangen, die weichen, beweglichen, geschminkten Lippen. Dem Gedanken, an ihrer Tür zu klingeln und sie zu fragen, ob sie ihn für die Nacht aufnehmen wolle, widersetzte er sich sofort. Er sagte: »Können Sie es wirklich nicht einrichten, daß noch jemand kommt? Ich stehe sonst auf der Straße.«

In Gottes Namen also. Er könne einem wirklich ganz schön auf die Nerven gehen, das müsse man ihm lassen. Aber eine Stunde werde es noch dauern, da sei nichts zu machen. Was habe er noch mal gesagt, im wievielten Stock?

»Im neunzehnten. Klingeln Sie bitte beim Hausmeister.«

Kamp fühlte sich von einer zentnerschweren Last befreit. Als er vor der Haustür ankam, fuhr der Streifenwagen vor. Zwei junge Kerle, die Mützen setzten sie auf, als sie ausstiegen. Einer trug ein Schreibbrett in der Hand. Im Aufzug lächelte er Kamp an: »Schöner Schreck in der Abendstunde.« Kamp nickte.

Sie nahmen seine Personalien auf und stocherten eine Weile mit einem Schraubenzieher in dem zerbrochenen Schloß herum, versuchten vergeblich, die Tür zu öffnen. Einer kniete nieder, drückte den Zylinder beiseite und spähte durch die Öffnung. Kamp sagte: »Da sehen Sie doch nichts, ich hab doch das Licht nicht eingeschaltet.«

»Doch, ich sehe was.«

Kamps Atem stockte.

»Sieht aus wie Leuchtziffern. Eine elektrische Uhr. Kann das sein?«

»Das ist das Radio.«

»Na, wenn das noch drinsteht, dann haben Sie wahrscheinlich Schwein gehabt. So was nehmen sie immer als erstes. Wahrscheinlich sind sie gestört worden.«

Als die beiden gegangen waren, wurde Kamp bewußt, daß sie keine Fingerabdrücke genommen hatten. Waren sie dazu nicht verpflichtet? Aber vielleicht hätte es sowieso keinen Sinn gehabt. Vielleicht hatten die Einbrecher die Tür abgewischt. Über das merkwürdige Gefühl der Erleichterung, das er bei dieser Überlegung empfand, gab Kamp sich keine Rechenschaft, er unterdrückte es.

Zweimal schaltete er das Flurlicht wieder ein. Als es zum zweitenmal ausgegangen war, blieb er im Dunkeln stehen. Nach einer Weile bückte er sich, tastete nach dem Zylinder, drückte ihn zur Seite und versuchte durch die Öffnung zu sehen. Er ließ sich auf ein Knie nieder, aber er konnte nichts erkennen. Er stand wieder auf, ein wenig mühsam, klopfte sich das Knie ab, trat ans Flurfenster. Unter dem dunklen Himmel lag die Welt wie frisch geputzt, die Lichter funkelten über der dichten Schneedecke.

Kamp versuchte nachzudenken, sich den Fall zu erklären, seine Gedanken in die Richtung zu zwingen, der sie auszuweichen versuchten. Er kam nicht sehr weit. Die Angst stieg wieder in ihm auf, seine Wohnung könne vielleicht doch verwüstet sein, seine Ordnung zerstört.

Der Kerl ist in Wut geraten, weil sie nichts fanden, was für sie von Wert gewesen wäre, das Briefmarkenalbum, lückenhaft, kärglich, sie haben es zerrissen, die Fetzen über das Wohnzimmer verstreut, die Bücher aus dem Regal gefegt, seine Schallplatten zerbrochen, der Plattenspieler, er war ihnen nicht kostbar genug, sie haben den dünnen Arm geknickt. Und sein Bett. Was mögen sie mit seinem Bett gemacht haben? Vielleicht haben sie die Matratze aufgeschlitzt, aus bloßem Zerstörungstrieb.

Kamp trat dicht an seine Tür heran. Er legte die Hand auf

das Holz. Er stand noch immer da, als der Mann vom Schlüsseldienst aus dem Aufzug kam und die Flurbeleuchtung einschaltete. »Hallo? Ach, da sind Sie ja. Ich dachte schon, erst machen Sie mich verrückt, und dann sind Sie weggegangen. Na, dann wollen wir mal.« Er öffnete seinen Werkzeugkoffer.

Es war ein älterer Mann, nicht viel jünger als Kamp, struppiges graues Haar. Während er eine Zange auswählte, sah er auf: »Ist Ihnen nicht gut?«

»Warum?«

»Ich dachte, Sie sehen ein bißchen grau aus im Gesicht. Na ja, ist ja auch kein Wunder.«

Kamp sagte: »Die Polizisten haben gemeint, daß sie vielleicht gar nicht in die Wohnung reingekommen sind.«

»Die haben ja keine Ahnung.« Der Mann setzte seine Zange an und brach den Zylinder heraus. »Daß die Tür noch zu ist, das hat überhaupt nichts zu sagen. Die Brüder sind heute so raffiniert, die sperren Ihnen jedes Schloß auf, wenn sie genug Zeit haben. Und wenn sie gehen, ziehen sie die Tür natürlich zu, und das Schloß schnappt wieder ein.«

Der Mann setzte einen Haken in die nackte Öffnung, tastete ein paarmal hin und her. Als Kamp das Geräusch hörte, mit dem die Klinke zurücksprang, wurde ihm kalt. Er ging auf steifen Beinen in die Wohnung hinein, ging langsam durch alle Zimmer, öffnete die Schränke. Alles war an seinem Platz.

Als Kamp zurückkam, war der Mann schon dabei, die Öffnung von Splittern zu säubern. »Na?«

»Es sieht so aus, als ob nichts fehlt.«

»Dann waren sie auch nicht drin. So was machen die doch nicht umsonst. Wahrscheinlich sind sie gestört worden.«

Kamp ging ins Wohnzimmer. Er ließ sich im Sessel nieder, langsam, beide Hände auf die Lehnen stützend. Seine Arme und Beine schienen einem fremden Willen ausgeliefert, sein Kopf war leer. Er fühlte sich so schwach, als hätte er eine gewaltige körperliche Anstrengung hinter sich gebracht.

Sein Gehirn begann mühsam zu arbeiten, als der Mann die Rechnung geschrieben und sie ihm gegeben hatte, sie lautete, mit Montage (Nachtzuschlag), Anfahrt und vierzehn Prozent Mehrwertsteuer, auf einhundertneunundfünfzig Mark und fünfundsechzig. Kamp, der den Schock wehrlos hinnahm, brauchte ein paar Sekunden, um sich seinen Kontostand in Erinnerung zu rufen. Doch, es war möglich, es blieben ihm noch gut fünfzig Mark, und bevor die Miete abgebucht wurde, mußte die Überweisung vom Arbeitsamt eingegangen sein. Er schrieb den Scheck aus, der Mann verglich die Scheckkarte, klappte seine Brille zusammen und sagte, so, nun könne Kamp sich aber in aller Ruhe hinlegen, so schnell kämen die nicht wieder, und mit dem neuen Schloß hätten sie kein so leichtes Spiel.

Kamp brachte den Mann zur Tür, probierte das Schloß aus, es ging sehr leicht. Er schloß die Tür ab, nachdem er auch noch die beiden Reserveschlüssel ausprobiert hatte. Er legte beide in die Blechdose mit den anderen Schlüsseln, warf die alten Schlüssel weg. Eine Weile dachte er nach, dann rückte er die Blechdose an das hintere Ende der Schreibtischschublade, man konnte sie nicht sehen, wenn man die Schublade aufzog. Er ging noch einmal durch die Wohnung, öffnete hier einen Schrank, zog dort eine Schublade heraus. Vor dem Spiegel im Badezimmer blieb er stehen.

Er fand sich nicht verändert. Das Haar, gescheitelt, ein wenig dünn auf den Seiten der Furche, aber noch immer dunkelbraun. Grau nur an den Schläfen. Nicht richtig graue Schläfen, damit wäre er sich vielleicht auch albern vorgekommen, solche Leute hatte er nie gemocht, sie wirkten auf ihn immer so, als hätten sie sich zurechtgemacht. Nur vereinzelte graue Haare an den Schläfen. Eisgrau der Schnurrbart allerdings, und das hatte ihn manchmal auch gestört. Toll, ganz toll sehe er aus mit diesem Schnurrbart, hatte Frau Klose gesagt, vor anderen Leuten, es war ihm peinlich gewesen. Aber diesen Schnurrbart, ziemlich breit, hatte er schon getragen, bevor alle diese Jünglinge anfingen, ihre einfältigen, ihre glatten Gesichter mit Bärten zu maskieren.

Glatt war sein Gesicht wahrhaftig nicht. Die Doppelkerbe zwischen den Augenbrauen, ziemlich tief. Unzählige Fältchen unter den Augen, sie pflanzten sich fort bis in die Wangen hinein. Schon vor einiger Zeit war ihm aufgefallen, daß die Lider an den Außenseiten der Augen überhingen. Ähnliche Veränderungen zu beiden Seiten des Kinns, erschlaffende Haut, ihm fiel ein häßliches Wort dafür ein, das er einmal gelesen und das sich ihm eingeprägt hatte: Hautsäcke. Hertha, Frau Klose. Irgendwann, es konnte ja nicht mehr lange dauern, würden sie sich fortsetzen in lange, fleischlose Falten den Hals hinab, der Kehlkopf würde hervortreten.

Sie waren nicht zu übersehen, die Altersspuren. Und vielleicht machten sie tatsächlich aus dem Menschen, der sich noch immer als derselbe empfand, einen ganz anderen Menschen, unmerklich für ihn selbst. Unmerklich bis zu dem Tag, an dem er erstmals zu spüren bekam, daß andere ihn anders behandelten, weil der Anblick seiner Altersspuren sie dazu herausforderte.

Wer ist das, dieser Mensch, er ist doch nicht unseresgleichen? Er spielt nicht mehr mit, er kann es ja gar nicht mehr, sein Einsatz ist verbraucht. Er beansprucht noch immer seinen Platz, seinen Stuhl, Tisch und Bett, seine Habseligkeit? Lächerlich. Er kann ja doch keinen rechten Gebrauch mehr davon machen. Er wird über kurz oder lang ohnehin alles zurücklassen müssen.

Warum sollte gerade eine so junge Frau, ein Kind noch, anders denken? Was hatte er erwartet? Hatte er nicht vom ersten Augenblick an alles für möglich gehalten? Hatte er nicht gewußt, daß er sich auf eine riskante Geschichte eingelassen hatte?

Und doch konnte er es nicht verstehen. Es schien ihm unmöglich.

Kamp schüttelte den Kopf. Er ging zurück ins Wohnzimmer, betrachtete das Sofa, den Tisch. Er fing an, in seiner Erinnerung zu graben. Er suchte, widerstrebend, aber entschlossen, alles andere nutzte ja nichts, nach Hinweisen, die ihn hätten vorhersehen lassen müssen, was passierte. Wo hatte es sie gegeben?

Nicht am Ende dieser Nacht, ganz gewiß nicht. Das Erwachen, seit langem wieder einmal ganz allmählich, wie ein sehr langsames, ruhiges Auftauchen, und zu einer Zeit, zu der ihn sonst der Schlaf schon längst verlassen hatte. Es schneite nicht mehr, es war noch dunkel, aber Kamp hatte geglaubt, am Himmel den Widerschein der dicken weißen Decke erkennen zu können.

Er hatte auf die Uhr gesehen, nicht verstehen können, wie er so lange hatte schlafen können, und dann erst das Erschrecken, als er sich plötzlich erinnerte. Er hatte den Kopf gehoben, angespannt gelauscht. Kein Laut zu hören von nebenan. Er war hastig aufgestanden, auf bloßen Füßen zur Tür gegangen, hatte voller böser Erwartung die Tür geöffnet.

Sie lag auf dem Sofa, eingemummt in das Federbett, nur die langen Haare sahen hervor.

Er hatte leise die Tür geschlossen, sich auf sein Bett gesetzt. Als nach einer halben Stunde noch immer nichts sich regte, hatte er mühsam seine Zweifel, sein Mißtrauen unterdrückt und war ins Bad gegangen. Fahrige Bewegungen bei der Toilette, der Rasierpinsel war ihm hinuntergefallen. Er hatte sich angezogen, gelauscht, bevor er die Tür wieder öffnete. Sie schlief noch immer.

Er war hinuntergefahren, hatte die Zeitung aus dem Briefkasten geholt und mit ihr sich wieder ins Schlafzimmer zurückgezogen, an dem Federbett vorbei, das sich kaum wahrnehmbar hob und senkte, Kamp war ein paar Herzschläge lang stehengeblieben, um sich der Bewegung sicher zu sein. Eine gute Stunde hatte er sich im Schlafzimmer mit der Zeitung beschäftigt. Es war nicht sehr bequem, sie auf dem Bett zu lesen, Kamps Interesse war auch nicht so groß gewesen wie sonst.

Graues Morgenlicht, allmählich übergehend in ein helles Weiß. Unten vor dem Haus waren die ersten Kinderstimmen laut geworden. Er war auf Zehenspitzen in die Küche gegangen und hatte Kaffee gekocht, nach einer zögernden Überlegung auch zwei Eier. Als er die Eier in ein Tuch einwickelte, um sie warmzuhalten, hatte sie plötzlich vor ihm gestanden, im Schlafanzug, die Hosenbeine waren ihr auf die Füße hinuntergerutscht, die Haare hingen ihr um die Wangen.

»Warum haben Sie mich nicht geweckt? Müssen Sie denn nicht zur Arbeit?« Ein Blick auf die Tassen und Teller, die er bereitgestellt hatte. »Sie brauchen für mich kein Frühstück zu machen. Ich trinke morgens nur eine Tasse Kaffee.«

Gegessen hatte sie, nach einem ausgiebigen Duschbad, drei Scheiben Brot, auch das Ei. Bevor sie die dritte Scheibe nahm, hatte sie, schon nach der Scheibe blickend, einen Krümel vom Mundwinkel nehmend, noch einmal gefragt, ob er denn nicht zur Arbeit müsse. Kamp, der der Frage so lange widerstanden hatte und auch weiterhin hatte widerstehen wollen, was ging es sie an, wen überhaupt ging es etwas an, Kamp hatte sich plötzlich außerstande gesehen, noch einmal sie schweigend abzuweisen. Er hatte angefangen, in seiner Kaffeetasse zu rühren, die Augen auf den Löffel gerichtet.

»Ich muß nicht zur Arbeit.«

Sie hatte den Kopf geschüttelt, gelacht. »Geht es Ihnen so gut?«

»Ich bin arbeitslos.«

»Oh. Entschuldigung.«

»Was soll das denn, Entschuldigung?« Kamp hatte den Löffel abgelegt, zu heftig, der Löffel klirrte. »Und was ist mit Ihnen?«

»Ich? Ich studiere.«

»Und da können Sie so lange schlafen?«

Sie hatte gelacht, Marmelade aufs Brot gestrichen. »Im Augenblick mach ich Pause. Ich muß jobben.« Sie hatte ihn angesehen. »Geld verdienen.«

»Ich denke, die Studenten bekommen Geld vom Staat. Bafög, oder stimmt das nicht?«

»Sie sind aber gut informiert.«

»Und warum bekommen Sie das nicht?«

Sie hatte ins Brot gebissen. »Und warum interessiert Sie das?«

»Nur so.« Kamp hatte die Schultern gehoben. »Sie brauchen es mir ja nicht zu sagen.«

»Kann ich aber. Kann ich ganz genau.« Noch ein Biß ins Brot. »Ich hab die Scheine nicht zusammen. Man braucht Bescheinigungen, verstehen Sie, man muß nachweisen, daß man fleißig studiert hat. Aber ich bin kein Strebertyp, verstehen Sie? Ich hab andere Vorstellungen vom Leben.«

Kamp, einen Anflug von Empörung spürend, hatte die Frage, was das denn für ein Leben sei, unterdrückt. Zugleich mit seinem Widerwillen gegen solch eine Lebensauffassung war ihm bewußt geworden, daß er sie in Bedrängnis gebracht hatte. Das kleine, runde Gesicht, die großen, braunen Augen, die ihm nicht ausweichen wollten, hatten ihn plötzlich beschämt. Er hatte ihr nicht weh tun wollen und stillgeschwiegen.

Wieder ein Biß ins Brot. »Außerdem weiß ich noch gar nicht, ob ich den Quatsch überhaupt weitermache. Warum soll ich mich krummlegen, wenn ich am Ende doch nur arbeitslos bin?«

Kamp hatte den Blick abgewendet. Nach einer Weile hatte er gesagt: »Wie alt sind Sie?«

»Einundzwanzig. Und Sie?«

»Sechzig.«

Ihre Aggressivität war einem stummen Interesse gewichen. Sie hatte ihn betrachtet. Als er sie aufgefordert hatte, doch noch etwas zu essen, hatte sie gesagt: »Nein, danke. Was waren Sie denn von Beruf? Ich meine, was sind Sie?«

»Buchhalter.« Das war ihm, sobald er es ausgesprochen hatte, dann doch zu weit gegangen, er war wütend geworden auf sich selbst, weil er diesem Mädchen Auskunft gab, und er hatte sich zu wehren versucht mit der Frage, die ihn zwar sehr beschäftigte, die er ihr aber nicht hatte stellen wollen: »Warum hat Sie der, der Sie gestern mit dem Auto abgeholt hat, eigentlich nicht zurückgebracht?«

»Ach der.« Sie hatte gelacht. »Zoff. Es hat Streit gegeben, verstehen Sie. Das ist ein Vollidiot, wirklich. Wenn nicht was Schlimmeres.« Sie hatte das Geschirr zusammengeräumt. »Der hat mich das letzte Mal gesehen.«

Sie hatte abwaschen wollen und erst, als er ungehalten wurde, die Schulter gezuckt: »Na gut.« Sie hatte ihre Jacke übergestreift, bevor er ihr helfen konnte. »Machen Sie alles allein in Ihrer Wohnung, auch sonst, meine ich?«

»Natürlich. Das ist doch kein Problem.«

»Klar, Sie haben ja viel Zeit.« Sie hatte ihn angesehen. »Ist das manchmal nicht schrecklich langweilig?«

»Wie kommen Sie denn darauf?« Er hatte sich geräuspert. »Was glauben Sie, was ich alles zu tun habe. Viele interessante Sachen gibt's auf der Welt.«

»Was denn?«

Er hatte ein Lächeln aufgesetzt. »Bücher, zum Beispiel. Als ich noch gearbeitet habe, bin ich nie zum Lesen gekommen. Das kann ich jetzt nachholen.«

Sie hatte genickt. Dann hatte sie gesagt: »Geht Ihnen das Lesen denn nie auf den Geist?«

»Wie meinen Sie das?«

»Ich meine, man kann doch nicht immer lesen. Manchmal ödet es einen doch an.«

»Mich nicht. Ich sitze ganze Tage in der Stadtbibliothek. Und wenn ich mal zu viel gelesen habe, dann höre ich Musik.«

Sie hatte genickt. »Die Anlage, die Sie da haben. Die muß ziemlich teuer gewesen sein.«

Kamp hatte ins Wohnzimmer geblickt. Ein Anflug von Schuldbewußtsein. »Die hab ich mir gekauft, als meine Frau gestorben war.« Er hatte sie angesehen. »Ich brauch ja sonst nicht viel.«

»Und was hören Sie so?«

»Klassik. Beethoven, Tschaikowski. Na ja, das kennen Sie ja alles.«

»Nicht besonders.« Sie hatte ihm plötzlich die Hand entgegengestreckt. »Also, vielen Dank. Auch fürs Frühstück, das war echt Klasse.«

»Moment mal, Sie haben doch kein Geld bei sich.«

Sie hatte den Kopf geschüttelt. »Brauch ich nicht.«

»Aber Sie können mit mir zur Sparkasse gehen, ich leih Ihnen was.« Er hatte auf die Uhr gesehen. »Ich wollte sowieso um zwölf in der Stadtbibliothek sein.«

Ja, und das war auch schon alles gewesen. Sie hatte es plötzlich eilig gehabt, keine Minute mehr warten, nicht mit ihm gehen wollen. Sie hatte in ihrer Jackentasche gekramt, einen Straßenbahnfahrschein hervorgeholt: »Hier, sehen Sie, ich hab alles, was ich brauche. Ich hab Sie schon viel zu lange genervt. Nochmals vielen Dank.« Im Gehen hatte sie noch einmal über die Schulter geblickt und ihm gewinkt.

Und dann hatte sie ihm eine Kußhand zugeworfen.

Das war es gewesen.

Kamp bewegte sich in seinem Sessel. Er suchte, hin- und herrückend, eine Position, in der seine Glieder sich wieder entspannen, die plötzliche Unrast verlieren würden. Quälende Gedanken. Es war wie früher manchmal, wenn er beim Jahresabschluß bis in den späten Abend gearbeitet hatte und den Anblick der Papiere, die am nächsten Morgen noch unerledigt auf ihn warten würden, mit ins Bett nahm, man legt sich auf den Rücken und schließt die Augen, und plötzlich wird es zu warm, man schlägt die Decke halb zurück und legt sich auf die Seite, zieht ein Bein an und streckt es wieder, aber auch in dieser Position findet es keine Ruhe, man versucht die andere Seite, zieht beide Beine an, schlafen muß man, sonst wird man müde sein am anderen Morgen und alles dreimal rechnen müssen, weil man sich selbst nicht mehr traut.

Alter Tor. Die beiden Wörter kamen ihm jäh in den Sinn, er wurde sie nicht wieder los, sie nagten an ihm und peinigten ihn. Jeder, der von der Geschichte erführe, würde das denken, es hinter vorgehaltener Hand sagen. Läßt sich schöne Augen machen und verliert den Kopf. Geht einem kleinen, geriebenen Luder auf den Leim. Dieser alte Tor.

Empörung trieb Kamp empor, er stand auf, ging ein paar Schritte, setzte sich wieder.

Es war ja gar nicht so. Es war ja ganz anders gewesen. Sie hatte ihm keine schönen Augen gemacht. Und er hatte nicht einmal den Anflug einer Versuchung verspürt, keinen versteckt sich regenden Wunsch, keine heimliche Hoffnung. Was hätte ihn denn da versuchen sollen, das rundliche kleine Gesicht, die mageren Zehen, die zerbrechliche Gestalt in dem Schlafanzug, der ihr über die Füße und von den Schultern herunterhing? Ein Kind, das seine Hilflosigkeit hinter Ungezogenheiten, immer neuen Entschlüssen, lächerlichen Prahlereien zu verstecken suchte. Das war doch keine Frau, die ihn hätte reizen können, sie war ja noch gar nicht fertig, noch lange nicht. Ein Mensch, den man noch gar nicht ernst nehmen konnte.

Kamp spürte, daß er sich beruhigte, seine Arme und Beine entspannten sich. Langsam sich ausbreitende Müdigkeit, der er sich hingab. Er wußte, daß er noch nicht zu Ende gedacht hatte, aber es war ihm lästig weiterzudenken, wozu auch, es war ja alles vorüber. Er ließ Bilder in sich aufsteigen, versuchte eine Weile, die verschneite Welt da draußen festzuhalten und sich in ihr umzusehen, aber er wehrte sich nicht, als wieder dieses Mädchen sich in den Vordergrund schob, die großen Augen, die seinem Blick nicht hatten ausweichen wollen und standgehalten hatten, bis er sich abwandte. Er sah die Haare wehen, sah dann auch die Füße, die Finger, die die Zehen befühlten, als sähe niemand zu, und dieses Mal scheute Kamp sich nicht zuzusehen.

Als die Klingel anschlug, öffnete er die Augen. Es war die Klingel der Wohnungstür gewesen, nicht das schnarrende Signal der Sprechanlage an der Haustür. Kamp blieb regungslos sitzen. Hertha. Frau Klose. Nur auf einen Sprung.

Um alles in der Welt nicht, nicht jetzt. Er hielt den Atem an, während er auf das zweite Klingeln wartete, Frau Klose ging nie nach dem ersten Versuch, aber es blieb aus. Er hörte ein Geräusch an der Wohnungstür, als hätte jemand sie berührt, dann schnelle Schritte, sie entfernten sich. Nach einer Weile das dumpfe Rumpeln der Aufzugtüren, sie fuhren auf und wieder zu.

Kamp stand auf und ging zur Tür. Er lauschte, hörte seinen Herzschlag. Er wurde zornig auf sich selbst, öffnete mit einem Ruck die Tür. Niemand war auf dem Korridor. Erst, als er die Tür schließen wollte, sah Kamp das Marmeladenglas, es stand im Türwinkel, ein Zettel lag darunter. Kamp hob das Glas und den Zettel auf, las die windschiefen kleinen Buchstaben, die auf den Zettel gekritzelt waren: *Schade, daß Sie nicht da waren! Hoffentlich schmeckt Ihnen das! Lieben Gruß, Claudia.*

3

Was es bedeutete, war natürlich nicht feststellbar. Kamp wendete es die halbe Nacht hin und her, aber schon bald wurde ihm klar, daß die nur schwer zu unterdrückende, pochende Freude, die er empfunden hatte, auf einer Täuschung beruhen konnte.

Zum Frühstück strich er sich die Marmelade aufs Brot. Er nahm den ersten Bissen vorsichtig, er hatte solche Marmelade noch nie gegessen, aber sie schmeckte gut. Er hob das Glas vor die Augen und studierte das Etikett. Quittenmus, auf natürlichem Wege hergestellt, keine Konservierungsstoffe. Wahrscheinlich mußte man das hintereinander aufessen, sonst würde es verderben.

Er stellte das Glas ab, betrachtete es. Dann ging er zum Wohnzimmerschrank und holte den Zettel aus dem Karton mit alten Briefen, in dem er ihn abgelegt hatte, die Weihnachtskarte seiner Schwägerin hatte obenauf gelegen, er hatte sie nach einem kurzen Zögern unter die Briefe geschoben, bevor er den Zettel in die Schachtel gab. Er legte den Zettel neben seinen Teller, las ihn noch einmal, während er weiteraß.

Es hatte nichts zu bedeuten. Jedenfalls hätte niemand mit Sicherheit sagen können, was es zu bedeuten hatte. Ein Trick, nur ein Täuschungsmanöver? Ja, wahrscheinlich würde jeder, der von der Geschichte erführe, das sagen. So ein kleines, raffiniertes Biest. Hat Angst bekommen, und nun stellt sie ihm ein Glas Marmelade vor die Tür und schreibt ihm ein bißchen Schmus auf den Zettel, um den Verdacht von sich abzulenken und ihn schon wieder hereinzulegen. Alter Tor.

Kamp stieß den Stuhl zurück, stand auf. Geschwätz. Getratsche. Frau Klose, zum Beispiel. Niemand konnte wissen, was es bedeutete, aber Leute wie Frau Klose wußten alles. Die gepolsterten Wangen, die in ein leichtes Beben gerieten, wenn eine Vermutung sie erregte. Frau Klose, ja. Und der Gastwirt Heuser natürlich, die Hand am Bierhahn, er zog die Augenbrauen hoch, lächelte aufs Glas hinab, wenn er seine halben Sätze, die Andeutungen von sich gab, und dann ein lautes »Was? Wie? Nie davon gehört?« Frau Klose beugte sich vor, »Das kann doch nicht wahr sein! Aber ich hab mir das schon gedacht!«, die Wangen begannen zu beben, und der Gastwirt Heuser rief »Aber ja! Aber ja!«, schwenkte das frische Bier auf die Theke, trocknete sich die Hände ab, stemmte sie in die Seiten, sah nickend und lächelnd um sich, bevor er sich vorbeugte und halblaut weitersprach.

Dummes, niederträchtiges Geschwätz. Warum hätte sie Angst bekommen sollen? Er wußte ihren Vornamen, sonst nichts von ihr. Ihr Alter, ja, auch das. Aber sonst nichts.

Erst als er die Tasse und den Teller abwusch, merkte Kamp, daß es der Wochentag war, an dem er sonst frühmorgens ins Hallenbad ging. Er mochte es nicht glauben, sah auf die Uhr, sah auf den Kalender, verglich sogar das Datum der Zeitung. Es war tatsächlich so, er hatte es vergessen.

Kamp hatte lange mit seinem bohrenden Ärger zu tun. Das Versäumnis war nicht gutzumachen, es war zu spät, jetzt lärmten schon die Schulklassen unter der gläsernen Dachkuppel, einer stieß den anderen vom Beckenrand, wenn der Lehrer nicht hersah, Geschrei, das Wasser platschte und spritzte hoch, und wenn man beim Schwimmen nur einen Augenblick lang die Augen nicht aufhielt, stieß man mit einem dieser kleinen, steinharten Köpfe zusammen, hatte unversehens einen strampelnden Fuß im Gesicht. Außerdem schwamm Kamp nicht gern mit vollem Magen. Er bekam davon Aufstoßen.

Den Gedanken, das Schwimmen am nächsten Morgen nachzuholen, verwarf er sofort, das war einer der beiden Wochentage, an denen der dicke Herr Hülsenbusch ins Bad kam, der Kerl schwamm langsam hinter einem her, die blaue Badekappe über der wulstigen Stirn, schwamm beharrlich hinter einem her, bis man ihm nicht mehr ausweichen konnte, ohne einen auffälligen Haken zu schlagen, verlegte einem förmlich den Weg, begann keuchend Wasser zu treten und mit den massigen Armen zu paddeln, wollte sich partout unterhalten, der fette, alte Kerl, obwohl ihm das Atmen schwerfiel, »Na, wie geht's? Was macht die Kunst?«

Das Schwimmen mußte er abschreiben, da half nichts. Mit dem plötzlich sich meldenden Gedanken, daß eine solche Unterbrechung gewohnter körperlicher Übung schädlich sein könne, wurde Kamp verhältnismäßig leicht fertig, er schüttelte unwillig den Kopf. Seine Muskeln, sein Kreislauf waren so anfällig nicht. Er zog den Unterarm an und ballte die Hand, streckte die Finger wieder. Aber das peinigende Gefühl, daß seine Ordnung empfindlich gestört worden war, wurde er so schnell nicht los.

Er setzte sich wieder an den Tisch, blätterte eine Weile in der Zeitung. Er hatte schon alles gelesen, was ihn interessierte. Er machte sich ein zweites Mal an einen Bericht im Kulturteil, es ging um einen Filmregisseur, Amerikaner, aber wohnhaft in Paris, der fünfundsiebzig Jahre alt wurde und noch immer im Geschäft zu sein schien, Kamp fand das erstaunlich. Er hätte gern gewußt, was der Mann in diesen Tagen machte und wie er lebte, Januar, Schnee vielleicht doch auch in Paris, aber das ging aus dem Bericht nicht hervor. Die vielen Titel der Filme, von denen er keinen gesehen hatte, ermüdeten Kamp, er stützte das Kinn in die Hand und sah zum Fenster hinaus.

Über Nacht war es diesig geworden. Die schwarze Eisenreling, die die Steinbrüstung des Balkons überspannte, hob sich scharf ab von dem weißlichen Dunst. In der Ferne sah Kamp noch ein paar verschneite Dächer, aber die Brücke war schon nicht mehr zu erkennen. Es schien, als halte der Dunst auch die Geräusche zurück, Kinderstimmen, Kamp lauschte, es waren keine zu hören.

Die Leere breitete sich aus in seinem Kopf, er ließ die Augenlider sinken. Die Bilder verblaßten und lösten sich auf, Farben, Konturen verschwammen in ein vages Weiß. Kamp wünschte sich, daß es dämmern, daß die Nacht vordringen würde. Schlafen.

Als er von sehr weit her einen Zug auf die Brücke fahren hörte, stand er auf. Er ging auf den Balkon und sah hinunter. Nein, es waren keine Kinder vor dem Haus. Der gelbe Wagen der Paketpost, winzig wie ein Spielzeugauto, stand vor dem Haus nebenan. Kamp wartete, obwohl er zu frösteln begann, bis die Postbotin zurückkam, aber sie kam nicht zu seinem Haus, sie stieg in ihr Auto und fuhr weg.

Kamp schloß die Balkontür und blieb dahinter stehen. Er wartete, bis er wieder einen Zug hörte, wartete dann noch einmal, eine sehr lange Zeit, bis zum nächsten Zug. Er sah auf die Uhr. Es war noch immer zu früh, er würde vor dem verschlossenen Portal stehen müssen, aber er zog den Mantel an, sah sich noch einmal in der Wohnung um, alles an seinem Platz, setzte die Pelzmütze auf und machte sich auf den Weg zur Stadtbibliothek. In der Straßenbahn regte sich wieder die Angst, er sah die Tür seiner Wohnung vor sich, die neue, matt glänzende Abdeckplatte. Er verbannte das Bild, schnaufte ärgerlich.

Die Bibliothekarin blickte auf, als er ihr den Bestellzettel hinschob, auf dem er wieder den Band mit dem Bundesausbildungsförderungsgesetz eingetragen hatte. »Wenn Sie sich für Bafög interessieren, ich hab da auch was Neues, es steht noch nicht im Katalog, ist auch nur eine Broschüre, aber mit praktischen Beispielen. Möchten Sie's mal sehen?«

Kamp bedankte sich und nahm die Broschüre mit zu seinem Tisch. Er blätterte sie durch, fühlte sich erleichtert, das las sich doch schon ein wenig flüssiger als der Gesetzestext. Er stutzte, als er bei Beispiel D die Überschrift fand *Claudia Teikel, 21 Jahre, Studentin*. Merkwürdige Zufälle gab's.

Seine Hoffnung sank, als er zu lesen begann. Diese Claudia hier studierte Geologie, hatte zwei Geschwister, der Bruder Klaus ging noch in den Kindergarten, ihr Vater war Gemeindeangestellter und verdiente 2100 Mark monatlich, die Mutter trug durch den Verkauf von Obst und Gemüse aus dem eigenen Garten monatlich 500 Mark zum Unterhalt der Familie bei. Auch der Großvater, der eine Rente von 380 Mark bezog, schlug in der Berechnung zu Buch. Das Ergebnis: Claudia, außerhalb wohnend, erhielt nach dem Bafög monatlich 390 Mark Förderung als Darlehen. Es konnte noch etwas dazu kommen, bis zu 60 Mark, wenn sie für ihre Studentenwohnung mehr als 180 Mark bezahlen mußte.

Kamp flüsterte: »Wie soll sie denn davon leben?« Er starrte aus dem Fenster. Nach einer Weile begann er wieder zu blättern. Er suchte nach einem günstigeren Beispiel, konnte keines finden. Er holte die Notizen heraus, die er sich am Vortag aus dem Gesetzestext gemacht hatte, sah sie durch, aber auch das brachte ihn nicht weiter. Während er nach dem Gesetzestext griff und die Seite aufschlug, bis zu der er am Abend zuvor gekommen war, wurde ihm klar, daß er mit all diesen Beispielen und Paragraphen nicht viel anfangen konnte.

Er wußte ja nichts von ihr. Er wußte keine der Einzelheiten, die man brauchte, um zu berechnen, wieviel Geld ihr zustand.

Claudia, 21, das war alles. Wohnte sie allein? Oder wohnte sie bei ihren Eltern? Bei der Mutter vielleicht, der Vater war früh gestorben. Oder weggegangen, lebte mit einer anderen Frau in einer anderen Stadt. Oder hatte sie gar keine Eltern mehr? Geschwister nie gehabt? Muß sehen, wie sie durchkommt. Die Tante schickt ihr ab und zu einen Fünfzig-Mark-Schein.

Kamp wollte nicht aufgeben. Er notierte aus der Broschüre den Höchstsatz, der Studenten an Höheren Fachschulen, Akademien und Hochschulen gewährt werden konnte, 660 Mark. Wenn sie ganz alleinstand, mußte sie darauf doch Anspruch haben. Er notierte auch den Hinweis, daß mit der Rückzahlung erst fünf Jahre nach dem Ende der Förderungshöchstdauer begonnen werden müsse, »also erst wenn man die Chance hatte, sich fest im neuen Beruf zu etablieren«.

Er runzelte die Stirn, als er auf den Abschnitt XI stieß, »Bußgeldvorschriften, Übergangs- und Schlußvorschriften«. Es mutete ihn reichlich hart an, was da stand, das klang ja fast, als sei das nicht ein Gesetz für junge Leute, sondern gegen ausgefuchste Betrüger. Er wollte den Text schon wegschieben, überlegte eine Weile, notierte dann, kopfschüttelnd, daß »ordnungswidrig handelt, wer vorsätzlich oder fahrlässig entgegen § 60 Abs. 1 des Ersten Buches Sozialgesetzbuch, jeweils auch in Verbindung mit § 47 Abs. 4, die dort bezeichneten Tatsachen auf Verlangen nicht angibt oder eine Änderung in den Verhältnissen nicht unverzüglich mitteilt oder auf Verlangen Beweisurkunden nicht vorlegt«.

Er ging zur Bibliothekarin und fragte, ob das Sozialgesetzbuch, Erstes Buch, zu haben sei, und sie sagte, es tue ihr leid, ein Exemplar sei beim Buchbinder, und das andere habe der junge Mann in der Ecke da hinten. Wenn er nur einmal kurz hineinschauen wolle, könne er den jungen Mann vielleicht darum bitten. Kamp sagte, er brauche es wahrscheinlich länger, aber es eile nicht, er werde wieder danach fragen.

Er ging zurück zu seinem Tisch, setzte sich und tat, als ob er lese. Hin und wieder sah er zu dem jungen Mann hinüber, der mehrere Bücher vor sich aufgestapelt hatte, las und sich Notizen machte. Kamp fragte sich, ob der junge Mann wohl Bafög bezog.

Am frühen Nachmittag bekam Kamp Hunger. Er hätte sich ein Butterbrot mitnehmen sollen, aber er überwand sich nur selten dazu, er haßte es, mit dem aufgeschlagenen Papier in der Hand im Treppenhaus zu stehen und sich abwenden zu müssen, wenn jemand über die Treppe kam, es gab immer wieder Leute, die nicht auf den Fahrstuhl warten wollten. Er überlegte, ob er hinausgehen und sich an einer der Buden auf dem Platz gegenüber eine heiße Wurst oder ein paar Reibekuchen kaufen solle, aber der Gedanke an seinen Kontostand hielt ihn davon ab.

Als die Lampen eingeschaltet wurden, die Dämmerung

kam früh, beschloß Kamp, das Sozialgesetzbuch zu vertagen und die Zeit zu nutzen, um zu Fuß nach Hause zu gehen. Der Weg war weit, aber es konnte nicht schaden, die körperliche Bewegung nachzuholen, die er am Morgen versäumt hatte. Er würde am nächsten Tag pünktlich zur Öffnungszeit wiederkehren, dieser Jüngling konnte das Sozialgesetzbuch ja nicht zwei Tage lang mit Beschlag belegen.

Eine gute Stunde später, es dunkelte schon, bog Kamp von der Hauptstraße des Vororts in die Seitenstraße ein, die zu seiner Wohnung führte. Er hatte einen ausgreifenden Schritt angeschlagen und beibehalten, zwischen den Schulterblättern spürte er warmen Schweiß. Nun ging er plötzlich langsamer, blieb schließlich stehen und blickte über die Schulter.

Er empfand den Wunsch zurückzugehen, vielleicht eine Weile auf der Ecke stehenzubleiben, die Straßenbahnen hielten dort, sie waren voll von Menschen, oder ein Stück die Hauptstraße hinabzubummeln, hell die Fenster der Läden, der Bäcker, es hatte gut und warm gerochen, als er vorbeigekommen war. Im Eingang des Supermarkts Apfelsinen und Grünzeug, die automatischen Glastüren fuhren ständig auf und zu, und in der Apotheke die weißen Kittel, eine Hand hob sich und zog eine Schublade heraus. Schneehügel am Rande des Gehsteigs, die Gasse, die freigeräumt worden war, nicht sehr breit, manchmal mußte man sich aneinander vorbeischieben, den Schritt verlangsamen, die Arme berührten sich. Tuchfühlung. Wie an der Theke der Kneipe, hinter den kleinen, rotglühenden Scheiben, um diese Stunde war die Theke wahrscheinlich schon besetzt.

Er war lange nicht mehr in der Kneipe gewesen. Das Durcheinander von Stimmen, der säuerliche Geruch des Biers, Rauch kräuselte sich unter den tiefhängenden Lampen, plötzlich ein lautes Gelächter.

Kamp wandte sich ab und ging weiter. Die Geräusche der Hauptstraße blieben zurück, die Stille rückte heran, sie hatte ihn schon erwartet, sie stieg an ihm empor, legte sich auf seine

Schultern, stieg unaufhaltsam weiter, drang in seine Ohren ein und schlug schließlich sanft über ihm zusammen. Kamp fürchtete, daß sie auch das Geräusch seiner Schritte auslöschen werde, er trat ein paarmal kräftig auf.

Er nahm den Weg am Friedhof vorbei, die schwarzen Bäume regungslos, feucht die Blätter der Hecke. Unter der Laterne wollte er stehenbleiben, er tat zwei, drei unsichere Schritte, fand dann seinen Rhythmus wieder und ging weiter. Erst auf dem Korridor, als er sich seiner Wohnungstür näherte, ging er langsamer, am Ende sehr langsam. Das Haus lag wie tot, als wären die vielen Waben verlassen, ausgestorben. Er streckte eine Hand nach dem Türgriff aus, fuhr mit einem Finger langsam am Rand der Abdeckplatte hinab, verstärkte den Druck. Die Platte saß fest.

Kamp sagte »Hallo?«, als er die Wohnungstür hinter sich schloß. Dann sagte er: »Ich bin wieder da.« Er öffnete den Kühlschrank, den Küchenschrank, entschied sich für eine kleine Büchse grüner Bohnen und für das Frühstücksfleisch, das konnte er nicht endlos aufsparen, setzte die Bohnen auf, schnitt zwei Scheiben von dem Frühstücksfleisch ab und legte sie in die Pfanne, den Rest stellte er auf einer Untertasse, mit Folie abgedeckt, wieder in den Kühlschrank. Er rührte einen Beutel mit Kartoffelpüree an, gab das Püree zu den Bohnen, dann briet er das Frühstücksfleisch ein wenig an und goß das Püree und die Bohnen über das Fleisch. Mit dem Teller setzte er sich vor den Fernsehapparat.

Um Viertel nach sechs hatte er gegessen und abgewaschen. Er zögerte, setzte sich dann wieder vor den Fernsehapparat. Noch eine dreiviertel Stunde bis zu den Nachrichten. Hin und wieder schloß er die Augen. Die Musik, die Stimmen aus dem Apparat verschwammen, er nahm sie auf wie ein unartikuliertes Geräusch, bemühte sich nicht, sie zu verstehen. Während der Nachrichten ertappte er sich dabei, daß er nicht zuhörte, sondern zum Schreibtisch hinüberblickte, das Telefon suchte.

Ihm fiel ein, daß er den Regler auf die geringste Lautstärke gestellt hatte, irgendwann, es war schon ziemlich lange her. Er hatte befürchtet, daß Frau Klose anrufen würde, ein lautes, grelles Klingeln, die bloße Vorstellung hatte ihn beunruhigt. Er stand auf und stellte den Regler auf die mittlere Position, drehte ihn dann noch ein wenig höher.

Eine gute Stunde später, das Fernsehen lief immer noch, erhob er sich plötzlich aus seinem Sessel, schloß den Wohnzimmerschrank auf und nahm den Zettel aus dem Karton. Er sah die Rotweinflasche, betrachtete sie einige Zeit, goß sich dann ein Glas Rotwein ein. Der Wein war gut, er nippte ein wenig im Stehen, setzte sich wieder in den Sessel, stand noch einmal auf und schaltete den Fernsehapparat aus.

Er hielt den Zettel unter die Stehlampe, studierte die kleinen, schräggeneigten Buchstaben. Sie sahen aus, als strengten sie sich an, die Balance zu halten, wie rundbauchige Männchen, in Reih und Glied, sie hielten sich untergehakt und stemmten sich gegen das Übergewicht, das sie zur Seite trieb. Kamp versuchte sich vorzustellen, wie diese Buchstaben entstanden waren.

Vielleicht hielt sie den Kopf beim Schreiben schräg vornüber geneigt, die Hand schob sich in kleinen, kreiselnden Bewegungen schnell über das Blatt, eine Haarsträhne fiel über die Hand, die Hand strich sie zurück. Nein, so konnte es ja nicht gewesen sein, als sie diesen Zettel schrieb. Wahrscheinlich hatte sie den Zettel gegen die Tür gepreßt, mit Daumen und zwei Fingern, in Augenhöhe, beim Schreiben den Kopf ein wenig nach hinten gelegt. Die Haare ruhten auf den Schultern.

Kamp schloß die Augen. Es gelang ihm eine Weile, das Bild festzuhalten, er wollte herausfinden, welchen Ausdruck dieses kleine runde Gesicht gehabt haben konnte, als sie den Zettel schrieb, aber er wußte, daß er so weit nicht kommen würde. Schon spürte er, wie die Nachtzeit eindrang, die Sekunden pulsten über das Bild hinweg, durch es hindurch, es geriet in eine zitternde Bewegung, Wellenbewegungen, der Pulsschlag trieb sie an, das Bild schwamm auseinander.

Kamp blieb regungslos sitzen. Die Nacht hatte begonnen. Die schwarzen Sekunden pulsten, jetzt konnte er sie auch hören. Nur eine Unterbrechung noch, eine einzige Pause, die er ihnen noch abzwingen, in der er sie aufhalten konnte: Er mußte das Weinglas abwaschen. Das dünne Kreischen, wenn er es mit dem Tuch abtrocknen, das zarte Klingen, wenn er es in den Schrank zurückstellen würde. Danach gab es kein Halten mehr. Keine Handlung, die man ins Auge fassen, kein Ereignis, dem man entgegensehen konnte, nichts, bis zum Morgengrauen.

Die Eisenbahnzüge? War es sicher, daß sie kommen und die Brücke überqueren würden? Vielleicht war die Strecke gesperrt, ein Unfall, nein, Schneeverwehungen, es würde wieder schneien heute nacht, Schneeverwehungen blockierten die Geleise auf beiden Ufern. Auch die Brücke würde schweigen.

Kamp ging zu Bett. Seine Befürchtung erwies sich als unbegründet, die Züge fuhren. Er sagte, mit offenen Augen auf dem Rücken liegend: »Siehst du.« Auch das Morgengrauen stellte sich ein. Zum Frühstück aß er wieder von der Marmelade, aber er widerstand der Versuchung, den Zettel hervorzuholen. Er konzentrierte sich auf die Zeitung. Nachdem er sie ausgelesen hatte, beschäftigte ihn die Überlegung, ob er die Post abwarten solle. Er entschied sich anders, brach beizeiten auf, um die Öffnung der Stadtbibliothek nicht zu versäumen, und hatte daran gutgetan, wie sich herausstellte. Abgesehen davon, daß am Abend nur ein Reklameprospekt im Briefkasten lag, war der junge Mann allenfalls zwei Minuten nach Kamp in der Bibliothek erschienen und hatte wieder das Sozialgesetzbuch verlangt. Aber zu diesem Zeitpunkt lag es bereits auf Kamps Tisch, aufgeschlagen, die Seite mit dem Paragraphen 60, Absatz 1.

Kamp versuchte, das Problem der Ordnungswidrigkeit

aufzuklären, zog auch noch ein juristisches Wörterbuch zu Rate, die Bibliothekarin war ihm behilflich. Als er das Gefühl nicht länger unterdrücken konnte, daß er in dieser Richtung keine wesentlichen Erkenntnisse gewinnen würde, nahm er sich wieder den Text des Bundesausbildungsförderungsgesetzes vor. Er setzte die Lektüre an der Stelle fort, an der er sie zwei Tage zuvor hatte unterbrechen müssen, weil die Bibliothek schloß. Je weiter er kam, um so langsamer las er. Aber der Text ging zu Ende, noch bevor die Lampen eingeschaltet wurden.

Er blätterte eine Weile in den Verordnungstexten, die dem Gesetzestext beigegeben waren, betrachtete die Abbildungen der Formblätter, las auch die *Verordnung über die Ausbildungsförderung für den Besuch von Ausbildungsstätten für landwirtschaftlich-technische, milchwirtschaftlich-technische und biologisch-technische Assistentinnen und Assistenten*, obwohl er sich nicht vorzustellen vermochte, daß sie sich für die Land- oder Milchwirtschaft interessierte. Aber wer konnte das wissen.

Er wehrte sich gegen die Erkenntnis, daß die Aufgabe, die er sich gestellt hatte, erledigt war, nein: daß sie nie zu lösen gewesen war. Am Ende brach sein Widerstand zusammen. Er gestand sich ein, daß es da nichts zu lösen gab. Der Fall, den er hatte lösen wollen, war ja ungreifbar, so gut wie nicht vorhanden, er kannte ihn doch gar nicht. Claudia, 21. Das war alles.

Kamp ging schweren Herzens nach Hause. Während der Nacht sagte er einmal laut: »Alter Tor.« Ein andermal, als er sich auf den Bauch gedreht hatte, grub er plötzlich beide Hände ins Kissen, er krallte sich mit allen Fingern fest, bis seine Muskeln zu schmerzen begannen.

Erst in der darauffolgenden Nacht, der Morgen begann schon zu dämmern, das endlos lange Wochenende, erlöste ihn der Einfall, gegen den er keinen Einwand gelten ließ, er schob sie alle beiseite. Er frühstückte hastig, las die Zeitung nur flüchtig und fuhr in die Stadtbibliothek, sie schloß am Samstag früher, er hatte keine Zeit zu verlieren. Eine Viertelstunde mußte er vor dem Portal warten. Er ließ sich die Broschüre und den Gesetzestext geben, legte das Lineal, die Papierbögen und Bleistifte zurecht, die er mitgebracht hatte, und begann, Fälle zu berechnen, die in der Broschüre nicht aufgeführt waren.

Im ersten Fall, den er schon beim Frühstück entworfen hatte, lebte Claudia allein, studierte Mathematik, bezahlte für ihr Zimmer 150 Mark Miete, verdiente durch Aushilfsarbeiten monatlich 100 Mark, hatte eine Mutter, die 1900 Mark verdiente, und eine 17jährige Schwester, die noch zur Schule ging. Kamp trug, nachdem er an den Kopf des Bogens eine große Eins gesetzt hatte, Claudias Bedarfssatz ein, darunter die Einkommen, von denen er die Freibeträge abzog, saubere Striche mit dem Lineal, vergewisserte sich durch Vergleich mit der Broschüre, auch durch Nachschlagen im Gesetzestext, daß er keine zu berücksichtigende Position vergessen hatte, und zog das Fazit. Darunter setzte er mit dem Lineal einen Doppelstrich.

Er gewann bei dieser Arbeit sehr schnell Routine, berechnete die nächsten Beispiele, die er entwarf, immer müheloser und befürchtete schon, daß der Stoff sehr bald erschöpft sein werde, als er sich auf einem Fehler zu Claudias Ungunsten ertappte. Claudia konnte, falls sie Architektur studierte, was er dieses Mal angenommen hatte, da auch das ihm durchaus möglich erschien, nach der Härteverordnung eine Extrazahlung beanspruchen: für ein Zeichenbrett mit Hilfsgeräten bis zu 300 Mark. Er hatte den Passus überlesen und fand ihn erst zufällig beim Blättern wieder.

Fortan arbeitete er langsamer und fühlte sich erleichtert dabei. Er schloß einen Fall erst ab, wenn er völlig sicher war, alle Besonderheiten berücksichtigt zu haben. Als die Bibliothekarin ihn antippte und lächelnd auf ihre Uhr wies, ging er ohne Widerstreben, ohne Trauer und Furcht nach Hause.

Der Samstagnachmittag hatte die Straßen schon geleert, aber es bedrückte ihn nicht. Wenigstens noch zwei Fälle, die durchaus möglich waren, hatte er zu berechnen. Während des Sonntags entwarf er vier weitere.

Erst am darauffolgenden Tag, als die Lampen der Bibliothek eingeschaltet wurden, verlor sich seine Überzeugung, daß er nun doch eine Aufgabe zu bewältigen habe und auf dem richtigen Wege sei. Er zählte die Blätter seiner Fallsammlung nach und kam auf dreiundzwanzig. Es war eine Medizinstudentin Claudia dabei, Vollwaise, eine andere, deren Eltern noch lebten, aber der Vater saß im Gefängnis, die Mutter war krank und bezog Sozialhilfe. Mit einem gewissen Widerstreben hatte er sogar die Ansprüche einer Claudia berechnet, die mit einem Studenten verheiratet war. Die Frage hatte ihn beunruhigt, ob es dieser Ehemann hätte gewesen sein können, vor dem sie weggelaufen war, als sie ihm begegnete, oder ein Nebenbuhler des Ehemanns, und über beide Möglichkeiten mochte er nicht nachdenken.

Kamp starrte auf seine Blätter. Was hatten sie mit der Wirklichkeit zu tun? Dieses Kind verheiratet? Was für ein Unsinn. Wie groß war die Chance, daß auch nur eines seiner Beispiele halbwegs zutreffend beschrieb, wer sie war, woher sie kam, was sie tat? Eins zu tausend? Eins zu zehntausend? Dreiundzwanzigmal Claudia, und wahrscheinlich war es dreiundzwanzigmal die falsche. Und die richtige gab es nicht mehr.

Er schob die Blätter zusammen und verließ die Bibliothek. Er wanderte lange durch die Stadt, wie lange, merkte er erst, als ihn die Füße zu schmerzen begannen. Er fuhr mit der Straßenbahn nach Hause. Das letzte Stück des Weges, am Friedhof, am Spielplatz vorbei, kostete ihn Mühe. Noch im Mantel schloß er den Wohnzimmerschrank auf und legte die Blätter in den Karton. Als er den Schrank schon abschließen wollte, hielt er ein. Er öffnete den Karton noch einmal und packte die Blätter und den Zettel unter die Briefe.

Zwei Nächte, zwei Tage lang widerstand er der Versuchung, den Zettel und die Blätter noch einmal hervorzuholen. Er beobachtete sich, und er glaubte festzustellen, daß die Versuchung schwächer wurde. Es war auch feststellbar, daß die Enttäuschung, wenn er morgens den Briefkasten öffnete und ihn leer fand, auf das normale Maß zurückging, er war sich ziemlich sicher. Es war ja doch nie seine Art gewesen, sich etwas vorzumachen.

Am Abend des zweiten Tages saß er vor dem Fernsehapparat und verfolgte mit Interesse die Nachrichten, als das Telefon klingelte, laut und grell. Er hatte vergessen, den Regler zurückzustellen. Er sprang auf, griff das Telefon mit einer Hand, hielt den Hörer fest und drehte das Telefon um. Mit der anderen Hand stellte er den Regler zurück. Das Telefon schnarrte nur noch, aber es schnarrte weiter. Frau Klose, Hertha.

Warum eigentlich nicht? Er hob ab. »Kamp.«

Eine helle Stimme sagte: »Hallo! Ich bin's, Claudia. Ich wollte nur mal hören, wie es Ihnen geht?«

4

Kamp griff jäh nach der Bleistiftschale, schob sie ein wenig zur Seite und wieder zurück. Er sagte: »Danke gut. Und wie geht's Ihnen?« Er tastete hinter sich nach der Lehne des Schreibtischstuhls, zog den Stuhl heran und setzte sich langsam. Seine Muskeln waren angespannt, er preßte den Telefonhörer aufs Ohr. Er fürchtete, er könne irgendein Wort nicht verstehen oder falsch verstehen.

Sie sprach schnell, lachte. Danke, danke, es gehe ihr gut, sie habe nur viel zu tun, bekomme kein Bein auf die Erde, sonst hätte sie sich auch schon früher mal wieder gemeldet, aber es sei tatsächlich jeden Tag was anderes gewesen, und heute abend müsse sie auch noch weg, wie spät es denn eigentlich sei?

Kamp sah auf die Uhr. »Zehn nach sieben.« Er sagte: »Ich wollte mich auch für die Marmelade bedanken.«

Sie lachte, ach das bißchen Marmelade, ob er die denn überhaupt möge, das sei so eine Schnapsidee von ihr gewesen, nur schade, daß er nicht zu Hause gewesen sei, aber vielleicht wäre es ihm ja auch nicht recht gewesen, sie habe tatsächlich von unten ein paarmal die Stockwerke abgezählt, um herauszufinden, ob bei ihm Licht brenne, aber sie sei immer wieder durcheinandergekommen, und da habe sie es dann einfach mal drauf ankommen lassen, aber ein bißchen Angst habe sie schon gehabt, daß ihm so ein Überfall gar nicht recht sei.

Kamp sagte: »Wie kommen Sie denn darauf?« Dann sagte er: »Ich hab mich sehr darüber gefreut. Und die Marmelade ist sehr gut.«

Wirklich? Na, dann habe sie ja ausnahmsweise vielleicht doch mal eine gute Idee gehabt. Aber jetzt müsse er ihr ganz schnell erzählen, was er denn so gemacht habe, das sei doch jetzt schon mindestens eine Woche her, daß sie sich gesehen hätten, und was er denn jetzt tue.

Kamp sagte: »Ach. Dieses und jenes. Irgendwas ist ja immer.«

Sie lachte. Damit könne sie aber nicht viel anfangen. Ob er denn wieder in der Stadtbibliothek gewesen sei?

Kamp überkam das Gefühl, daß er etwas zu verbergen habe, er fürchtete, sich bloßzustellen. »Ja. War ich auch. Zwischendurch mal.«

Und? Was er denn Schönes gelesen habe?

Kamp geriet in peinliche Bedrängnis, es wollte ihm nichts einfallen, und erst als er sich zum zweitenmal geräuspert hatte, kam ihm das Buch in den Sinn, in dem er sich schon vor zwei oder drei Wochen festgelesen hatte. Er sagte: »Ach. Ein wissenschaftliches Buch. Aber sehr interessant.« Er fühlte sich erleichtert, als ihm auch der Name des Autors wieder einfiel. »Den kennen Sie doch sicher. Der ist doch oft im Fernsehen.«

Ja klar, den kenne sie. Und wovon das Buch handele?

»Das ist so einfach nicht zu sagen. Nicht in ein paar Worten, meine ich. Es handelt vom Anfang der Welt. Und wie dann alles sich entwickelt hat. Der menschliche Geist. Davon handelt es in der Hauptsache. Wie das zustande gekommen ist. Das Bewußtsein.«

Ah ja. Sie sagte, darüber müßten sie sich irgendwann mal unterhalten. Sie interessiere sich dafür, aber sie verstehe nicht viel davon.

Kamp sagte: »Ich doch auch nicht.«

Ah doch, er verstehe davon ganz bestimmt viel mehr als sie.

»Ach wo.« Er wußte nicht, wie er fortfahren sollte, eine Pause trat ein, er suchte angestrengt nach einem neuen Anknüpfungspunkt. Sie fragen, ja, wo sie wohne, und ob er sie da auch anrufen könne, und wann sie denn einmal Zeit habe, und wie sie überhaupt heiße, der Familienname, um Himmels willen, aber das war ja ganz unmöglich, was hätte sie denn von ihm denken sollen, dieses Kind. Und was hätte er von sich selbst denken müssen.

Sie sagte, was er befürchtete: »So. Jetzt hab ich aber lange genug gelabert.«

Sein Mund war trocken. »Aber wieso denn.«

Sie seufzte einmal auf. »Ich muß noch weg.«

»Hoffentlich was Angenehmes.«

»Nein, das leider nicht.« Sie lachte. »Aber es muß sein. Ich muß jetzt einem Typ auf die Bude rücken, der noch was von mir hat.«

Er war sich nicht sicher, ob er sie richtig verstanden hatte, suchte nach einer passenden Frage, litt schon wieder unter der Pause, die ja doch das Ende bedeuten mußte.

Aber sie sprach weiter. »Wenn ich mir's nicht hole, seh ich es nie wieder.«

Er glaubte zu verstehen: »Geld? Haben Sie diesem... haben Sie ihm Geld geliehen?«

Sie lachte. »Ach wo. Geld bekommen nur andere Leute von mir. Nein, das ist so eine Truhe, wissen Sie, eigentlich nur ein Holzkasten, aber mir gefällt sie, ziemlich alt schon, die stammt noch von meiner Großtante.«

»Und die haben Sie ihm geliehen.«

»Geliehen ist gut. Nein, ich hab sie bloß bei ihm untergestellt.« Sie sagte: »Ich hab mal ein paar Tage bei dem gewohnt, verstehen Sie. Ich saß auf dem Trockenen.«

»Ja, ja, natürlich.«

»Und jetzt will der Spinner sie nicht rausrücken. Der ist echt abgespitzt, verstehen Sie.«

»Ja. Ja, ja. Nur...« Kamp suchte nach Worten, er wollte seine Beunruhigung nicht zu erkennen geben. »Wenn er diese Truhe nicht rausrücken will, ich meine... Sie gehen natürlich nicht allein dahin? Sie werden doch jemanden mitnehmen, Freunde, meine ich?«

»Freunde?« Sie lachte. »Freunde! Sie wissen doch, wie das geht. Zwei haben mir's versprochen, und jetzt hat keiner Zeit. Na, macht nichts.«

Kamp rückte auf seinem Stuhl nach vorn. »Aber das können Sie doch nicht machen. Wie wollen Sie denn das Ding überhaupt transportieren, allein?«

»Ich hab doch ein Auto. Hab ich Ihnen das nicht erzählt? Uralt, aber fährt immer noch.« Sie lachte. »Oder meistens. Ich muß das Ding nur auf den Rücksitz kriegen.«

Kamp sagte: »Das können Sie nicht machen. Sie können doch nicht allein eine Truhe auf den Rücksitz heben.«

»Klar kann ich das. So groß ist die auch gar nicht. Truhe ist übertrieben, es ist ja nur ein Holzkasten, verstehen Sie.«

»Und wenn dieser... dieser Mann Schwierigkeiten macht?«

»Ach, mit dem werd ich fertig. Der Fall wäre schon längst erledigt, ich hab mich bisher nur nicht aufraffen können.«

Kamp neigte sich vornüber, er tippte mit dem Zeigefinger auf den Schreibtisch. »Hören Sie, Claudia, das dürfen Sie nicht machen. Wirklich nicht. Sie dürfen da nicht allein hingehen.«

Sie schwieg still.

Kamp sagte eindringlich: »Das ist doch zu riskant.«

Sie schwieg noch immer.

»Hören Sie? Claudia?«

»Hätten Sie denn vielleicht Zeit?«

Kamp räusperte sich, lehnte sich zurück. Dann sagte er: »Natürlich. Wenn ich Ihnen helfen kann.«

Sie sagte: »Sie sind wirklich ein richtiger Schatz. Ich komme Sie abholen. In zwanzig Minuten bin ich da.«

Kamp ging, als er den Mantel angezogen hatte, noch einmal ins Wohnzimmer. Er starrte das Telefon an, fuhr sich plötzlich mit der Hand übers Gesicht. Er sah auf die Uhr. Es war noch viel zu früh, aber er fuhr hinunter und wartete vor dem Haus. Die Laternen brannten still. Auf der Straße war schon niemand mehr zu sehen.

Sie kam an in einem Auto, dessen Motorengeräusch wie ein stotterndes Donnergrollen klang, lehnte sich hinüber, öffnete ihm die Tür und lachte ihn an. »Ich hab's ja gewußt, daß man sich auf Sie verlassen kann. Versäumen Sie jetzt wirklich nichts Wichtiges?«

»Ach wo.« Er sah, daß eine Decke auf dem Beifahrersitz lag, zögerte. Sie klopfte mit der Hand auf die Decke. »Steigen Sie ein, das ist zum Draufsetzen. Das Polster ist zu verschlissen.« Sie lachte. »Sie sollen ja nicht an einer Feder hängen bleiben.«

Kamp brachte vorsichtig seine Knie unter. Als sie entgegen seiner Erwartung zurück zur Hauptstraße fuhr, sagte er: »Ich hatte gedacht, das wäre der, bei dem Sie vergangene Woche waren?«

»Der? Nein. Das war doch nur ein harmloser Irrer. Bei dem war ich das erstemal. Und das letztemal.«

Sie schwieg still. Kamp, den die Antwort irritierte, hätte gern mehr erfahren, aber er spürte, daß sie unter einer zunehmenden Spannung stand. Sie saß aufrecht, ziemlich nahe am Lenkrad, schaltete hastig und fuhr nach seiner Meinung zu schnell. Als eine Ampel auf Gelb sprang, zögerte sie, bremste dann heftig. Sie ließ die Finger auf dem Lenkrad trommeln, wandte sich von Kamp ab und sah hinaus auf die andere Straßenseite, auf der es nichts zu sehen gab.

Sie fuhr in die Südstadt. Kamp kannte das Viertel, aber er war lange nicht mehr da gewesen. Schmale Wohnhäuser, an einigen waren die Schnörkel der Jahrhundertwende aufgefrischt, an vielen verblaßt und verfallen. Unter den Straßenlampen winzige Vorgärten hinter Gittern, hier und da war die Farbe abgeblättert, stumpfes Eisen. Steile Haustreppen, die Mülltonnen im düsteren Winkel. Läden mit Schaufenstern unter breiten Bogensimsen, Kneipen an den Straßenecken, die bunten Leuchtschilder.

Sie sagte: »Kennen Sie sich aus hier?«

»Ja. Früher mal.«

»Wir müssen noch ein Stückchen weiter. Aber gleich sind wir da.«

Kamp nickte. Die Straße, auf die sie abgebogen war, verödete schnell, keine Wohnhäuser mehr, ein paar Bogenlampen über Bretterzäunen, dann der schwarze Bahndamm, Wasser troff vom niedrigen Bogen der gemauerten Unterführung. Dahinter nur noch das Licht der Autoscheinwerfer, die Straße wand sich und wurde noch schmaler, Kamp sah Drahtzäune, über die die Scheinwerfer hinwegglitten, das Kopfsteinpflaster endete, ein gewalzter Weg.

Sie hielt an. »Steigen Sie schon mal aus? Ich muß dicht an den Zaun ranfahren, sonst kommt keiner mehr vorbei.« Sie lachte. »Manchmal kommt hier tatsächlich noch einer um diese Zeit.«

Kamp stieg aus und sah sich um. Eine Laubenkolonie, er erkannte in der Dunkelheit hinter dem Maschendraht eine

Bretterbude. Ein Zug rollte heran, Kamp sah hoch auf dem Bahndamm die Lichter der Lokomotive vorüberziehen, dahinter wurde es wieder dunkel. Ein Güterzug. Er erinnerte sich. Es war der Bahndamm, der zu seiner Brücke führte.

Er hörte ihre Schritte, sie knirschten auf dem Splitt des Weges. Sie trat vor ihn, ihr Gesicht war nur ein heller Fleck. Sie schien zu lächeln. »Wollen wir?« Er glaubte zu hören, daß ihre Stimme anders klang, gepreßt. Sie faßte ihn am Arm. »Sie müssen ein bißchen aufpassen. Hier wird der Schneematsch noch herumliegen. Aber wir müssen nicht weit, es ist die dritte Bude.«

Er folgte ihr auf einen engen Seitenweg, rechts und links zerbeulter Maschendraht. Sie ließ seinen Arm nicht los. Kamp spürte den glatten Matsch unter seinen Sohlen. Plötzlich rutschte sie, sie krallte die Finger in seinen Arm, Kamp fing sie mit beiden Händen. Sie sagte unterdrückt: »Scheiße. Das ist ja lebensgefährlich hier.« Kamp sagte: »Lassen Sie mich mal vorgehen.« Er ertappte sich dabei, daß er leise sprach. Sie ließ ihn vorbei, faßte von hinten nach seiner Hand.

Hinter dem nächsten Lattentor sah Kamp ein schwaches Licht, ein Fenster, der Vorhang war zugezogen. »Ist es hier?« Sie hielt ihn fest. »Ja. Ich gehe vor.« Das Tor klemmte. Kamp sagte: »Moment mal«, beugte sich vor und hob das Tor an, schwenkte es zurück. Unebene Steinplatten bis zum Eingang der Bude. Sie griff wieder nach Kamps Hand und führte ihn. Vor der Bude stampfte sie ein paarmal mit den Füßen auf, streifte den Schneematsch ab, wartete mit gesenktem Kopf. Als sich nichts rührte, klopfte sie mit der Hand gegen die Tür. »Achim? Mach mal auf! Ich bin's, Claudia.«

Der Schlüssel drehte sich im Schloß, die Tür öffnete sich. Kamp wurde bewußt, daß er eine breitschultrige Gestalt erwartet hatte, schwarzes Haar, dunkle Augenbrauen, bärtig, schlampig angezogen. Es war ein hochaufgeschossener junger Mann mit rotblonden Haaren, glatt rasiert. Aus dem blauen Pullover sah ein weißer, offener Hemdkragen hervor. Der junge Mann lächelte, streckte eine Hand aus. Dann sah er Kamp. Er sagte: »Wer ist das denn?«

»Laß uns mal rein hier. Wir bleiben nicht lange.«

Der junge Mann trat nicht zurück. »Erst will ich wissen, wer das ist.«

Kamp räusperte sich. »Mein Name ist Kamp.«

»Das ist mir doch scheißegal, wie Ihr Name ist. Ich will wissen, wer Sie sind.«

»Sag mal, spinnst du?« Sie wies mit dem Daumen über die Schulter. »Das ist Herr Kamp, das genügt doch wohl. Er hilft mir, meine Kiste holen.«

»Deine Kiste?« Er sah sie an.

Sie sagte, Kamp verstand es kaum: »Ich will meine Kiste haben.«

Er rührte sich nicht.

Kamp sagte: »Nun machen Sie doch keine Schwierigkeiten. Sie haben doch gehört, was sie gesagt hat.«

Plötzlich gab der junge Mann die Tür frei, verschwand in der Bude. Sie trat ein, winkte Kamp hastig zu, ihr zu folgen. Kamp schloß die Tür hinter sich.

Ein Kanonenofen, daneben ein Blechkasten mit Briketts und Holz, aufgestapelt. Eine breite Liege, die Wolldecke darauf war glattgezogen. Ein kleines Bücherregal, ein wenig schief, aber die Bücher säuberlich aufgestellt. Poster an den Bretterwänden, Kamp konnte im Halbschatten nicht erkennen, was sie darstellten. Der junge Mann saß an einem Tisch, auf dem unter der Lampe Papiere und aufgeschlagene Bücher lagen. Er sah sie nicht an.

Sie fragte: »Wo ist sie?«

Der junge Mann sagte: »Ich will mit dir reden. Er soll draußen warten.«

Kamp sah sie an.

Sie sagte: »Hör doch endlich auf mit dem Mist. Es gibt nichts zu reden. Wo ist meine Kiste?«

Kamp sah hinter sich. Im Winkel neben der Tür stand eine kleine Truhe, ein Vorhängeschloß darauf. Er sagte: »Ist sie das?«

Sie wandte sich um. »Ja.« Sie kam mit ein paar schnellen Schritten heran, faßte einen der Griffe. »Helfen Sie mir?« Kamp faßte den anderen Griff, sie hoben die Truhe hoch. Sie war ziemlich schwer.

Der junge Mann sprang auf, griff mit einem Arm unter die Truhe, mit dem anderen darüber, riß ihnen die Truhe aus den Händen, Kamp spürte einen kleinen, scharfen Schnitt in einem seiner Finger. Der junge Mann trat einen Schritt zurück, er hielt die Truhe mit beiden Armen vor der Brust.

Sie sagte, ihre Stimme klang erstickt von Angst und Wut: »Bist du eigentlich noch dicht?« Sie nahm den Zeigefinger zwischen die Lippen. »Du hast mir weh getan.«

Kamp sagte: »Also, wissen Sie, wenn Sie unbedingt Schwierigkeiten machen wollen... Es gibt schließlich noch andere Mittel, um Sie zur Vernunft zu bringen.«

Der junge Mann setzte die Truhe ab. Er sah Kamp an, der Mund in dem glatten Gesicht verzerrte sich. »Was denn? Wollen Sie sich mit mir schlagen?«

Sie schrie: »Faß ihn nur ja nicht an!«

»Dann soll er verschwinden.«

»Kommt gar nicht in Frage. Wir gehen zusammen.«

»Ich will mit dir reden.«

»Sag mal, bist du zu, oder was ist mir dir? Ich hab gesagt, daß es nichts zu reden gibt.«

»Du weißt, was du mir schuldest.«

»Hör auf mit dem Gesülze, ich kann's nicht mehr hören. Ich schulde dir überhaupt nichts.«

»Du schuldest mir sehr viel.«

Sie sah ihn an, nahm den Zeigefinger wieder zwischen die Lippen. Kamp sah, daß ihr plötzlich Tränen in die Augen schossen. Sie schluchzte einmal heftig, blieb dann wieder still. Zwei Tränen drangen ihr über die Lider und rannen über die Wangen.

Der junge Mann sprang über die Truhe, riß die Tür auf und stürzte hinaus. Sie hielt einen Augenblick den Atem an, lauschte. Dann sagte sie: »Schnell, bevor er wiederkommt.« Kamp faßte nach dem Griff, sie hoben die Truhe an und trugen sie hinaus. Kamp, der vorausging, stolperte auf den Steinplatten, er fing sich. In seinem Rücken hörte er sie unterdrückt sagen: »Schnell!«

Er tastete im Dunkeln nach dem Lattentor, griff ins Leere, merkte, daß das Tor offenstand. Er sagte »Langsam, langsam!«, als sie ihn mit der Truhe hinaus auf den Weg schob. Sie zischelte: »Sie müssen vorangehen, der Weg ist zu schmal!«

»Ja, ja. Immer mit der Ruhe.«

Es war ein widerwärtiges Gefühl, sich auf diesem Weg voranzutasten, auf dem er keine drei Schritte weit sehen konnte. Ein Personenzug fuhr vorüber, Kamp sah flüchtig auf, die Kette der erleuchteten Fenster glitt hoch und ziemlich weit entfernt vorüber. Er wünschte sich, in diesem Zug zu sitzen. Zweimal glitt er aus, krallte die Finger der freien Hand in den Maschendraht, um sich zu fangen. Er spürte, daß Wasser in seine Schuhe lief.

War da etwas? Er streckte die Hand aus, mit gespreizten Fingern. Nichts. Plötzlich bekam er Angst um das Mädchen, dessen hastigen Atem er hinter sich hörte. Er hätte hinten gehen sollen. Er ging schneller, mit kurzen, tappenden Schritten, blindlings ins Dunkel hinein.

Als sie die Truhe neben dem Auto abstellten, sah Kamp um sich. Sie schloß die Tür auf, klappte den Vordersitz zurück und stieg ins Auto, zerrte gebückt die Truhe hinter sich her, Kamp sagte »Langsam, langsam!« und hob die Truhe an. Der Motor heulte auf, als sie ein Stück vorfuhr, um Kamp einsteigen zu lassen. Er bückte sich, wollte nach seinen Schuhen sehen, sie drückte die Tür auf, lehnte sich zu ihm hinüber, »Das macht doch nichts, kommen Sie!«

Sie fuhr rückwärts bis hinter die Eisenbahnunterführung, das Auto schlingerte hin und her. Unter der ersten Straßenlaterne wendete sie, die Gangschaltung krachte. Sie fuhr erst langsamer, als sie die Wohnstraßen erreicht hatten.

Sie strich die Haare zurück, sah Kamp an und lachte. »Na, wie haben wir das gemacht?«

Kamp sagte: »Ich weiß nicht...«

»Aber wieso denn? Das war doch einfach irre. Und Sie erst mal. Ohne Sie hätte ich das nie geschafft. Wissen Sie was? Ich lad Sie zu einem Bier ein. Das müssen wir feiern.«

Kamp wehrte nur schwach ab. Die Vorstellung, mit ihr in eine Kneipe zu gehen, bereitete ihm Unbehagen. Aber noch mehr schreckte ihn der Gedanke, sich jetzt schon nach Hause bringen zu lassen und sie abfahren zu sehen.

Als sie das Auto geparkt hatte, schräg auf dem Gehsteig, in der engen Lücke, die ein anderer bis zum nächsten Straßenbaum gelassen hatte, kniete sie sich auf den Sitz, schloß das Vorhängeschloß auf, öffnete die Truhe und wühlte eine Weile darin herum. Dann hängte sie das Schloß wieder vor und kam heraus. »Scheint noch alles drin zu sein.«

»Wertvolle Sachen?«

»Nicht richtig wertvoll. Aber für mich schon.« Sie schloß das Auto ab und nahm Kamps Arm. »Jetzt wollen wir aber.«

Kamp sagte: »Was hat er denn gemeint, ich meine, als er sagte, daß Sie ihm sehr viel schulden?«

»Ach!« Sie schüttelte den Kopf, die Haare flogen. »Das haben Sie doch wohl nicht geglaubt? Der ist nicht ganz dicht, wirklich. So einen Stuß redet der immer.«

Kamp hatte Bedenken, mit seinen schlammigen Schuhen in die Kneipe zu gehen, aber sie zog ihn hinter sich her, schob den Filzvorhang auseinander, ein bläulicher Rauchschleier, harte, stampfende Musik, vermengt mit Stimmen, Gelächter, schemenhafte Gesichter wendeten sich ihnen zu, Bärte, lange Haare, »Wie siehst du denn aus, kommt mal her, guckt mal, wie die aussieht, auf welchem Acker warst du denn? Menschenskind, die Stiefel kannst du aber glatt in die Ausstellung bringen.« Gedränge, Kamp wurde angerempelt. Einer sah ihn lachend an: »Und wer ist das hier? Ist das der Gutsbesitzer?«

Sie zog Kamp weg, »Jetzt haltet mal die Klappe! Kommen Sie, wir setzen uns in die Ecke, an der Theke kriegen wir doch keine Ruhe, das sind lauter Chaoten.«

Kamp sah keinen freien Platz, er sagte: »Aber es ist doch alles besetzt.«

»Ach wo.« Sie zog ihn an einen Tisch, an dem sechs junge Leute saßen: »Könnt ihr mal ein bißchen rücken?« Sie sahen Kamp stumm an, die drei auf der Eckbank rückten zusammen, sie wies mit dem Finger auf die Bank, »Setzen Sie sich, ich hole uns das Bier«. Sie kam noch einmal zurück: »Wollen Sie Ihren Mantel nicht ausziehen?«

»Nein, nein, danke. So lange möchte ich ja nicht bleiben.« Er knöpfte seinen Mantel auf, nahm die Pelzmütze ab, setzte sich auf die Kante der Bank. Das Mädchen, das auf dem Stuhl neben ihm saß, nahm die Knie zur Seite, ließ den Blick sinken und sah auf Kamps Schuhe. Kamp sah in die Runde, lächelte und nickte. Sie sahen ihn an, aber sie zeigten keine Reaktion. Plötzlich legte das Mädchen gegenüber seinen Kopf auf die Schulter des jungen Mannes, der neben ihr saß, lachte, hob das Gesicht und flüsterte ihm etwas ins Ohr. Der junge Mann lächelte, sah Kamp an und ließ, als der ihm nicht auswich, den Blick lächelnd zur Seite gleiten.

Von der Theke kam einer mit einem breiten schwarzen Schnauzbart herüber, helle, halbhohe Stiefel, eine Weste über dem Hemd, er beugte sich über das Mädchen auf dem Stuhl, sie wendete ihm das Gesicht zu und lächelte, er beugte sich zu Kamp, sah ihn aber nicht an, sondern sprach an ihm vorbei: »Ich spendiere Ihnen ein Bier, wenn Sie mir sagen, wo Sie mit ihr gewesen sind.«

Kamp lehnte sich zurück und sagte: »Trinken Sie Ihr Bier allein. Wie kommen Sie mir vor?«

Er richtete sich auf, sah Kamp erstaunt an: »Meine Güte, was ist denn los, Onkel? Haben Sie schlecht geschlafen?«

Sie kam mit zwei Gläsern in der Hand, schob den Schnauzbart mit dem Ellbogen zur Seite: »Hau ab, laß ihn in Ruhe.«

»Ich geh ja schon. Wer wird denn stören wollen?« Die sechs am Tisch lachten.

Kamp stand auf, nahm das Glas, das sie ihm entgegenhielt. »Das können wir doch auch im Stehen trinken. Ich möchte jetzt bald nach Hause.«

Sie sah ihn an, nickte, prostete ihm zu. Sie tranken das Bier. Kamp sagte: »Vielen Dank.« Er fügte hinzu: »Das hat gutgetan.« Sie nahm ihm das Glas ab und stellte es mit dem ihren auf den Tisch. »Kommen Sie.«

Das Spalier der Gesichter, lächelnd, lachend. »Das ist aber schade, daß ihr schon geht.« »Halt doch die Klappe, er muß zurück auf seinen Gutshof.« »Können wir da auch mal zu Besuch kommen?«

Zwei kamen hinter ihnen her, stellten sich vor die Tür und sahen ihnen nach. Kamp hörte das Gelächter.

Sie fuhr an, die Gangschaltung krachte. An der ersten Ampel sagte sie: »Es tut mir leid. Manche von denen sind wirklich total bescheuert.«

»Das macht doch nichts.«

»Die können Sie echt vergessen.«

Als sie vor seiner Haustür angelangt waren, Kamp wollte ihr schon die Hand geben, fragte sie: »Haben Sie nicht noch einen Augenblick Zeit?«

»Ja, aber...«

»Ich wollte nur noch ein bißchen schwätzen.« Sie stellte den Motor ab, zog den Kragen der Jacke hoch, schlug die Arme übereinander. »Können Sie sich vorstellen, wie zufrieden ich bin?«

»Wirklich?«

»Sie ahnen ja gar nicht, wie sehr Sie mir geholfen haben.«

»Aber wieso denn, das war doch...«

»Das war wirklich unheimlich wichtig für mich, ich sag's Ihnen.« Sie griff in die Jackentasche, zog ein Päckchen Zigaretten heraus, hielt es ihm hin. »Mögen Sie?«

»Danke, ich rauche nicht.«

»Stört es Sie denn, wenn ich mir eine anstecke?«

»Nein, nein, rauchen Sie nur.«

Sie zündete die Zigarette an, drehte das Fenster einen Spaltbreit herunter. Sie sagte: »Haben Sie eigentlich gar keine Angst gehabt?«

»Angst?« Er dachte nach. »Es war nicht sehr gemütlich. Die Situation, meine ich. Der junge Mann scheint ja wirklich... ein bißchen unberechenbar. Aber Angst... Ich weiß nicht.«

Sie sah ihn interessiert an. »Haben Sie nie Angst?«

»Doch, doch.« Er lächelte. »Aber wenn, dann vor ganz anderen Sachen.«

»Vor dem Tod?« Sie schüttelte sofort den Kopf. »Entschuldigung, das war eine blöde Frage.«

»Warum denn, das ist doch keine blöde Frage.«

Nach einer Weile sagte sie: »Wissen Sie, das hat mit Ihnen nichts zu tun. Das ist mir nur so in den Kopf gekommen, weil ich mich eine Zeitlang damit beschäftigt habe.«

Kamp runzelte die Stirn. »Sie? Mit dem Tod?«

»Na ja, oder auch nicht.« Sie lachte. »Gibt es den überhaupt, den Tod?«

»Natürlich gibt es den.« Kamp schüttelte den Kopf. »Ich verstehe nicht, wie Sie das meinen. Meinen Sie den Totenkopf, das Gerippe mit der Sense? Das gibt es vielleicht nicht. Oder ganz bestimmt nicht. Aber daß es den Tod gibt, ich meine, daß man sterben muß, daß es aus ist eines Tages, das ist doch klar. Oder?«

»Ich weiß nicht.« Sie streifte die Asche von der Zigarette. »Es gibt ja doch eine ganze Reihe von Leuten, die ganz was anderes sagen.«

»Die Kirche, meinen Sie?«

»Nein, nein. Damit kann ich nichts anfangen.« Sie sah ihn an. »Ich meine Wissenschaftler. Leute, für die das keine Glaubenssache ist, die haben da richtige Untersuchungen angestellt. Das Leben nach dem Tod. Haben Sie nie davon gehört?« Sie lächelte. »Und das Leben vor dem Leben?«

»Nein.« Kamp schüttelte den Kopf. »Das ist mir zu hoch. Was soll das denn heißen, das Leben vor dem Leben?«

Sie zog ein Taschentuch aus der Jackentasche und rieb sich die Nase. »Sie haben mir doch von dem Buch erzählt, das Sie gelesen haben, wie war das noch, das handelte vom Bewußtsein, haben Sie gesagt?«

»Aber das ist doch ganz was anderes.« Kamp hob die Hand. »Da geht es doch um... na ja, wie der Geist entstanden ist. Aus der Materie. Und so weiter.«

Sie wandte sich ab, sah aus dem Seitenfenster. »Sie werden's nicht glauben, aber es gibt wirklich Leute, die da wahnsinnige Sachen erlebt haben. Es gibt so Gruppen, verstehen Sie, die das richtig trainieren. Eine Freundin von mir hat mich ein paarmal mitgenommen, na ja, was heißt Freundin, sie ist schon älter, aber wir verstehen uns ganz gut. Ich hab das mitgemacht, dieses Training, ich hab's versucht. Manche Leute fahren da total ab, die erleben die irrsinnigsten Sachen, ihre eigene Geburt zum Beispiel, die erleben sie noch einmal, mit allem Drum und Dran, und nicht nur das, manche kehren auch in ein Leben zurück, das sie vorher gelebt haben.«

Kamp sagte: »Seelenwanderung?«

»Nein, so nennen sie das nicht.« Sie begann zu lächeln, zog die Stirn zusammen und sprach den Anfang des Worts Silbe um Silbe aus, bei jeder Silbe nickend: »Trans-per-so-na-li-sa-tion. Klingt ziemlich kompliziert. Ich meine, ich hab das selbst auch nie geschafft, aber wenn Sie die Leute hinterher erzählen hören, Sie glauben erst, die sind zu, aber da gibt's ja keinen Tropfen, die schaffen das so. Die spinnen nicht, wirklich nicht.« Sie sah ihn an. »Und ich hab mir schon mal gedacht, wenn's das tatsächlich gibt, ein Leben vor dem Leben, dann müßte es eigentlich auch eins nach dem Tod geben. Finden Sie nicht?«

Kamp schüttelte den Kopf. »Ich weiß nicht. Ich hab so was noch nie gehört. Das, was Sie da erlebt haben.«

»Ich schwör's Ihnen.«

»Ich glaub Ihnen ja. Aber vielleicht machen sich die Leute nur was vor?«

Sie schwieg.

Er sagte: »Und ich verstehe auch nicht, daß Sie sich darüber so viel Gedanken machen. Über den Tod, meine ich. Dafür sind Sie doch viel zu jung. Es wäre doch viel besser für Sie, wenn Sie sich mit dem Leben beschäftigen.«

Sie nickte, ohne ihn anzusehen. Plötzlich streckte sie ihm die Hand entgegen: »Jetzt muß ich aber los. Vielen Dank noch mal.«

Kamp war schon ausgestiegen, sie fuhr ab, winkte ihm, die Rücklichter entfernten sich, als ihm bewußt wurde, daß er immer noch nur ihren Vornamen wußte. Zwei Frauen, ein Mann, Hausgenossen, sie waren an ihm vorbeigegangen, der Mann wandte sich um nach Kamp und sagte laut: »Guten Abend!« Kamp sah hinter ihnen her. Nach einer Weile sagte er: »Guten Abend.«

5

Kamp ging zwei Tage lang nicht vor die Tür, aß nur wenig, teilte seine Vorräte ein, die Milch. Er saß stundenlang im Sessel, versuchte, das Telefon nicht anzusehen, stand aber doch schon einmal auf, um sich zu vergewissern, daß er den Lautstärkeregler nicht in Gedanken wieder zurückgestellt hatte, »Idiot, das war jetzt das letztemal«, drehte den Regler ein bißchen höher und nach einer halben Stunde wieder auf die vorherige Position, weil ihn die Vorstellung beunruhigte, das Telefon könne zu laut und ganz unerwartet klingeln, nachts vielleicht, wenn er gerade Schlaf gefunden hatte.

Er wußte, daß die Erwartung, sie werde wieder anrufen, ganz unbegründet war. Aber er fand keinen anderen Ausweg aus dem Teufelskreis quälender Argumente und Gegenargumente, die ihm keine Ruhe ließen.

War es nicht seine eigene Schuld, daß sie so ungreifbar war wie zuvor, hätte er nicht sich überwinden und sie fragen müssen, wo sie wohne und wie sie heiße, was wäre denn daran ungehörig gewesen? Er wollte ihr doch nicht lästig fallen, ganz im Gegenteil. Hätte er ihr nicht sagen können, sagen müssen, daß er sich informiert hatte, daß er über Bafög Bescheid wußte und ihr raten konnte?

Aber warum denn er? Warum hätte es seine Sache sein sollen, dafür zu sorgen, daß die Verbindung nicht wieder abreißen konnte, warum nicht die dieses Mädchens, dem er nun schon zweimal aus der Patsche geholfen hatte? Wäre es nicht vielmehr von ihr zu erwarten gewesen, daß sie sich ihm offenbart und nicht wieder zurückgezogen hätte, als sei er ein Fremder, von dem sie nie etwas habe wissen wollen und von dem sie nichts zu erwarten habe?

Aber hatte sie sich denn nicht offenbart, war es denn nicht ein Vertrauensbeweis, ein Versuch der Annäherung gewesen, daß sie ihm von den ausgefallenen Dingen erzählte, die sie beschäftigten, das Leben vor dem Leben, nun gut, es mochte ja unsinniges Zeug sein, aber sie nahm es doch offensichtlich ernst, und hätte er sie, wenn er sie schon nicht verstand, nicht doch ernst nehmen müssen, sie ausreden lassen sollen, anstatt sie mit seiner dummen Besserwisserei abzuschrecken?

Aber war das wirklich ein Vertrauensbeweis gewesen und nicht vielmehr nur ein Trostpflaster, ein bißchen Geplauder noch, damit ihm nicht allzu deutlich bewußt werden würde, daß sie ihn zum zweitenmal ausgebeutet, ihn ganz schamlos eingespannt und sich nur wiedergemeldet hatte, weil ihre feinen Freunde sie im Stich gelassen hatten?

Aber hätte er nicht um so mehr Anlaß gehabt, sich um sie zu kümmern, und dieses Mädchen, das so merkwürdige, so zweifelhafte Freunde hatte, nicht wieder laufenzulassen, ratlos, hilflos, und jetzt vielleicht von ihm enttäuscht, was hatte er ihr denn geantwortet, was hatte er ihr gegeben außer der Belehrung, sie solle sich nicht um den Tod, sondern ums Leben kümmern?

Dreimal setzte Kamp sich an den Schreibtisch und versuchte, Gedanken über den Tod aufzuschreiben. Das erschien ihm jedesmal dann unaufschiebbar, wenn er die Ziellosigkeit seiner Überlegungen erkannte und nicht mehr aushielt und sich in die Hoffnung zu retten versuchte, sie werde wieder anrufen. Er wollte nicht noch einmal unvorbereitet sein, nicht noch einmal ihr nichts anderes zu bieten haben als abgeschmackte Weisheiten.

Jedesmal begann er in angestrengter Konzentration, dachte lange nach, bevor er schrieb, versuchte kurze, einleuchtende Sätze zu formulieren. Er schrieb: *Wir müssen sterben. Was danach kommt, wissen wir nicht.*

Die Fortsetzung fiel ihm schwer, eigentlich war damit ja auch schon alles gesagt. Er mühte sich eine Weile ab, glaubte dann plötzlich, das Problem erkannt zu haben: Solche Sätze mußten sie doch nur noch mehr abschrecken, sie gingen ja gar nicht auf das ein, was sie beschäftigte, sondern erklärten es schlankweg für Unsinn. Nach langem Nachdenken schrieb er: *Was wissen wir über das, was nach dem Tod kommt? Wie können wir etwas darüber erfahren? Tote können nicht mehr sprechen. Sie können uns nichts darüber erzählen.*

Auch diese Formulierungen stellten ihn nicht zufrieden. Ihm fiel ein, was er über spiritistische Sitzungen gelesen hatte, Unsinn, natürlich, auch dieser Film, in dem ein umgestülptes Weinglas sich über den Tisch bewegt hatte, bewegt angeblich von Geisterhand, purer Unsinn. Aber vielleicht war es ja so etwas Ähnliches, was sie meinte.

Ihn irritierte auch die Erinnerung an sein eigenes Verhalten, seine Empfindungen nach dem Tod seiner Frau. Nicht am Tag ihres Todes, nein. Das wächserne Gesicht, die Lider, die die Augen verschlossen, als hätten sie sich nie geöffnet, die starre Kälte der Haut, als er sie noch einmal mit den Fingerspitzen berührte, das hatte ihm ohne jeden Rest einer Hoffnung klargemacht, daß dieser Abschied endgültig war. Aber später, wenn er am Grab stand, allein, an frühen Abenden im Sommer, an denen der Friedhof noch nicht verriegelt war, an Samstagnachmittagen im Winter, hatte er oft angefangen, die Lippen zu bewegen, um ihr zu sagen, was ihm durch den Kopf ging, und das hätte er doch nicht getan, wenn er nicht geglaubt hätte, daß sie es hören konnte.

Er schrieb: *Wenn ein geliebter Mensch gestorben ist, dann meint man zuerst, daß er für immer weggegangen ist. Das ist ja das Schlimme daran. Aber später meint man manchmal, man müßte mit ihm sprechen.* Er ließ das lange Zeit so stehen, strich dann das *müßte* durch und schrieb darüber *könnte*. Nach einer wiederum langen Zeit, in der er diesen Text studierte und darüber nachdachte, fügte er hinzu: *Ist das nur Einbildung?*

Am dritten Tag ging Kamp hinaus. Es war nötig einzukaufen, seine Vorräte hätten über das Wochenende nicht gereicht. Er mußte sich dazu überwinden, wie an den beiden vorangegangenen Tagen, wenn er die Wohnung verlassen hatte, um in den Briefkasten zu schauen. Er ging zu dem nächstgelegenen Laden, den er sonst nach Möglichkeit mied, weil viele Preise dort höher lagen, ungerechtfertigt hoch, wie er fand. Aber der Weg zu den Läden der Hauptstraße, in denen man günstiger einkaufen konnte, weil sie sich gegenseitig zu unterbieten versuchten, hätte ihn alles in allem mehr als eine Stunde gekostet.

Es konnte ja sein, daß sie länger schlief an diesem Samstagmorgen, aber allzu lange vielleicht doch nicht. Sie wollte noch in die Stadt, beispielsweise, und wenn sie vorher anrief, um ihm ein schönes Wochenende zu wünschen, und er meldete sich nicht, dann würde sie sich vielleicht denken, daß er nur mal eben zum Briefkasten hinuntergefahren sei, und würde es ein wenig später noch einmal versuchen, und bis dahin konnte er ja zurück sein, aber bestimmt nicht, wenn er zur Hauptstraße ginge.

Kamp schaute in den Briefkasten, er war leer, aber der Briefträger kam meist auch später. Die Luft war frisch, der letzte Schnee aufgetrocknet. In der Seitenstraße, in der die Einfamilienhäuser standen, wusch eine Frau in einer blauen Latzhose ihr Auto. Am Kiosk standen zwei Männer und unterhielten sich mit der Kioskbesitzerin, sie hatte das kleine Fenster hochgeschoben und schaute, die Arme verschränkt und aufgestützt, darunter hervor, graue, zerzauste Haare. Kamp grüßte im Vorübergehen, sie sahen ihm nach.

Als er die Ladentür aufschob, wehte ihm schon die Musik in die Ohren, sie ließen ständig ein Tonband laufen, im Dezember waren es Weihnachtslieder gewesen, *Kling, Glöckchen*, jetzt hatten sie wieder die Geigen aufgelegt mit der klagenden Solotrompete. Kamp schob seinen Wagen durch die erste Gasse, prüfte mit einem Daumendruck die Brotscheiben, sie waren nicht mehr frisch, aber frisches Brot vertrug er ohnehin nicht gut, er erlaubte es sich nur manchmal, wenn das Gelüst darauf allzu stark wurde. Die Milchtüten wählte er aus, er sah auf das Verfallsdatum, bevor er sie in seinen Wagen stellte. An der Theke ließ er sich hundert Gramm Aufschnitt abwiegen, zögerte, verlangte dann noch zwei Scheiben Holländer Käse, nein, drei bitte.

Er war mit seinem Wagen schon unterwegs zur Kasse, als er einhielt. Seine Überlegung dauerte ziemlich lange, er beendete sie erst, als er wahrzunehmen glaubte, daß das Mädchen an der Kasse ihn beobachtete. Er schob seinen Wagen zurück, beugte sich über die Kühltruhe.

Es fiel ihm schwer, sich zu konzentrieren, diese schmachtende Musik lenkte ihn ab, wie oft hatte er das eigentlich schon gehört, im Sommer, im Winter, jede Wendung wußte er im voraus. Er rückte die hart gefrorenen Kartons mit den Fertiggerichten hin und her, die Kälte schlug auf seine Fingerspitzen. Wahnsinn, so etwas hier zu kaufen. Er fand keinen Preisnachlaß, sie nahmen ganz einfach die aufgedruckten Preise, als ob sie von einem Sonderangebot noch nie etwas gehört hätten.

Plötzlich überfiel ihn die Vorstellung, daß sein Telefon klingelte, er glaubte, den Ton zu hören. Er griff den Karton mit den Fischfilets, *Nach Fischerart zubereitet*, den er schon einmal in der Hand gehabt hatte, es kam ja doch sehr selten vor, daß jemand solchen Fisch nicht mochte. In höchster Eile suchte er noch einen Salat aus. Auf dem Heimweg mußte er an sich halten, um nicht zu laufen.

Aus einigen Briefkästen sahen Umschläge hervor, der Briefträger war dagewesen. Noch bevor Kamp den Briefkasten aufschloß, spürte er, wie die Aufregung dahinschwand, seine Hoffnung verlorenging. Er blieb mit dem Schlüssel in der Hand eine Weile stehen, senkte den Kopf. Dann sah er sich um. Seine Lippen bewegten sich. »Idiot. Kannst du mir mal sagen, warum sie schreiben sollte? Warum sie anrufen sollte? Warum sie zu dir essen kommen sollte? Meinst du, die bekommt sonst nichts zu essen?« Er starrte auf den Briefkastenschlüssel. »Was willst du eigentlich von diesem Mädchen?«

Der Briefkasten war leer. Kamp stellte sich, nachdem er seine Einkäufe eingeräumt hatte, ans Wohnzimmerfenster und sah hinaus. Der lange Vormittag, er war ja gerade erst zur Hälfte vorüber. Langgezogene, graublaue Wolkenbänke am hellen Himmel, aber sie hatten keine klaren Konturen, sie vermischten sich an den Rändern mit dem Blau der Ferne. Der Himmel sah aus, als wären lichte Farben ineinander verlaufen.

Bei einem solchen Himmel war es schwer, die Zeit zu messen, das Tempo der Wolkenbewegung war zu gering, die Veränderung fast unmerklich. Kamp überlegte, ob die weißen Haufenwolken ihm lieber waren, die an windigen Tagen von West nach Ost vorübertrieben, es waren manchmal nur Sekunden, die sie brauchten, sie zogen die Zeit unwiderstehlich hinter sich her, schnell, gleichmäßig und lautlos.

Er schnürte die Schuhe auf, streifte sie ab und legte sich aufs Sofa, drehte den Kopf zur Seite und sah in den Himmel. Er schloß die Augen, aber er schlief nicht. Er wartete auf eine Veränderung seiner Stimmung, wie sie ihm manchmal bewußt wurde, ohne daß er es vermocht hätte, die Ursache zu nennen. Hin und wieder hatte er geglaubt, es läge am Licht, am Himmel. Manche Leuten sagten ja, daß ein blauer Himmel sie fröhlich, graue Regenwolken sie traurig machten. Aber das hatte er nie so eindeutig bestätigt gefunden.

Er wußte sich an Tage zu erinnern, an denen er sich bei strömendem grauem Regen, unter zerrissenen, finstern Wolken wohl gefühlt hatte, an andere freilich auch, an denen er geglaubt hatte, unter der Last der Wolken zu ersticken, begraben zu werden. Begraben zu sein, ja, aber das hatte er auch unter einem strahlend blauen Himmel schon empfunden, ein heißer Sonntagnachmittag im Sommer, die Straßen leer, die Fensterläden geschlossen, die anderen hatten sich zurückgezogen, alle, die Welt rings um ihn war tot, tot die Wohnung, Grabesstille.

Am späten Nachmittag, es dunkelte schon, setzte Kamp sich an den Schreibtisch und legte eines seiner Blätter zurecht. Er bewegte die Lippen, und dann schrieb er: *Was heißt denn Sterben? Wir meinen immer, das passiert so von einer Minute auf die andere. Auch wenn einer schon schwerkrank ist, dann sagen wir ja, er lebt noch, denn sein Herz schlägt noch. Und dann hört das Herz auf zu schlagen, und wir sagen: Jetzt ist er tot. Aber in Wahrheit fängt das Sterben viel früher an, und es dauert viel länger.*

Am Sonntagmorgen machte Kamp einen langen Spaziergang. Anfangs schob er den Heimweg immer wieder auf, aber plötzlich kehrte er um, ging eilig nach Hause. Ihm war ein Gedanke gekommen, den er aufschreiben wollte, und er fürchtete, die Formulierung, die ihm treffend erschien, zu vergessen. Er zog den Mantel nicht aus, setzte sich sofort an den Schreibtisch und schrieb: *Ich habe schon als Kind mit dem Sterben angefangen. Da habe ich mich manchmal einsam gefühlt, auch wenn viele Leute um mich herum waren. An den Leuten lag es nicht, die haben mich ja gefragt, was ich denn hätte. Woran lag es dann? Das ist ein Gefühl, als ob man ganz allein wäre auf der Welt.*

Er las ein paarmal, was er geschrieben hatte. Dann stand er auf, zog den Mantel aus und hängte ihn auf den Bügel. Er trat ans Fenster. Plötzlich setzte er sich wieder und schrieb: *Was soll denn anders sein, wenn man im Grab liegt? Schlimmer kann das auch nicht sein. Ich glaube, es ist dasselbe.*

Nach einer Weile fügte er hinzu: *Man ist noch gar nicht richtig auf der Welt, dann fängt man schon an mit dem Sterben. Das dauert sehr lange.*

Es ging schon auf sechs am Abend, er hatte Hunger bekommen, aber es war ihm zu lästig gewesen, etwas zu kochen, er hatte den Kühlschrank geöffnet, den Küchenschrank und unschlüssig hineingeschaut, als er das Marmeladenglas sah. Er nahm es heraus, drehte es in der Hand. Es war nicht mehr viel übrig von der Marmelade, den Rest hatte er seit ein paar Tagen aufgespart.

Vielleicht hatte sie über das Wochenende ihre Mutter besucht. Oder sie war mit Freunden hinausgefahren, zum Spazierengehen. Zum Wandern. Vielleicht hatte sie am Samstagmorgen angerufen, bevor sie aufbrach. Er war ja doch eine gute halbe Stunde unterwegs gewesen. Vielleicht kam sie eben erst nach Hause, oder noch später. Würde müde sein, noch etwas essen und sich dann ins Bett legen, mit einem Buch. Vielleicht würde ihr einfallen, daß sie am Samstagmorgen vergeblich versucht hatte, ihn anzurufen. Sie würde seine Nummer noch einmal drehen, »Hallo, ich bin's, Claudia, wo haben Sie denn gesteckt?«

Jäh riß er die Tür unter der Spüle auf, warf das Marmeladenglas in den Abfalleimer. Er ging ins Wohnzimmer, stand eine Weile am Fenster, die Stadt hatte ihre Lichter schon aufgesteckt. Sein Atem ging heftig. Dann zerriß er die Blätter, die er beschrieben hatte, warf sie in den Papierkorb, holte sie wieder hervor und verbrannte sie im Aschbecher. Mit dem Brieföffner hob er die weißgebliebenen Reste an, sah zu, wie die blauen Flämmchen sie auffraßen. Die krause schwarze Asche ließ er in die Toilette fallen, spülte sie hinunter. Er wusch den Aschbecher aus und stellte ihn an seinen Platz. Dann ging er in die Diele, nahm seine Jacke vom Bügel und zog sie an.

Er hatte die Tür schon aufgesperrt, als er einhielt. Er schloß die Tür wieder, ging zurück ins Wohnzimmer, blieb eine lange Zeit am Fenster stehen. Plötzlich wandte er sich ab, verließ die Wohnung, ohne noch einmal zurückzusehen, ging zum Aufzug und fuhr die sechs Etagen abwärts. Als er um die Ecke des Korridors bog, versuchte er über den Hocker mit der großen Topfpflanze hinwegzusehen, der am Flurfenster stand, über die Fußmatte mit der eingewebten Inschrift *Tritt ein!*, das frisch polierte Namensschild, *H. Klose*. Er klingelte.

Sie sagte: »Das kann doch nicht wahr sein!« Sie nahm wie prüfend den Kopf nach hinten, die Falten am Mund, die unter dem Kinn vertieften sich. Eine Hand hob sich und strich, leicht gekrümmte Finger, über die Löckchen am Ohr, die Löckchen waren sorgfältig frisiert, wie immer.

Er sagte: »Störe ich? Entschuldige, ich hätte anrufen sollen.«

»Aber nein. Seit wann denn so förmlich?« Sie ließ ihn eintreten, fuhr mit gestreckten Fingern zwischen Bluse und Rocksaum, steckte die Bluse straff. »Ich wundere mich nur.«

Kamp ging ins Wohnzimmer. Sie kam hinter ihm her. »Ich kann's immer noch nicht glauben.«

»Wieso denn?« Er setzte sich aufs Sofa. Der Fernsehapparat lief. Auf dem Tisch standen eine Flasche Sherry und ein halbvolles Glas. Ein paar Illustrierte, ein Kreuzworträtsel aufgeschlagen. Kamp sagte: »Ich hab mich eine Zeitlang nicht gut gefühlt.«

»Und das soll ich glauben?«

Er sah sie an.

Die weichen, geschminkten Lippen verzogen sich zu einem Lächeln, die rasierten Augenbrauen hoben sich, sie wandte den Kopf ein wenig zur Seite, ordnete mit den Fingerspitzen die Löckchen. »Ich hatte eher den Eindruck, daß du dich nur noch für junge Damen interessierst.«

Kamp zog die Brauen zusammen. »Was soll das denn?«

»Tja, mein Lieber.« Sie nahm ein Glas aus dem Schrank. »Du glaubst doch wohl nicht, daß die Leute blind sind. Und du weißt doch, daß sie alles brühwarm herumerzählen.«

»Wer hat was erzählt?«

»Das ist doch egal.« Sie stellte das Glas vor ihn, öffnete die Flasche, kurze, runde, gepolsterte Finger, der Goldschmuck. Sie lächelte ihn an: »Du trinkst doch ein Glas mit?«

»Die Leute sollen aufpassen, daß ihnen nicht das Maul gestopft wird.«

»Sei doch nicht so böse.« Sie goß den Sherry ein. »Du kannst doch stolz darauf sein.«

»Auf was?«

»Ich hab mir jedenfalls gedacht: Sieh mal da, der Heinz, der alte Schwerenöter.« Sie setzte sich in den Sessel, schlug die Beine übereinander. Die mächtigen, bestrumpften Schenkel. Sie hob das Glas, neigte den Kopf ein wenig, sah Kamp über den Rand des Glases an, lächelte. »Dann also auf unser Wiedersehen.«

Kamp sagte: »Ich glaube, es ist besser, wenn ich gehe.«

Sie beugte sich vor, legte die warme, runde Hand auf sein Bein. »Nun reg dich doch nicht so auf. Ich will dir doch nichts Böses. Ganz im Gegenteil.« Er spürte den Druck der warmen Finger, sie rüttelten sein Bein ein wenig. »Willst du nicht mit mir essen? Ich wollte mir jetzt sowieso was machen.«

Kamp griff jäh nach der runden Schulter, grub seine Finger hinein. Das Lachen, ein schnelles Stakkato von hohen Tönen. »Was ist denn los, du bist ja richtig wild!« Die Schulter entzog sich ihm. »Laß uns doch zuerst essen, wir haben doch Zeit. Ich koche uns was Gutes.« Die weichen Lippen auf seiner Wange, an seinem Mund, das starke Parfum.

Die Küche, dünne Dampfschwaden, als die Töpfe zu brodeln begannen, das Zischen des heißen Fetts. Auf dem Tisch im Eßplatz das englische Porzellan, weiße Servietten, drei brennende Kerzen im Leuchter. Die Flasche Wein. Die zweite im Wohnzimmer, nur noch die Stehlampe eingeschaltet, Musik von einer Schallplatte, *Romantische Evergreens*. Das grüne Flackerlicht des Verstärkers, vom Eßplatz der schwache Widerschein der Kerzen. Das weiche Sofa. Das Rascheln der Kleider, unterdrückte Laute, ein halb ersticktes Lachen. Die runden, warmen Finger. Kürzer werdende Atemzüge, dann, flüsternd: »Komm, laß uns rüber gehen.« Das Schlafzimmer, die Nachttischlampe mit dem Schirm aus geraffter Seide, ein gelber Lichtkegel, der Raum dahinter im Halbdunkel, der breite Spiegel am Schrank. Der Teppichboden unter den nackten Füßen, das weiße Laken, die weißen, sich türmenden Kissen. Massiges Fleisch. Die Feuchtigkeit im Versteck.

Nach einer Stunde hielt Kamp es nicht mehr aus. Sie war eingeschlafen, lag auf dem Rücken, den Kopf steil in die Kissen gebettet. Das Deckbett hatte sie hochgezogen, nur die Ansätze der fleischigen Schultern schauten heraus, der faltige Hals. Tiefe Falten zu beiden Seiten des Mundes, die Mundwinkel waren herabgefallen, die weichen, geschminkten Lippen standen ein wenig offen, hin und wieder ein schwaches Schnarchen, das sich steigerte und dann wieder abbrach, schmeckende Bewegungen der Lippen.

Kamp stand auf und zog sich an, bemühte sich, kein Geräusch zu machen. Sie öffnete die Augen. »Warum gehst du denn schon? Du kannst doch bleiben?«

»Ich weiß auch nicht, was ist. Bin ein bißchen nervös. Vielleicht kann ich eher schlafen, wenn ich noch mal an die Luft gehe.«

»Paß aber auf, erkälte dich nicht.« Sie blieb auf dem Rücken liegen, wandte ihm nur das Gesicht zu. »Du hast ganz schön geschwitzt.« Sie lachte. »Hat es dir denn wenigstens Spaß gemacht?«

»Weißt du doch.«

Am nächsten Morgen fuhr Kamp zeitig in die Stadtbibliothek. Er fragte die Bibliothekarin, ob sie ihm etwas über das Leben nach dem Tod geben könne, oder auch über das Leben vor dem Leben, er wisse nicht genau, wie er es beschreiben solle, es handele sich jedenfalls nicht um Bücher über Seelenwanderung, vielmehr wissenschaftliche Untersuchungen, er habe gehört, es gebe da so etwas.

Die Bibliothekarin gab ihm ein Buch von Moody und eines von Helen Wambach, er sah ungläubig auf die Titel, da stand es wortwörtlich, sie hatte also nicht phantasiert, es gab so etwas tatsächlich. Kamp sah die Bibliothekarin an: »Ist das denn wirklich ernst zu nehmen? Ich meine, sind das wirklich Wissenschaftler?«

Sie lächelte, hob die Schulter: »Das sind sie wohl. Und viele Leute nehmen das sehr ernst. Die Bücher werden viel verlangt.«

Kamp fühlte sich ermutigt, er griff in seine Brieftasche und holte den Zettel hervor, auf dem er das Wort notiert hatte. »Ich hab hier noch was. Ich weiß nicht, ob ich das Wort richtig behalten habe, kann sein, daß ich es verwechsle. Transpersonalisation. Gibt es darüber auch etwas? Ich meine, hat das was mit den Sachen hier zu tun?«

»Im weiteren Sinne, ja.« Sie lächelte ihn an. »Aber da haben Sie sich was vorgenommen.« Sie führte ihn ans Regal und zeigte ihm, wo die Bücher von Castaneda standen. »Vielleicht schauen Sie erst mal da rein. Das liest sich ganz gut.«

Ein paar Tage lang vergrub Kamp sich in die Berichte von merkwürdigen Erfahrungen, Berichte, die ihm trotz allen Bemühens so fremd blieben, als handele es sich um die Erfahrungen von Lebewesen aus einer anderen Welt. Er mußte viele Wörter, weil er sich nicht sicher war, ob er sie richtig verstand, im Lexikon nachschlagen. Seine Skepsis geriet ins Wanken, als er die Berichte von Leuten las, die bereits klinisch tot gewesen und gleichwohl noch einmal ins Leben zurückgekehrt waren. Das strahlende Licht, das sie alle gesehen hatten, und ihren eigenen Körper hatten sie gesehen, als stünden sie daneben oder schwebten darüber, sie hatten den Arzt sogar sagen hören, daß der Tod eingetreten sei. Bewies das nicht, daß es den Tod gar nicht gab? Was war denn schon der Tod, wenn man ihn erleben konnte, wie diese Leute es bezeugten?

Aber war es der Tod, den sie erlebt hatten? Es kam doch nicht von ungefähr, daß die Mediziner vom klinischen Tod sprachen, das konnte doch nur bedeuten, daß es auch noch einen anderen Tod gab, den Tod, bei dem kein Wiederbelebungsversuch mehr nutzte, den richtigen Tod, von dem noch nie jemand berichtet hatte und nie jemand berichten würde, weil dann, wenn er eintrat, eben doch alles vorüber war, die Fähigkeit zu sprechen ganz gewiß, auch die, seine Erfahrungen aufzuschreiben, und wenn das so war, wie wollte man dann die Behauptung beweisen, ein Mensch, der nicht mehr sprechen und keinen Finger mehr heben konnte, könne gleichwohl noch sehen und hören und empfinden? Nur weil ein paar Leute, die klinisch tot gewesen waren, aber eben nur klinisch tot, berichtet hatten, sie hätten noch sehen und hören und empfinden können?

Kamp fühlte sich geradezu erleichtert, als er in einem der Lexika seine Skepsis bestätigt fand. Er notierte den Satz, nachdem er, um den letzten Zweifel auszuschließen, alle

Fremdwörter nachgeschlagen hatte, und versah ihn mit einem Ausrufezeichen: »Ohne Reanimation geht der klinische Tod in den biologischen Tod (endgültiger, allgemeiner Tod) über, mit irreversiblem Untergang aller Organe und Gewebe!« Das war es, ja, er hatte es sich doch gedacht, und nun wußte er auch den entscheidenden Unterschied zu benennen: Es mochte ja möglich sein, daß Leute, die nur klinisch tot gewesen und wiederbelebt worden waren, diesen Tod erlebt hatten und darüber berichten konnten. Aber wären sie nicht wiederbelebt worden, dann wären sie den richtigen, den biologischen, den endgültigen Tod gestorben, und über den würde nie ein Mensch berichten können, weil er nämlich vom Menschen weder Haut noch Herz noch Mund noch Finger übrigließ, ein paar Knochen, ja, aber die waren stumm und tot für immer.

Ein paar Stunden später notierte Kamp auch das Zitat, Hamlet, das er in dem Buch von Helen Wambach fand: »Sterben, vielleicht träumen. Doch was in diesem Schlaf für Träume kommen mögen?« Ja, fragen konnte man. Auch Angst haben konnte man davor. Es war ja durchaus möglich, es war jedenfalls nicht zu widerlegen, daß der Tod, der richtige, wie ein unendlicher Schlaf war, und wie mochten Träume nach dem Tod sein, wenn schon die, aus denen man am Morgen erwachte, so schrecklich sein konnten? Aber selbst solche Ängste, Vermutungen waren ja noch lange kein Beweis dafür, daß es ein Leben nach dem Tode gab.

Kamps Skepsis wurde durch das erste Buch von Castaneda, obwohl er die Handlung eine Weile mit Interesse verfolgte, eher noch bestärkt. Da war ja offensichtlich von Rauschgift die Rede, und daß, wer so etwas nahm, nicht glaubhaft war, sondern Unsinn schwätzte, davon war Kamp überzeugt.

War es das, was unter Transpersonalisation zu verstehen war? War es das, wovon sie gesprochen hatte? Da schien sich etwas zusammenzureimen, sein Mißtrauen regte sich wieder, Bilder drängten sich vor, das zerbrochene Türschloß, die

Freunde, dieser breitspurige Schnauzbart, es war etwas nicht koscher gewesen an dem Kerl, und der Ex-Freund in der Bude, äußerlich nichts einzuwenden gegen den Burschen, aber zurechnungsfähig war der bestimmt nicht, und diese merkwürdige Truhe, was war das, was sie dem Burschen schuldete?

Kamp brach die Lektüre Castanedas ab. Er versuchte es noch einmal mit dem Leben vor dem Leben, aber auch dabei strandete er schließlich. »Ich kannte meine Mutter schon früher, als wir beide Männer waren, und sie war mir ein naher Freund und Kamerad.« Lachhaft. »Ja, ich beschloß selbst, geboren zu werden... Doch bei der Aussicht, in dieser Zeit leben zu müssen, hatte ich ärgerliche Gefühle. Ich fühlte mich bei der Aussicht, noch einmal in einen Körper eingesperrt zu sein, geschockt und unterdrückt.« Kamp flüsterte: »Warum hast du's dann nicht gelassen?« Er klappte das Buch zu und schob es von sich.

Ein, zwei Stunden lang blieb er noch in der Bibliothek sitzen, tat so, als läse er. Er fürchtete sich vor dem Heimweg. Wenn erst einmal die Wohnungstür hinter ihm ins Schloß fallen, die Stille sich seiner bemächtigen würde, dann würde das Eingeständnis nicht mehr zu vermeiden, nicht mehr durch einen neuen Versuch mit einem dieser Bücher, eine Frage an die Bibliothekarin aufzuschieben sein, das Eingeständnis, daß er abermals eine unsinnige Arbeit getan, eine Aufgabe zu lösen versucht hatte, die sich gar nicht stellte und für die es deshalb auch keine Lösung gab.

Wo war sie denn, dieses Mädchen? Sie war so unwirklich wie die Erfahrungen der Berichte, die er gelesen hatte. Die Bilder seiner Erinnerung an sie begannen zu schwanken, zu zittern, sie wurden überlagert und getrübt von den Bildern, die sich beim Lesen dieser Bücher in ihm aufgebaut hatten. Das strahlende Licht, der tote Körper auf dem Operationstisch, blasses, kaltes Fleisch, das man mit den Fingerspitzen berühren konnte, die starren Augen, und darüber schwebend, ungreifbar, der gleiche Körper, zum Verwechseln ähnlich, aber nur ein durchsichtiges Gebilde, wäßrig, zitternd wie ein Wasserspiegel, über den ein Windhauch fährt, unbeständig wie eine Traumgestalt, und so erschien ihm nun auch dieses Mädchen, er sah ihre Haare, sie schüttelte den Kopf, aber die Haare hoben sich so langsam von den Schultern, wehten so träge, als bewegten sie sich im Wasser.

Kamp räusperte sich heftig. Er begann, seine Sachen einzupacken. Er hatte die Bibliothek schon verlassen, stand unschlüssig auf der Straße, als ihm der erlösende Einfall kam.

Die Kneipe in der Südstadt.

Er machte sich hastig auf den Heimweg, nahm die Straßenbahn, um keine Zeit zu verlieren. Der Briefkasten war leer, aber das warf ihn nicht aus der Bahn. Im Stehen aß er ein Butterbrot, er wollte das erledigt haben, damit ihn später der Hunger nicht störte. Er wusch sich die Hände, legte Papier und Kugelschreiber zurecht, ging noch einmal auf den Balkon. Tiefhängende, langgestreckte Regenwolken, aber hier und da ein Loch, durch das ein sehr heller Himmel schien, und im Westen war der Rand der Wolken rötlich angehaucht von der untergehenden Sonne, über dem Horizont lag ein breiter, goldfarbener Strich.

Bis zehn in der Nacht hatte Kamp drei Entwürfe gemacht und den letzten Entwurf zweimal ins reine geschrieben, die erste Reinschrift hatte ihm nicht gefallen. Die zweite Reinschrift lautete:

Liebe Claudia,
ich hoffe, daß es Ihnen gut geht. Ich hätte mich schon einmal gemeldet, aber ich wußte ja leider nicht, wo Sie wohnen und ob Sie telefonisch zu erreichen sind (wenn ich Ihren Familiennamen gewußt hätte, hätte ich im Telefonbuch nachgesehen).
Ich wollte Ihnen nur sagen, daß ich mich interessehalber über das Bafög (Bundesausbildungsförderungsgesetz) infor-

miert habe und daß es da doch einige Punkte gibt, die für Sie interessant sein können. Vielleicht wissen Sie die Einzelheiten nicht alle. Es ist auch sehr kompliziert. Vor ein paar Tagen hat in der Zeitung gestanden, daß es vom Herbst an mehr Bafög geben soll (vier Prozent). Was man bekommen kann, hängt natürlich von den Familienverhältnissen ab, ob die Eltern noch leben, Geschwister, Einkommen der Eltern, etc. etc. Aber es ist ja auf jeden Fall Geld, das einem zusteht.

In den vergangenen Tagen habe ich mir übrigens ein paar Sachen über Transpersonalisation usw. angesehen (Carlos Castaneda, Dr. med. Raymond A. Moody). Das hat mich ja nun doch mal interessiert.

Also, liebe Claudia, wenn Sie mit dem Bafög nicht klarkommen, dann melden Sie sich ruhig mal. Ich könnte Ihnen ausrechnen, wieviel Geld Ihnen zusteht.

Frdl. Grüße, Heinz Kamp.

Während der Nacht regten sich Bedenken. Seine Scheu, diese Kneipe aufzusuchen und nach ihrer Adresse zu fragen, wurde zeitweise übermächtig, der Schweiß brach ihm aus, er stand auf und trank ein Glas Wasser. Er malte sich immer wieder aus, wie er den Filzvorhang beiseiteschieben und geraden Wegs an die Theke gehen würde, ein Pils, bitte. Das mochte noch angehen, wenn niemand da war, der ihn wiedererkannte, aber was dann, was dann? Er mußte ja doch nach ihr fragen, und wie konnte er die Frage stellen, ohne sich lächerlich zu machen, ohne ganz falsche Vermutungen zu erwecken, warum interessiert Sie das denn, Onkel? Hau ab, Opa.

Auch beim Duschen, beim Rasieren, während des Frühstücks konnte er sich nicht davon überzeugen, daß er sich nichts vergeben würde auf diesem Ausflug. Er wusch das Geschirr ab, ging danach auf den Balkon, sah lange hinunter auf den Spielplatz, beobachtete die Kinder. Kurz nach zehn wandte er sich plötzlich ab, zog den Mantel an, die Pelzmütze hängte er nach kurzem Zögern wieder auf, und machte sich auf den Weg in die Südstadt.

Er hatte sich ausgerechnet, daß die Kneipe um elf aufmachen würde, Frühschoppen. Um zehn vor elf langte er auf der gegenüberliegenden Ecke an, er ging noch einmal um den Block. Aber die Tür war verschlossen, als er ein paar Minuten nach elf die Klinke hinunterdrückte. Er fand kein Schild mit den Öffnungszeiten. Nur der Ruhetag war angegeben, Mittwoch.

Er blieb in der Südstadt, versuchte es um halb zwölf noch einmal, die Tür war immer noch verschlossen. Er ging langsam die schmale Straße zurück, unter den alten Bäumen. Der Gedanke aufzugeben, verschaffte ihm keine Erleichterung. Es schien ihm unmöglich, unerträglich, unverrichteter Dinge nach Hause zurückzukehren, beraubt um diese Hoffnung, wie töricht sie auch sein mochte. Aber er konnte nicht jede halbe Stunde vor dieser Kneipe erscheinen, als könne er es nicht abwarten, bis sie ihr Bier zapften, was sollten die Leute denken.

Er lief bis um drei durch das Viertel, hielt sich in größerem Abstand von der Kneipe, setzte sich eine Weile auf eine Bank im Park, es regnete nicht, aber es war zu kalt, er ging weiter. Vorübergehend gab er sich der Vorstellung hin, sie werde ihm plötzlich begegnen, eine der alten, doppelflügligen Haustüren öffnet sich, sie kommt heraus, sieht ihn, hebt die Augenbrauen, lacht: »Wie kommen Sie denn hierher?« Er hätte sagen können, er sei bei einem Freund gewesen, Einladung zum Mittagessen.

Um drei war die Kneipe immer noch geschlossen. Er nahm sich vor, es um vier zum letztenmal zu versuchen, schüttelte ein paar Schritte weiter den Kopf. Da er sich nun schon darauf eingelassen hatte, mußte er es auch auf vernünftige Weise beenden, die Kneipe würde ja spätestens am Abend öffnen, das junge Volk würde dasein, nun gut, das hatte er einkalkuliert. Aber was hätte es für einen Sinn gehabt, um vier umzukehren.

Kurz nach vier fand er die Tür offen. Er tat, die Klinke in der Hand, einen unsicheren Schritt zur Seite, fing sich sofort, schob den Filzvorhang auseinander. Die Kneipe war dunkel und leer. Hinter der Theke stand ein breitschultriger Mann, Mitte dreißig vielleicht, dunkler Vollbart, offenes Hemd, grüne Schürze. Er polierte Gläser.

Kamp sagte: »Guten Tag. Ein Pils, bitte.« Er fühlte sich erleichtert. Der Mann nickte, hielt ein Glas unter den Bierhahn, die Schaumkrone lief ein wenig über, der Mann stellte das Glas ab. Kamp sagte: »Und eine Frikadelle, bitte.« Der Mann nahm eine Frikadelle aus dem Glasschrank, legte sie auf einen Unterteller, stellte den Unterteller und den Senftopf vor Kamp auf die Theke. Kamp biß in die Frikadelle. Der Mann nahm ein neues Glas und polierte es.

Für einen Augenblick geriet Kamp wieder in schwere Bedrängnis. Die Situation war weitaus günstiger, als er sie sich vorgestellt hatte, aber er war sich unschlüssig, wie er anfangen sollte, und jeden Augenblick konnte der Vorhang sich teilen, die jungen Leute, sie würden einfallen wie ein Bienenschwarm, sich neben ihn an die Theke drängen, ihn mustern, Gelächter. Als der Mann das Bier auf die Theke stellte, »Zum Wohl«, raffte Kamp sich auf: »Danke. Sagen Sie...«, er räusperte sich, »kennen Sie Claudia?«

»Claudia? Welche Claudia?«

»Studentin, einundzwanzig Jahre alt.« Kamp zögerte, dann fuhr er mit der Hand über die Schulter. »Lange, blonde Haare. Dunkelblond.«

»Die kleine?«

»Ja, sehr groß ist sie nicht.«

»Ich glaube, ich weiß, wen Sie meinen. Ja, die kenne ich.« Der Mann sah Kamp an. »Was ist mit ihr?«

Kamp sagte: »Ich habe was für sie.« Er griff in die Tasche, zog den Brief hervor. »Unterlagen. Sie braucht das. Aber ich weiß nur Ihren Vornamen.« Er sah den Mann an. »Können Sie mir ihre Adresse sagen?«

»Ihre Adresse? Die weiß ich nicht. Und den Nachnamen auch nicht. Wohnt hier irgendwo in der Gegend. Aber wo, weiß ich nicht.«

Kamp überlegte. Dann sagte er: »Sie kennen auch nicht einen ihrer Freunde? Einen, der ihre Adresse weiß, meine ich?«

Der Mann wandte sich ab. »Lieber Himmel, die hat viele Freunde.« Er nahm ein neues Glas, polierte es. »Kommen Sie doch heute abend wieder, dann finden Sie bestimmt einen.«

Kamp sagte: »Ja.« Dann sagte er: »Heute abend habe ich was anderes vor.«

Der Mann zuckte die Schulter.

Kamp trank einen Schluck von seinem Bier.

Der Mann sah ihn an: »Meinetwegen können Sie den Brief hier lassen. Wenn sie kommt, gebe ich ihn ihr.«

Kamp zögerte. Dann sagte er: »Das wäre sehr nett.«
»Kein Problem.«

Kamp legte den Brief auf die Theke. Der Mann nahm ihn, sah darauf, drehte ihn um. »Den Namen sollten Sie wenigstens draufschreiben.«

Kamp suchte in seiner Tasche. Der Mann gab ihm einen Stift. Kamp schrieb in großen Buchstaben *Claudia* auf den Umschlag.

Der Mann sagte: »Aber sie war ein paar Tage lang nicht hier. Ich weiß nicht, wann sie wiederkommt.« Er nahm den Brief und steckte ihn in ein Fach hinter der Theke.

»Wie lange war sie denn nicht hier?«

Der Mann polierte das nächste Glas. »Weiß ich nicht.« Als er das Glas abstellte, sah er Kamp an. »Ich kann Ihnen auch nicht garantieren, daß sie wiederkommt. Würde mich nicht wundern, wenn die überhaupt nicht mehr käme.«

Kamp sagte: »Ja, aber warum...«

»Mit dem Mädchen stimmt was nicht, verstehen Sie?«
»Wie meinen Sie das?«

»Die steckt in Schwierigkeiten.« Der Mann wandte sich ab

und griff nach dem nächsten Glas. »Ich hab keine Ahnung, warum. Aber darauf gebe ich Ihnen Brief und Siegel, daß die in großen Schwierigkeiten steckt.«

6

Von den Orientierungspunkten, die Kamp in den folgenden Tagen sich zu konstruieren versuchte, blieb am Ende nur einer übrig, und nicht einmal der konnte ihn beruhigen: Es war, so hatte Kamp überlegt, normalerweise nicht anzunehmen, daß sie während der Nacht anrufen oder gar an seiner Tür klingeln würde. Er versuchte, den Zeitraum einzugrenzen, und kam zu dem Ergebnis, daß er zwischen elf Uhr abends und acht Uhr morgens sich nicht bereitzuhalten, nicht auf das Telefon zu lauschen brauchte.

Er entdeckte zu spät, daß er mit seinem Versuch der Eingrenzung sich nicht ein paar Stunden der Ruhe verschafft, sondern einen Abgrund aufgerissen hatte, an dessen Rand er nun allnächtlich geriet. Sobald es auf Mitternacht ging, war die Hoffnung, sie werde anrufen, ihn um Beistand bitten, die Chance wahrnehmen, sich aus ihren Schwierigkeiten helfen zu lassen, vernünftigerweise nicht mehr aufrechtzuerhalten. Die Folge war, daß Kamp nicht schlief, sondern nur noch angestrengter grübelte.

Er fand kein Ende, sich ihre Schwierigkeiten auszumalen. Der Mann in der Kneipe hatte keine nähere Auskunft geben wollen, und er war unwillig geworden, als Kamp zum zweitenmal gesagt hatte, er müsse aber doch mehr wissen, sonst könne er ja nicht solche Behauptungen aufstellen. Der Mann hatte gesagt, er müsse gar nichts, aber Kamp müsse ihm nun allmählich mal sagen, wer er eigentlich sei, und warum er sich so für das Mädchen interessiere. Kamp hatte sich entschuldigt, seinen Namen gesagt, hatte gezahlt und war gegangen, überstürzt, weil er fürchtete, der Mann könne ihm den Brief zurückgeben.

Es bestand, ob sie nun den Brief bekommen hatte oder nicht, natürlich auch die Möglichkeit, wenigstens theoretisch, daß sie während der Nacht anrufen würde. Aber darauf konnte man nicht hoffen, man konnte es nur befürchten, denn wenn sie das tat, dann mußten ihre Schwierigkeiten tatsächlich sehr ernst zu nehmen sein, einen anderen Grund konnte es für einen Anruf in der Nacht nicht geben. Und dann würde sich, daran gab es wenig Zweifel, das bewahrheiten, was Kamp befürchtete: daß sie in eine kriminelle Sache verwickelt war. Der Anruf kam vielleicht von einem Polizeirevier, man hielt sie fest.

So fühlte Kamp sich in einer gewissen Weise erleichtert, wenn der Morgen kam. Aber um so quälender wurde ihm bewußt, sobald acht Uhr einmal vorüber war, daß er sich für die vielen folgenden Stunden bis elf in der Nacht nicht einen einzigen anderen Orientierungspunkt zu setzen wußte. Nun konnte sie ja jederzeit anrufen, sogar an seiner Tür klingeln. Wann sollte er zum Briefkasten gehen, wann einkaufen? Es gab keine Überlegung, keine Handhabe, die es ihm ermöglicht hätte, im grauen Fluß der Tageszeit die Minuten, die halbe Stunde auszumachen und festzuhalten, in denen er seine vier Wände verlassen konnte, ohne sich ihr zu entziehen, was immer sie von ihm wollte.

Kamp brauchte wieder ein Wochenende, um die Lähmung zu überwinden. Es gab nur ein Ereignis, am Samstagnachmittag, als es an seiner Wohnungstür klingelte, aber Kamp öffnete nicht, blieb regungslos sitzen. Er hatte an den Schritten, die vom Aufzug herangekommen waren, Frau Klose erkannt, Hertha. Nur einen Augenblick lang überkam ihn die Versuchung, nach einem Rettungsanker zu greifen. Sie wurde vertrieben von der Vorstellung, Claudia könne anrufen oder klingeln, während Hertha sich auf dem Sofa breitmachte.

Frau Klose drückte noch einmal auf den Klingelknopf und dann ein drittes Mal. Kamp hielt sich die Ohren zu. Als er die Hände sinken ließ und lauschte, hörte er die Aufzugtüren zufahren.

Am Montagabend entschloß Kamp sich zu handeln. Er zog den Schal und den Mantel an, die Mütze ließ er liegen, auch die Handschuhe, und fuhr in die Südstadt. Er nahm den kürzesten Weg von der Haltestelle zu der Kneipe, schritt schnell voran. Als er sich dem Eingang näherte, öffnete sich die Tür, rotgelbes Licht im Spalt des Filzvorhangs, Kamp hörte die stampfende Musik, das Stimmengewirr, Gelächter. Er wich den jungen Leuten aus, die ihm entgegenkamen, wandte das Gesicht zur Seite und ging an der Kneipe vorbei, ohne seinen Schritt zu verlangsamen.

Erst an der nächsten Ecke blieb er stehen, mit gesenktem Kopf. Noch einmal um den Block gehen. Er hatte sich das nicht gründlich genug überlegt. Er ging langsam weiter.

In diese Kneipe gehen, sich von den jungen Leuten anstarren, belächeln zu lassen, das Aufsehen und die boshaft übertriebene Anteilnahme ertragen, wenn er nach ihr fragen würde – nun gut, darauf hatte er sich vorzubereiten versucht, und er glaubte auch, damit fertigwerden zu können. Wenn sie in Schwierigkeiten war und wenn er ihr helfen wollte, dann gab es einfach nichts anderes zu tun, und er mußte das auf sich nehmen.

Was aber, wenn sie da war und er ihr zur Last fiele, sein Erscheinen ihr peinlich wäre, von den anderen zu einer Szene ausgespielt würde, die ihr peinlich sein mußte, Claudia, hier ist der Opa, der den Brief für dich abgegeben hat, würde sie sich dann von ihm überhaupt noch helfen lassen wollen? Was erwartete er denn von ihr? Sollte sie sich um seinetwillen unter ihresgleichen zum Gespött machen?

Und würden die anderen sie nicht auch dann zu ihrem Gespött machen, wenn sie gar nicht in der Kneipe war, würde nicht schon er allein dafür sorgen, wenn er an dieser Theke erschiene und nach Claudia fragte? Wie würden sie ihr, wenn sie morgen abend käme, darüber wohl Bericht erstatten, was würde sie auszuhalten haben?

Kamp kam, langsam voranschreitend, zu dem Ergebnis, daß er sie nicht suchen durfte. Er hätte dazu in eine Welt eindringen müssen, in der er nichts zu suchen hatte, ihre Welt, in der er ihr vielleicht mehr schaden als nutzen konnte. Ja, er hätte ihr vielleicht helfen können in ihren Schwierigkeiten, er traute sich das noch immer zu. Aber das war nur möglich, wenn sie zu ihm kam. Und solange sie das nicht tat, mochte er noch so viele Gesetzestexte lesen und Bücher über das Leben und das Sterben und sich noch so viele Gedanken machen, es nutzte ihr nichts, er konnte ihr nicht raten.

Wer wußte auch, ob sie seinen Rat überhaupt wollte. Vielleicht war sein Rat ihr unwillkommen, zuwider, und vielleicht war das auch der Grund, warum er nichts mehr von ihr hörte.

Kamp blieb stehen. Der Brief. Ja, daran konnte es liegen. Gerade dieser Brief, mit dem er die Verbindung hatte wiederherstellen wollen, hatte sie vielleicht für immer zerstört. Der Büfettier hatte ihr den Brief gegeben, dichtgedrängt hatten sie an der Theke gestanden, der Büfettier hatte den Mann beschrieben, der den Brief abgegeben hatte, Moment mal, war das nicht der Gutsherr, den sie vor ein paar Tagen schon einmal hier angeschleppt hat? Großes Hallo und Gelächter, laß doch mal sehen, Claudia, was er schreibt, sie hatte den Brief ungelesen in die Tasche gestopft, aber sie hatten weiter gestichelt, das Thema nicht fallenlassen, der Spaß war ja doch zu groß, wann gab es so etwas Verrücktes schon einmal. Schließlich war es ihr zu viel geworden, sie war wütend gegangen, Tränen in den Augen.

Er würde nie mehr etwas von ihr hören.

Kamp ging noch einmal zurück zu der Kneipe, überquerte die Straße und blieb an der gegenüberliegenden Ecke stehen. Wie von sehr weit hörte er die Musik. Hin und wieder glaubte er auch, ein Gelächter hören zu können. Viele Fenster über der engen Straßenkreuzung waren erleuchtet, die kahlen, nassen Zweige der Bäume glitzerten, die Karosserien der Autos, die dicht an dicht geparkt standen, halb auf den Gehsteigen. Niemand war zu sehen auf den Straßen, jedermann schien schon den Ort erreicht zu haben, nach dem es ihn verlangte.

Unversehens fühlte Kamp sich wie auf einem abgeschnittenen Vorposten. Eine Weile würde er noch Ausschau halten und die Lebenszeichen registrieren können, aber die Fenster ringsum schienen sich von ihm zu entfernen, sie schwammen nach allen Seiten hinaus wie Leuchtfeuer, die ihre Verankerung verloren haben, die Nacht drang vor und schloß ihn immer enger ein. Sterben, ja, das war es. So mußte man es sich vorstellen, so einfach würde es sein. Das Leben zog sich ganz einfach zurück, und es nutzte nichts, die Hand danach auszustrecken.

Am nächsten Nachmittag machte Kamp einen ausgedehnten Spaziergang. Er ging zum Friedhof, ordnete die Tannenzweige ein wenig, mit denen er das Grab seiner Frau abgedeckt hatte, im Frühjahr wollte er es frisch bepflanzen, stellte ein Licht in die Laterne. Es war ein wäßriger Tag, mild, in den Büschen und Bäumen regten sich die Vögel. Kamp stand lange vor dem Grab. Er versuchte sich vorzustellen, wie es sein mochte, da unten zu liegen, und die Vorstellung schreckte ihn nicht.

Was ihn gequält hatte, was er vergeblich zu erreichen versucht hatte, es waren ja doch nur die wirren, die letzten, sich schon auflösenden Bilder gewesen, in denen ein Sterbender die Welt noch festzuhalten versucht. Sobald das Leben erst einmal sich ganz zurückgezogen hatte, würde es auch nichts Quälendes, nichts Beunruhigendes mehr geben.

»Doch was in diesem Schlaf für Träume kommen mögen?«

Es würde auch keine Träume mehr geben. Was sollte da träumen, wenn das Leben erloschen war? Der Tod, das war ein anderer Schlaf als der bei Nacht, da gab es gar keinen Zweifel, die Grenze ließ sich doch nicht leugnen, an der jeder Versuch der Wiederbelebung scheiterte. Jenseits dieser Grenze, im Grab, würde es auch keine Träume mehr geben. Ein unendlich tiefer Schlaf, traumlos. Es mußte friedlich sein, da unten zu liegen, unendlich weit entfernt vom Leben.

Auf dem Heimweg ging Kamp in die Kneipe auf der Hauptstraße. Die Furcht, er könne auf alte Bekannte treffen, sie könnten ihn fragen, wie es ihm denn gehe und ob er noch immer keine Arbeit gefunden habe, die Furcht vor der Entblößung hatte sich nicht einmal schwach geregt. Er aß einen Eintopf und trank ein Bier. Niemand sprach ihn an. Zu Hause setzte er sich vor den Fernsehapparat, das Programm interessierte ihn, aber er beobachtete es wie aus einer großen Distanz, er fühlte sich nicht beteiligt. Als das Programm vorüber war, ging Kamp zu Bett.

Er legte sich auf den Rücken, die Arme zu beiden Seiten auf dem Federbett ausgestreckt, lag da mit offenen Augen in der Dunkelheit. Er registrierte die Züge, die über die Brücke fuhren, aber ihm wurde bewußt, daß er nicht auf die Züge wartete, sondern darauf, daß sie ausblieben.

Er lag noch wach, als das Telefon klingelte. Er blieb einen Augenblick regungslos liegen, dann richtete er sich auf, schaltete die Nachttischlampe ein und sah auf die Uhr. Es ging auf Mitternacht. Das Telefon klingelte weiter. Er ging auf bloßen Füßen ins Wohnzimmer, schnell, ein wenig schwankend, er streifte den Türpfosten, suchte im Halbdunkel seinen Weg zum Schreibtisch, stieß gegen die Schreibtischkante, tastete nach dem Schalter der Tischlampe. Er hob ab. »Kamp.« Seine Stimme klang belegt.

»Seien Sie mir nicht böse, bitte, ich hab Sie bestimmt aus dem Bett geholt. Hier ist Claudia.«

Kamp versuchte durchzuatmen, seine Kehle war eng.

»Hallo, sind Sie noch da?«

Er räusperte sich. »Ja.«

»Hab ich Sie aus dem Bett geholt?«

Kamp sagte: »Das ist nicht schlimm.«

»Doch, das ist schlimm genug, es tut mir wirklich leid. Ich hätte auch nicht mehr angerufen, aber...«

»Was denn aber?« Er fuhr sich übers Haar. »Was ist denn?«

Sie sagte: »Ich weiß nicht, wo ich heute abend bleiben soll. Ich wollte...«

»Ja? Nun reden Sie doch.«

»Ich wollte Sie fragen«, die Stimme stockte, wurde leiser, »ob ich heute nacht vielleicht noch einmal bei Ihnen schlafen könnte.«

Kamp fuhr sich mit der Hand über die Augen.

Sie sagte: »Nur für die eine Nacht.«

Er sagte: »Ja. Ja, natürlich.« Er zog den Schreibtischstuhl heran, setzte sich. »Wo sind Sie denn jetzt?«

»In der Telefonzelle vor Ihrem Haus. Wenn Sie runtergukken, können Sie mein Auto sehen, es steht direkt vor Ihrer Tür.«

Kamp stand auf. »Also, kommen Sie.«

»Ach, Sie sind ja wirklich...« Die Stimme stieg empor, brach dann ab. Sie lachte. »Sie sind einfach super.«

Kamp sagte: »Wenn die Haustür abgeschlossen ist, müssen Sie noch mal klingeln.«

»Tue ich. Bin schon unterwegs.«

Er ging ins Bad, zog den Bademantel über. Er sah sich im Schlafzimmer um, deckte das Bett zu. Im Wohnzimmer rückte er den Schreibtischstuhl zurecht.

Sie bog mit einer großen Tasche um die Korridorecke, hielt sich ein wenig schräg, um das Gewicht auszubalancieren. Das kleine Gesicht war blaß, aber sie lachte. Sie trug flache, schmutzige Schuhe, einen dunkelgrauen Regenmantel, der ihr zu groß war, Jeans.

Kamp nahm ihr den Mantel ab. Die langen Haare, strähnig. Sie hatte sich die Augen geschminkt, aber die Schatten schienen ihm tiefer als zuvor.

Sie wies auf die Tasche. »Kann sein, daß sie unten drunter ein bißchen schmutzig ist.«

Kamp schüttelte den Kopf. »Das macht nichts. Ich muß sowieso morgen früh saubermachen.«

»Ich wollte sie nicht im Auto lassen.«

Er nickte. »Was haben Sie denn da drin?«

Sie lachte. »Ach, nichts Besonderes. Nur, was man so braucht.« Sie rieb sich die Arme in dem dicken, grünen Pullover. »Ich war ein paar Tage verreist.«

»Ah ja.« Kamp wies mit der Hand auf die offene Wohnzimmertür. »Gehen Sie doch rein.«

Sie sagte »Danke« und ging ins Wohnzimmer, sah um sich, setzte sich auf den Rand des Sofas, vornübergebeugt, die Hände an den Oberarmen.

Kamp setzte sich in den Sessel. Sie lächelte ihn an. Er lächelte zurück, schlug die Beine übereinander. »Wo waren Sie denn?«

»In Amsterdam.«

»Ah ja.«

»Mit ein paar Freunden. Wir wollten nur mal raus hier.«

Kamp nickte. Sie rieb sich die Arme. Sie schluckte, sah ihn an, die Augen wurden groß. »Und wie ich eben nach Hause komme, da hat mein Vermieter mir ein Vorhängeschloß auf die Tür geschraubt.«

»Ein Vorhängeschloß?«

»Ja, so ein Riesending. Und ich kann nicht mehr rein. Was meinen Sie, darf der das eigentlich?«

»Ich weiß nicht. Kann ich mir kaum vorstellen.«

Sie nickte, mit großen Augen.

Kamp sagte: »Haben Sie denn was angestellt in der Wohnung?«

»Angestellt? Nein. Ich hab bestimmt nichts angestellt.«

Sie rieb sich die Arme. »Ich bin mit der Miete im Rückstand. Aber nur für letzten Monat. Und jetzt diesen, aber der hat ja gerade erst angefangen.«

Kamp sagte: »Na ja.«

»Ich wollte morgen früh zu ihm gehen und bezahlen, wirklich.« Sie wies auf die Tür zur Diele. »Ich hab das Geld in der Tasche.«

Kamp sah sie an.

»Ist das nicht eine Gemeinheit?« Ihre Augen füllten sich mit Tränen. »Was soll ich denn nur machen, wenn der mich nicht mehr reinläßt?«

Kamp rieb sich die Wangen, sah auf seinen Pantoffel. »Das muß man mal gründlich überlegen. Jetzt regen Sie sich nicht auf, heute abend können Sie doch nichts mehr ändern. Vielleicht kann ich jemanden fragen, der was davon versteht. Ein Rechtsanwalt, ich kenne ihn von früher.« Er sah sie an. »Sie haben doch wahrscheinlich Hunger. Oder wollen Sie erst mal duschen?«

»Essen möchte ich eigentlich nichts.« Sie wischte sich mit dem Knöchel durch die Augenwinkel, lächelte Kamp an. »Aber Duschen wäre echt gut jetzt.«

Er stand auf. »Sie können meinen Bademantel haben. Ich zieh mir was anderes an.«

»Nein, nein.« Sie sprang auf. »Ich hab meinen Bademantel dabei.« Sie lachte. »Na, es ist mehr so ein Kittel.« Sie ging in die Diele, kam zurück mit einem kurzen, hellblauen Kittel und einem zerknitterten Handtuch über dem Arm, einer Seifendose in der Hand. »Ich hab kein Shampoo mehr. Darf ich vielleicht was von Ihrem nehmen?«

Kamp fragte, ob sie einen Schlafanzug haben wolle, nein, nein, nicht nötig. Als sie die Tür des Badezimmers hinter sich geschlossen hatte, nahm er das Bettzeug aus dem Schrank. Er legte es auf dem Sofa ab, ging in die Küche, öffnete eine Konservenbüchse, Linsen mit Bockwurst und Rauchspeck, schüttete sie in einen Topf und ließ sie wärmen, während er das Bett herrichtete. Er mußte lange warten, rührte hin und wieder die Linsen um, kostete ein paarmal mit einem Teelöffel, den er jedesmal wieder abwusch.

Sie kam auf bloßen Füßen, der Kittel ließ die Knie frei, schlanke, glatte Beine. Sie schüttelte die Haare, lachte, strich die Haare auf beiden Seiten zurück. »Das war vielleicht gut jetzt.«

Kamp fragte: »Mögen Sie Linsen? Ich hab nichts anderes gehabt.«

Sie ließ die Hand an den Haaren, sah ihn an: »Sie haben doch wohl nicht extra was gekocht?«

»Nur warmgemacht.«

Sie rieb sich die Hände, als er den Teller vor sie stellte, neigte den Kopf vor und zog die Luft ein. »Das sieht aber gut aus.«

»Zum Trinken hab ich aber nur Milch da.«

»Oh, Moment.« Sie sprang auf. »Aber ich hab was da. Ich lad Sie zu einem Bier ein.« Sie lief in die Diele, kramte in der Tasche, kam mit vier Büchsen Bier zurück. »Original holländisch, das wird uns schmecken. Zwei können wir vielleicht noch in den Kühlschrank stellen.«

Sie ließ von den Linsen nichts übrig, »Wollen Sie wirklich nichts mitessen?«, holte sich die zweite Büchse Bier, »Wenn ich das gewußt hätte, hätte ich zwei mehr mitgebracht«, ließ sich, nachdem sie den Löffel abgelegt hatte, auf dem Sofa zurückfallen, streckte Arme und Beine von sich, senkte das Kinn auf die Brust, lachte ihn an. »Wahnsinn. Wie kann man nur so viel fressen.« Sie legte beide Hände, gespreizte Finger, auf den Bauch. »Wollen Sie mal fühlen? Als ob ich schwanger wäre.«

Kamp lachte: »Na, na.«

»Aber nicht, daß Sie glauben, es geht mir nicht gut. Vorhin war ich total abgebaggert. Aber jetzt...« Plötzlich richtete sie sich auf. »Entschuldigung, ich quatsche hier rum, und dabei sind Sie wahrscheinlich todmüde, Sie wollten doch vorhin schon schlafen.«

»Ich bin nicht müde.«

»Aber müssen Sie morgen früh denn nicht raus?«

»Nein.«

Sie schwieg einen Augenblick. Dann sagte sie: »Haben Sie immer noch keine Arbeit?«

»Nein.«

Sie nickte. »Stört es Sie, wenn ich mir eine anstecke?«

»Nein, gar nicht.«

Sie ging an ihre Tasche, kam zurück mit einer Zigarette zwischen den Lippen. Kamp hatte ihr den Aschbecher schon bereitgestellt. Sie sagte: »Wie ist das eigentlich?«

»Was?«

»Wenn man arbeitslos wird. Ich meine, hat die Firma pleite gemacht, oder haben die Sie einfach auf die Straße gesetzt?«

»Gekündigt.« Kamp räusperte sich. »Aber das hat alles seine Richtigkeit gehabt.« Er lächelte.

Sie zündete die Zigarette an, blies den Rauch von sich. »Das glauben Sie doch anscheinend selbst nicht.«

»Doch, doch.« Er zuckte die Schulter, hob eine Hand und ließ sie wieder sinken. »Mittlerer Betrieb, nicht schlecht im Geschäft. Und dann haben sie alles auf Elektronik umgestellt, elektronische Datenverarbeitung, das kennen Sie ja. Das ganze Lager, und natürlich auch die Buchhaltung. Da war dann Feierabend für mich.«

»Hätten Sie das denn nicht gekonnt?«

Er zuckte die Schulter. »Ich glaube schon. Aber man kommt dabei mit weniger Leuten aus. Und dann behält man natürlich die jüngeren.«

Sie setzte sich aufs Sofa. »Scheiße.« Sie zog die Beine an, stellte die Füße auf den Rand des Sofas, in der einen Hand hielt sie die Zigarette, mit der anderen begann sie, die Zehen zu befühlen. Der kurze Kittel gab die Oberschenkel frei. Kamp stand auf und trat ans Fenster.

Sie sagte: »Und einen neuen Job finden Sie nicht?«

»Nicht in meinem Beruf. Und sowieso keinen in meinem Alter.« Er beugte den Kopf vor und sah hinaus. Die Lichter brannten still in der Dunkelheit. »In der ganzen Zeit hat das

Arbeitsamt mir keine einzige Stelle angeboten. Und die Bewerbungen, die ich geschrieben habe, waren alle für die Katz. Ich hab's ja erst auch nicht glauben wollen.«

Er hörte das Federbett rascheln, sah über die Schulter. Sie hatte sich auf die Seite gelegt, das Federbett über die Beine gezogen. Er setzte sich wieder in den Sessel.

Sie tippte die Zigarettenasche ab. »Das ist vielleicht ein Scheißstaat.«

»Das kann man so nicht sagen.«

»Wieso denn nicht?«

Er lächelte. »Wenn ich will, kann ich jetzt Rentner werden. Ich muß nicht von der Arbeitslosenhilfe leben.«

»Rentner? So alt sind Sie doch noch gar nicht. Wie alt sind Sie noch mal?«

»Sechzig.«

Sie sah ihn an, zog an der Zigarette.

»Für Leute wie mich gibt's eine Sonderregelung.« Er lächelte. »Ich kann das vorgezogene Altersruhegeld wegen Arbeitslosigkeit beantragen. So heißt das im Gesetz. Auf Deutsch: Die Rente mit sechzig.«

»Ist das viel?«

»Viel nicht gerade. Es ist natürlich weniger, als ich normalerweise bekommen hätte. Ich meine, wenn ich bis fünfundsechzig meine Stelle behalten hätte. Aber es wird reichen, denke ich.«

»Und darauf wollen Sie sich einlassen?«

»Wissen Sie was Besseres?«

Sie legte sich auf den Rücken, zog das Federbett hoch bis unters Kinn, sah zur Decke. »Das ist doch absolut beknackt, da können Sie sagen, was Sie wollen. Wenn ein Mensch, der noch voll da ist, auf einmal nicht mehr gebraucht wird. Unter einem Rentner hab ich mir immer einen vorgestellt, der am Stock geht. Und sabbert.«

Kamp lachte. »Das kommt wahrscheinlich schneller als man denkt.«

»Das glauben Sie doch selbst nicht.«

»Oh doch.« Er griff nach dem Glas und trank den Rest seines Biers. Sie richtete sich auf, »Ich glaube, in meiner Büchse ist noch was«, schüttelte die Büchse, »nein, verdammt, sie ist leer.« Kamp sagte: »Aber in meiner ist noch was«, er goß ihr ein, sie wedelte mit beiden Händen, »Nicht alles, nicht alles, ich hab sowieso das meiste!« Den Rest goß er sich selbst ein. Sie prostete ihm zu, lächelte, klopfte das Kissen zurecht und bettete sich wieder.

Nach einer Weile sagte Kamp: »Es hat keinen Zweck sich einzureden, daß das Alter keine Rolle spielt. Ich mag die Leute nicht, die schon mit einem Bein im Grab stehen und noch immer so tun, als wären sie frisch und munter.«

»Aber was soll das denn? Das sind Sie doch, Sie sind doch noch frisch und munter!«

Kamp sagte: »Die Leute wollen nicht zugeben, daß sie sterben müssen. Und daß sie das auch spüren. Man spürt das ziemlich früh.«

Er stand auf, ging ans Fenster, setzte sich wieder. »Nur weiß man erst nicht, was es bedeutet. Und manche wollen es bis zuletzt nicht wahrhaben, die springen herum und tun Tag und Nacht ganz aufgekratzt und machen sich doch nur zum Narren. Ich denke mir, sie tun das aus Angst.«

»Das kann ich verstehen.« Sie hielt die Augen zur Decke gerichtet.

Kamp sagte: »Aber die Angst macht alles nur noch schlimmer. Man muß sich damit abfinden, irgendwann. Man stirbt eben nicht auf einen Schlag, so schnell geht das nicht. Na gut, wenn ein junger Mensch verunglückt, oder ein Kind, da könnte man das sagen. Oder im Krieg, wenn's gekracht hat, eben hat einer noch um sich geschossen, und dann lag er auf einmal da mit glasigen Augen. Aber das sind ja Ausnahmen. Wer ein bißchen länger lebt, der spürt auf einmal, daß das Leben immer weniger wird, hier hört was auf und dann da, nichts ist mehr so, wie es früher war. Es verändert sich dauernd was, aber es kommt nichts dazu. Es wird ganz einfach immer weniger.«

Kamp schwieg eine Weile. Dann sagte er: »Das Sterben fängt viel früher an, als man glaubt. Und es dauert viel länger, als man glauben möchte.«

Sie wandte ihm das Gesicht zu. »Ich hab Ihren Brief bekommen.«

Kamp erschrak.

Sie sagte: »Ich hab ihn noch an dem Abend bekommen. Max hat mir gesagt, daß Sie nachmittags da waren.« Sie lächelte. »Ich hab ihn in der Tasche. Ich hab ihn mitgenommen auf die Reise. Ich hab mich sehr darüber gefreut.«

»Aber, das war doch nur...«

»So einen schönen Brief hab ich lange nicht mehr bekommen.« Sie sah wieder auf zur Decke. »Irgendwann können Sie mir das ja mal ausrechnen mit dem Bafög.« Sie verschränkte die Arme im Nacken, sah ihn an. »Und wie hat Ihnen der Castaneda gefallen?«

Kamp räusperte sich. »Sehr interessant. Aber wissen Sie...« er hob die Schultern, »ich hab nichts Richtiges damit anfangen können. Auch mit den anderen Sachen nicht so richtig. Das Leben vor dem Leben, na ja...«

Sie nickte.

Er sagte: »Wahrscheinlich hab ich es nicht richtig verstanden. Ich muß das noch mal lesen.«

Sie schüttelte den Kopf. »Ich glaub nicht, daß Sie das nicht verstanden haben. Aber Sie haben da ja ganz andere Gedanken.«

»Ach, das sind doch nur so Sachen, wie ich sie mir zurechtlege.«

»Nein, find ich nicht.« Nach einer Weile sagte sie: »Ich hab manchmal auch das Gefühl, daß ich gar nicht richtig lebe. Manchmal denke ich tatsächlich, daß ich sterbe, nicht auf einen Schlag, nein, aber ganz allmählich, genau so, wie Sie's gesagt haben.«

Kamp starrte sie an, öffnete den Mund.

Sie sagte: »Ich hab oft das Gefühl, daß ich mit dem Leben gar nichts Richtiges zu tun habe. Das läuft mir ganz einfach so weg.«

Kamp beugte sich vor: »Aber das ist doch ganz was anderes. So hab ich das doch nicht gemeint. So ein junger Mensch wie Sie, Sie stehen doch noch mitten im Leben. Sie können was tun.«

»Was denn?«

»Ihr Studium. Machen Sie das mal. Und dann wird sich alles andere schon finden. Das Leben kann doch sehr schön sein.«

Sie sah zur Decke. »Wenn ich Geld hätte, dann könnte ich was tun.«

»Das bekommen Sie doch vom Staat, wenn Sie richtig studieren.«

»Ja, in einem Jahr. Oder in zweien. Wenn ich das alles nachhole, was ich verpaßt habe.«

»Aber irgendwann müssen Sie doch damit anfangen. Sonst wird ja nie was aus Ihnen. Sie müssen was tun, verstehen Sie.«

»Will ich ja auch. Aber dazu müßte ich das Geld haben. Das Studium, das bringt doch nichts.«

Kamp fuhr sich mit beiden Händen über die Haare, schüttelte den Kopf, ließ die Hände sinken. »Und was wollen Sie mit dem Geld machen? Einfach so ausgeben?«

»Oh nein.« Sie richtete sich auf, stützte sich auf einen Ellbogen, griff nach den Zigaretten. Sie zündete eine Zigarette an, blies den Rauch von sich, sah Kamp an. »Freunde von mir wollen einen Laden aufmachen. Sie suchen noch jemanden, der sich beteiligt. Da könnte ich einsteigen.«

Kamp zog die Stirn zusammen. »Was soll das denn für ein Laden sein?«

»Töpfe, Taschen, Bettzeug, Geschirr. Alles, was man so braucht. Einfache Sachen, verstehen Sie, aber solide. Und nicht teuer.«

»Ja, ja. Aber das ist heutzutage gar nicht so leicht. Haben Ihre Freunde denn Ahnung vom Geschäft?«

»Die sind ziemlich clever. Sie haben schon ein Ladenlokal. Das heißt, sie haben eins an der Hand, das freisteht. Es ist ihnen angeboten worden.« Sie zog an der Zigarette. »Und deshalb versuchen sie jetzt, das Geld zusammenzukratzen.«

Kamp sagte: »Und wieviel Geld wollen die von Ihnen haben?«

Sie streifte die Asche von der Zigarette. »Sechstausend.« Sie sah Kamp an. »Sie sind zu dritt, ein Mädchen und zwei Jungens, und sie haben ausgerechnet, daß man den Laden mit vierundzwanzigtausend Mark auf die Beine stellen kann. Jeder soll mit einem Viertel beteiligt sein. Auch am Gewinn natürlich.«

»Haben die denn ihre Anteile schon zusammen?«

»Ja. Jeder gibt sechstausend. Sie suchen nur noch den vierten.«

Kamp sagte: »Das ist aber sehr viel Geld, sechstausend Mark.«

»Ja.« Sie legte sich auf den Rücken. »Zuviel für mich.« Sie lachte. »Ich hab ja nicht mal sechstausend Pfennige. War auch nur so eine Spinnerei.« Sie drehte sich wieder auf die Seite, seufzte. »Aber schön wär's gewesen. So ein Laden, der läßt einem ja Zeit. Zu viert kann man sich ja abwechseln.« Sie sah Kamp an. »Und wenn das Geschäft erst mal liefe, dann könnte ich vielleicht auch weiterstudieren.«

Kamp nickte. »Ja, wenn es erst mal liefe.«

»Das läuft, darauf können Sie sich verlassen.« Sie drückte die Zigarette aus. »Ich kenne ein paar von diesen Läden. Die machen Geld wie Heu.«

Kamp nickte. Plötzlich stand er auf. Er sagte: »Vielleicht sollten wir jetzt doch mal ein bißchen schlafen.«

»Ja.« Sie legte sich auf den Rücken, lachte. »Entschuldigung, ich hab Ihnen schon wieder ein Ohr abgesabbelt. Sie müssen ja hundemüde sein.«

»Nicht so schlimm.« Kamp ging zur Schlafzimmertür, wandte sich zurück. »Also, gute Nacht, Claudia.«

»Gute Nacht...« Sie lächelte ihn an. Als Kamp sich schon abwandte, sagte sie: »Darf ich Heinz zu Ihnen sagen?« Sie hob die Schultern unter dem Federbett. »Ich weiß nicht, aber Herr Kamp, das klingt so komisch. So fremd, meine ich.«

Kamp nickte.

Sie lächelte und sagte: »Gute Nacht, Heinz.«

Kamp sagte »Gute Nacht« und ging ins Schlafzimmer. Er lag lange wach, bewegte hin und wieder die Lippen, fiel erst, als es schon dämmerte, in einen flüchtigen Schlaf.

Sie sprachen am Morgen nicht mehr von den sechstausend Mark. Kamp fragte, ob er mit ihr gehen und dem Mietherrn mit dem Rechtsanwalt winken solle, und ob er nicht überhaupt besser erst den Rechtsanwalt anrufen und um Rat fragen solle. Aber sie sagte nein, nein, das könne er immer noch machen, sie wolle zuerst einmal versuchen, mit dem Typen allein klarzukommen, der werde sonst vielleicht nur noch aggressiver. Kamp sagte, sie solle ihm aber wenigstens ihre Adresse geben, und ob er sie da auch telefonisch erreichen könne. Sie gab ihm die Adresse, auch eine Telefonnummer, aber das war ein Gemeinschaftstelefon, sie sagte, manchmal seien die Leute zu blöd oder zu faul, einem was auszurichten.

Kamp trug ihr die Tasche hinunter zum Auto, sie zerrte bis zum Aufzug an den Trägern, das sei doch Quatsch, als ob sie die Tasche nicht selbst tragen könne, lachte dann und gab ihm im Aufzug einen Kuß auf die Wange. An den Briefkästen standen zwei Frauen, sie erwiderten Kamps Gruß und sahen ihnen nach. Kamp wartete, bis sie abgefahren war, sie winkte ihm, er winkte zurück.

Eine Stunde später rief Kamp den Versicherungsagenten an. Er fragte, ob er seine Lebensversicherung beleihen oder ob er sie jetzt schon sich auszahlen lassen könne und wieviel dabei herauskäme. Der Agent sagte, das sei aber doch nicht günstig, er wolle ihm das mal eben über den Daumen ausrechnen, zehntausend Mark Versicherungssumme, jawoll, und die Laufzeit fünfunddreißig Jahre, für rund dreißig Jahre seien mittlerweile die Prämien bezahlt, na also, über den Daumen gepeilt liege der Rückkaufswert jetzt vielleicht gerade über siebentausend Mark, und mehr gebe es natürlich auch bei einer Beleihung nicht, da müsse er dann noch die Darlehenszinsen abziehen, also nein, das wäre nun wirklich kein gutes Geschäft, und ob er denn unbedingt jetzt schon das Geld brauche, er verliere doch enorm dabei.

Kamp sagte, es stehe noch nicht fest, ob er das Geld brauche. Aber er wolle auf jeden Fall genau wissen, wieviel ihm zustünde und auch, wie lange das dauere, wenn er es haben wolle. Na ja, sagte der Agent, ein paar Tage werde das schon dauern, und ob übrigens im Vertrag denn niemand begünstigt sei. Doch, doch, sagte Kamp, sein Sohn, den habe er nach dem Tod seiner Frau eintragen lassen. Aber das habe sich mittlerweile erledigt. Und das sei ja wohl kein Hindernis, wenn er sich das Geld auszahlen lassen wolle? Nein, nein, sagte der Agent, da sei er als Versicherungsnehmer frei in seiner Entscheidung. Also gut, er werde ihm die genauen Zahlen mitteilen, er werde auch schon einmal das Antragsformular beilegen. Aber das solle Kamp sich wirklich noch einmal gründlich überlegen.

Zwei Tage später, sie hatte sich nicht gemeldet, traf die Auskunft ein, das Antragsformular lag bei. Kamp studierte die Papiere gründlich, legte sie dann in den Karton mit den Briefen und seinen Bafög-Berechnungen und schloß den Schrank ab. Er verbrachte den Tag im Sessel, wartend, ging nur ein paarmal auf den Balkon, um die Autos zu mustern, die vor der Tür standen. Als es dämmerte, ging er zum Telefon, stand eine halbe Stunde am Schreibtisch, schaute hinaus und beobachtete, wie die Stadt ihre Lichter aufsteckte, eins ums andere. Er wartete, bis er sicher war, daß alle Lichter brannten, schob die Entscheidung noch einmal auf. Schließlich schaltete er die Schreibtischlampe ein und wählte die Nummer des Gemeinschaftstelefons.

Es dauerte lange, bis abgehoben wurde. Eine verschlafene Männerstimme: »Hallo?« Kamp sagte, er möchte Claudia sprechen.

»Claudia? Die wohnt nicht mehr hier.«

Kamp faßte jäh nach der Schreibtischkante. Er räusperte sich. Wo sie denn jetzt wohne.

»Keine Ahnung. Die ist in eine WG gezogen, glaube ich.«
»Wohin ist sie gezogen?«
»Irgendeine WG, aber ich hab keine Ahnung, wo.«

Den folgenden Tag, es war Samstag, verbrachte Kamp zu Hause. Er hatte Vorräte genug, sie würden reichen, außer der Milch vielleicht, aber die konnte er einteilen. Am Sonntagnachmittag zog er sich an, Pelzmütze, Handschuhe, und fuhr in die Südstadt. Er ging zu der Adresse, die sie ihm gegeben hatte, es war ein altes schmales Klinkerhaus, verwaschenes Rotbraun. Ein schöner, großer Baum auf dem Gehsteig vor dem Gitter des Vorgärtchens, steile Außentreppe, doppelflüglige Tür, daneben zwei schmale, hohe Fenster. Zwei Geschosse darüber, dann die vorspringenden Dachfenster. Es mußte dunkel sein in den Zimmern, in zweien brannte schon Licht.

Kamp ging nur einmal an dem Haus vorbei, kehrte zurück zur Haltestelle der Straßenbahn und fuhr nach Hause. Er war schon auf seiner Etage angelangt, als er umkehrte. Er stieg wieder in den Aufzug und fuhr die sechs Etagen abwärts.

Frau Klose sagte: »Das nenne ich Gedankenübertragung.«
»Wieso?«
»Ich wollte gerade zu dir kommen. Ich wollte dich fragen, ob du nicht am Donnerstag mitfahren willst.«
»Wohin?«
»Wir fahren mit dem Omnibus raus, mit allem Drum und Dran. Ein tolles Programm. Also, jetzt sag nicht wieder nein. Du mußt mal raus.«

Kamp sagte: »Ja.« Er sah sie an. »Ja. Warum eigentlich nicht?«

7

Das Mittagessen wird um eins serviert, im Anschluß an die Besichtigung des Klosters. Kaffeetrinken um vier, nach einem Ausflug auf den höchsten Berg der Umgebung, dreihundertfünfzig Meter hoch. Heimfahrt um fünf. Auf sieben ist zu Hause, im Sälchen der Gaststätte Heuser, das Abendessen bestellt. Fröhlicher Ausklang mit dem Trio Fidele Kirchgässer, Humor und flotte Weisen. Tanzen erwünscht!

Kamp fühlt sich nach dem Mittagessen unpäßlich. Rinderbouillon mit Markklößchen. Wiener Schnitzel, Pommes frites und Salat. Weincreme. Ein Getränk für jeden frei. Hertha hat gesagt, als Getränk nehmen sie nach dem Essen einen Kaffee, der wird sie aufmuntern. Und zum Essen hat sie eine Flasche Mosel bestellt, mit zwei Gläsern. Es hat Blicke gegeben von ringsum, der Herr Kehlenbach, weißumrandete rote Glatze, hat »Aha, aha!« gemacht, und Hertha hat eine Schulter gehoben, gelächelt, die Löckchen geschüttelt, »Nur kein Neid! So jung kommen wir nicht mehr zusammen. Da könnt ihr euch ruhig mal ein Beispiel dran nehmen«. Den Zehnmarkschein, den Kamp ihr neben den Teller legte, als die Kellnerin kam, hat Hertha zurückgeschoben, »Jetzt hör doch auf damit, ich kann dich doch mal einladen!«

Kamp spürt Herthas warmen Schenkel an seinem Bein, der Druck verstärkt sich jedesmal, wenn der Bus auf der gewundenen Straße hinauf zum höchsten Berg der Umgebung in eine Rechtskurve geht. In den Linkskurven hält Kamp sich am Griff des Vordersitzes fest. Er überlegt, was er tun soll, wenn ihm schlecht wird. Er hat zu viel gegessen, er hat es gar nicht gemerkt beim Essen, er war geistesabwesend. Und er hat zuviel von dem Wein getrunken.

Der Herr Baumann, graues Kräuselhaar in den Nasenlöchern, der mit der Frau Quadt vor ihnen sitzt, zeigt zwischen den Rückenlehnen sein Kräuselhaar. »War das nicht ein tolles Mittagessen? Wir haben gerade darüber gesprochen.« Hertha wiegt den Kopf: »Einmalig, wirklich. Für den Preis ganz einmalig.« Der Herr Baumann nickt heftig: »Ja, einmalig, einmalig!« Frau Quadt lüftet sich ein wenig vom Sitz, läßt ihre schwere dunkle Brille sehen: »Ich möchte mal wissen, wie die das machen.« Hertha hebt die Schulter: »Da schießt der Pastor was zu, das ist doch klar.« »Richtig«, nickt Herr Baumann, »richtig! Da schießt der Pastor was zu, sonst geht das gar nicht.«

Von hinten macht einer »Pscht!« Eine Frauenstimme sagt: »Ruhe bitte! Der Herr Pastor will was sagen!« Der Herr Pastor hat sich von seinem Sitz hinter dem Fahrer erhoben, das Mikrophon aus der Halterung am Armaturenbrett gezogen, er steht gebückt zwischen den Sitzen, pustet in das Mikrophon. Es gibt einen scharfen Grollton in den Lautsprechern, eine Stimme macht »Huch!«, Gelächter. Der Herr Pastor sagt: »Entschuldigung! Das ist nicht so einfach mit der Technik.« Seine Stimme klingt durchs Mikrophon noch voller als sonst. Er richtet sich vorsichtig auf, bis er mit dem Hinterkopf das Wagendach berührt, schütteres blondes Haar, glatt gescheitelt, eine leichte Röte in den vollen Wangen, der glatten Stirn, der weiße Rundkragen, schmaler Rand über dem schwarzen Brustlatz, darüber die graue, sportliche Jacke.

Er lächelt, läßt den Blick durch die Reihen wandern. »Liebe Senioren. Ich glaube, wir können mit dem bisherigen Verlauf unseres Ausflugs zufrieden sein.« Zurufe, »Sehr gut!«, Händeklatschen. »Die Besichtigung dieses schönen Klosters hat dem einen oder anderen vielleicht doch ein paar bleibende Eindrücke vermittelt. Na ja, und das Mittagessen, das hat uns ja wohl allen ausgezeichnet geschmeckt.« Herr Baumann ruft »Hervorragend!«, zieht sich an dem Sitz vor ihm ein wenig hoch und ruft noch einmal »Hervorragend!«, lautes Händeklatschen.

Der Pastor nickt, lächelt, wartet, bis der Beifall verebbt. »Danke. Danke. Liebe Senioren, ich wollte jetzt nur sagen, daß wir gleich auf dem Parkplatz unterhalb des Berggipfels eintreffen. Von dort gibt es nur einen Fußweg bis ganz oben hin. Er ist gut ausgebaut, aber an einigen Stellen vielleicht doch ein bißchen steil, wir sind ja alle keine jungen Hüpfer mehr.« Zurufe, »Oho, oho!«, »Nicht so bescheiden, Herr Pastor!«, Gelächter. Der Pastor schüttelt lächelnd den Kopf. »Nein, nein, ich bestimmt auch nicht mehr.« Laute Proteste. Schließlich macht einer »Pscht!«

Der Pastor sagt: »Danke. Vielen Dank. Ich wollte nur sagen, daß wir bitte in aller Ruhe hinaufsteigen, damit niemand sich überanstrengt. Wir haben ja Zeit genug. Und wenn sich einer das nicht zutraut, das ist ja keine Schande, dann soll er ruhig auf dem Parkplatz bleiben. Die Aussicht ist da auch sehr schön. Ja, danke«, der Pastor nickt, »das war's, was ich sagen wollte.« Händeklatschen.

Als sie aus dem Bus ausgestiegen sind, hakt Frau Vordemberge, gebeugter Rücken im Wollmantel, wollenes Kopftuch, sich bei Hertha ein. Kamp ergreift die Gelegenheit und steigt mit langen Schritten voraus, den Weg hinan, der nicht sehr steil ist, kleine Natursteine vermengt mit Kies, an den Rändern das feuchte, blasse Gras. Hertha ruft hinter ihm her: »Mach doch langsam, Heinz! Du hast doch gehört, was der Herr Pastor gesagt hat!« Kamp hört Herrn Kehlenbachs Stimme: »Laß den mal lieber, Hertha, der Mann muß sich austoben, sonst kriegst du nachher die Arbeit!« Gelächter. Die volle Stimme des Pastors: »Na, na, Herr Kehlenbach!«

Kamp bleibt stehen, blickt zurück. Ein Raubvogel kreist über dem grünen Tal, den Fichtenhängen, schlägt einmal mit den Schwingen, dann scheint er stillzustehen, ein winziger schwarzer Scherenschnitt vor dem milchigen Himmel. Die kühle Luft tut Kamp gut. Auf der Serpentine unter ihm kommen sie herangepilgert, langsam, in sechs, sieben Grüppchen, die hin und wieder stehenbleiben. Nur der Herr Baumann, der mit seiner Krücke die Vorhut übernommen hat, legt keine Pause ein, er schwenkt bei jedem Schritt das steife Bein geschwind nach außen, hebt es die Steigung empor. Er lacht, als er sich Kamp nähert, ein wenig keuchend. »Wunderbar hier, was«, er hustet, »wunderbar.«

Kamp sagt: »Ja.«

Herr Baumann zieht sein Taschentuch, reibt sich die Stirn und die blasse Glatze und den Nacken, atmet laut durch die Nase, Kamp glaubt, das graue Kräuselhaar knistern zu hören. Er lacht Kamp an, bleckt die großen gelben Zähne, nickt heftig. »Sie sind ja ein richtiger Glückspilz.«

»Wieso denn das?«

»Na«, Herr Baumann nickt, beginnt heftig zu lachen, stoßweise, »das sieht doch ein Blinder, daß die Frau Klose, die Hertha, daß die gut auf Sie zu sprechen ist. Oder?« Er nickt. »Tolle Frau, der sieht man ihr Alter nicht an. Gepflegte Erscheinung. Toll, wie die Frau noch beieinander ist. Figur und alles.«

Kamp steigt weiter. Herr Baumann, das Bein schwenkend, hält sich hinter ihm. »Wie alt sind Sie eigentlich?«

»Sechzig.«

»Ach du lieber Gott«, Herr Baumann lacht keuchend, »da sind Sie ja noch ein junger Mann. Kein Wunder, daß Sie so viel Chancen haben.«

Kamp möchte gern schneller gehen, um den Kerl abzuschütteln, aber er bringt es nicht fertig. Wenn er schneller geht, wird der nur schneller hinter ihm her humpeln, und vielleicht gerät ihm dann die Krücke zwischen die Beine, er stürzt, gibt ein paar unartikulierte Laute von sich, dreht sich noch matt auf den Rücken und bleibt liegen, die Lider geschlossen, der Mund steht offen, die gelben Zähne, und dann tritt ein rotes Rinnsal aus den Kräuselhaaren hervor.

Herr Baumann keucht: »Aber arbeiten tun Sie doch nicht mehr, oder?«

Kamp räuspert sich.

»Wie? Na ja, warum denn auch. Ist ja auch nicht schlecht, wenn man so früh schon Rente bekommen kann. Ist ja auch nicht schlecht, wie?«

Kamp sagt: »Nein.«

Herr Baumann beginnt zu husten, es klingt, als wolle er ersticken, aber dann befreit er mit einem durchdringenden, fauchenden Laut seinen Schlund, speit aus. »Die Hertha hat ja auch ganz schön was an den Füßen, oder?« Er faucht noch einmal, speit wieder aus. »Der ihr Mann, der hat ihr eine Stange Geld hinterlassen. Tolles Geschäft, was der gehabt hat.«

Kamp steigt stumm weiter. Erst auf der Höhe bleibt er stehen. Er sucht den Raubvogel, aber er kann ihn nicht mehr finden. Eine Erinnerung wird wach, sie bleibt vage, er kann sie nicht einordnen, er weiß nicht mehr den Tag und nicht einmal, wie alt er war, ein Junge noch oder schon ein Mann. Es war eine Aussicht wie diese, grüne Wellen von Hügeln ringsum, nur der Himmel war anders, nicht milchig-weiß, sondern ein zartes Blau, vielleicht war es ein Tag im Herbst. Plötzlich glaubt Kamp, den Geruch von fernem Rauch zu spüren. Er schüttelt den Kopf.

Herr Baumann nähert sich, er schwenkt, nachdem er die Höhe erklommen hat, das Bein behende voran. »Herr Kamp«, er ächzt ein wenig, »Herr Kamp, können Sie mal einen Augenblick aufpassen«, er humpelt an Kamp vorbei, zum jenseitigen Rand der Höhe, »sagen Sie mir Bescheid, wenn die anderen kommen«, er sieht über die Schulter, entblößt die gelben Zähne. »Die Blase«, er lacht, »das Bier drückt ganz schön.«

Kamp hört das dünne Plätschern. Herr Baumann ist noch

mit dem Verschluß seiner Hose beschäftigt, als die ersten Köpfe über dem Rand der Höhe auftauchen, das hagere, hochgewachsene Fräulein Weyrich, gleich dahinter der graue Homburg von Herrn Kehlenbach, der Frau Quadt untergehakt hat, Frau Quadt legt die Hand auf den Mund, wendet den Kopf schräg zur Seite und lacht. Während Fräulein Weyrich mit starrem Lächeln den Blick zurück ins Tal richtet, ruft Herr Kehlenbach: »He, Peter, pack ein. Es ist erst halb vier.« Herr Baumann lacht unterdrückt, in heftigen Stößen.

Als der Pastor mit einem elastischen Schritt das letzte Stück der Steigung überwindet, hat Baumann die Hose geschlossen, er kommt eilig zurückgehumpelt. Kehlenbach stößt ihn in die Seite. Der Pastor, nickend und lächelnd, wartet die »Ah«-Rufe ab, die die schöne Aussicht würdigen, »Wunderbar! Das glaubt man von unten ja gar nicht!«, dann tritt er an den Rand der Höhe und weist mit dem Finger ins Tal. Er erläutert noch einmal den Grundriß des alten Klosters, von hier oben kann man den Bau wie auf einem Zeichenbrett erkennen, die harmonische Komposition der steilen Dächer, den Springbrunnen im Hof. Alle versammeln sich in einem Halbkreis um den Pastor, Hertha hat sich fest bei Kamp eingehängt.

Kamp kann sich lösen, als Hertha entdeckt, daß Frau Vordembergers Kopftuch sich lockert, Hertha bindet das Kopftuch wieder fest, steckt auch Frau Vordembergers Schal zurecht. Kamp tritt ein paar Schritte zurück. Aber der Pastor kommt hinter ihm her, legt ihm die Hand auf die Schulter.

»Nun, Herr Kamp ... wie gefällt Ihnen denn unser Seniorenklub?«

»Gut, danke. Sehr gut.«

Der Pastor lächelt. »Ich würde mich freuen, wenn wir uns jetzt öfter sehen würden.« Er senkt die Stimme. »Ein bißchen frisches Blut täte dem Klub ganz gut, wissen Sie. Da muß mal wieder neuer Schwung rein.«

Kamp sagt: »Ja, ja. Aber eigentlich...«

Der Pastor schüttelt den Kopf, hebt den Zeigefinger und

bewegt ihn hin und her: »Ich weiß schon, was Sie sagen wollen. Aber darüber brauchen Sie sich keine Gedanken zu machen.« Er neigt sich Kamp zu, spricht noch ein wenig leiser, Kamp erinnert sich plötzlich an den Beichtstuhl, Halbdunkel, die gedämpfte, zuredende Stimme hinter dem Holzgitter, der Geruch von Kerzen und darin eine Spur von Weihrauch. Der Pastor sagt halblaut: »Sie müssen deshalb nicht auch in die Kirche kommen. Ich weiß, daß Sie kein Kirchgänger sind. Wenn Sie da ein Problem haben, will ich mich gern einmal mit Ihnen darüber unterhalten. Aber das ist keine Vorbedingung. Sie sind uns auch jetzt schon jederzeit herzlich willkommen.« Er nickt und lächelt: »Die Kirche ist großzügiger, als Sie vielleicht glauben.«

Er blickt zur Seite, auf Herrn Baumann, der sich, den Blick ins Tal gerichtet und die Krücke beiläufig voransetzend, genähert hat. »Sehen Sie mal unseren Herrn Baumann hier«, der Pastor läßt sein Organ wieder voll ertönen, »der ist ja wirklich nicht mehr der Jüngste, aber im Skat ist er noch immer unschlagbar.«

»Was, wie?«, Baumann legt die letzten Schritte mit weitausholender Krücke zurück, »Sprechen Sie etwa von mir?«

Zum Kaffee nimmt Kamp, noch bevor die Torte serviert worden ist, einen Kognak, und den zweiten gleich hinterher. Herr Kehlenbach gegenüber stellt die Kaffeetasse ab, legt beide Hände auf das weiße Tischtuch, lehnt sich zurück und sagt: »Mein lieber Mann, Sie haben aber auch einen ganz schönen Zug.«

»Nur kein Neid«, sagt Hertha, »ab und zu muß der Mensch auch mal über die Stränge schlagen.« Sie stimmt ein kleines Gelächter an, beugt sich zu Kamps Ohr und flüstert: »Aber teil dir's schön ein. Der Abend ist noch lang.« Und setzt das kleine Gelächter fort.

Auf der Rückfahrt im Bus, es ist schon dunkel geworden, nickt Kamp ein. Plötzlich fährt er hoch, blickt um sich. Niemand scheint es bemerkt zu haben. Herthas Hand liegt auf seiner Hand, die Ringe glitzern, sooft der Bus eine Straßenleuchte passiert. Sie hat sich in ihrem Sessel zurückgelehnt, der Kopf hängt ein wenig zur Seite, die Lider wölben sich über den Augen, der Busen hebt und senkt sich wie eine schwere Dünung.

Kamp sieht ein paar pendelnde Köpfe. Nur das Fräulein Weyrich, auf dem Sitz hinter dem Fahrer, hält sich kerzengerade. Sie hat den ganzen Tag nicht viel geredet. Hin und wieder hat sie genickt, auch schon einmal gelächelt. »Nein, danke«, als ihr das zweite Stück Torte angeboten wurde. Kamp fragt sich, ob sie sich verlassen fühlt, in diesem Bus, in dem keiner mehr ein Wort spricht, Schnarchlaute, wahrscheinlich wären sie zu hören, wenn nicht das strömende Geräusch der Fahrt sie zudeckte, der leise brummende Motor, der Wind, der an den kalten, schwarzen Fenstern vorbeifließt, das Summen der breiten Reifen.

Aber vielleicht ist Fräulein Weyrich froh, daß sie nicht mehr zu nicken, nicht mehr zu lächeln braucht. Vielleicht will sie ungestört ihren Gedanken nachhängen, sich treiben lassen in der Dunkelheit, ein wenig sich schaukeln lassen auf ihrem Sitz. Keine richtigen Gedanken, nein, mehr eine Stimmung, diese Fahrt durch den dunklen Abend hat sie hervorgerufen, vorbei an den fliehenden Lichtern, die Stimmen im Hintergrund sind träge geworden, dann sind sie erstorben, übriggeblieben ist nur das Fahrtgeräusch, dieser ruhig fließende Strom, der einen trägt, als wolle er einen nie mehr an Land setzen.

Als der Bus vor der Gaststätte Heuser hält, zieht Baumann sich jäh am Vordersitz hoch, »Was? Wie?«, er bückt den Kopf und sieht durchs Fenster, »Wir sind schon da, alles aussteigen!« Der Fahrer schaltet die matte Innenbeleuchtung ein, die Tür springt zischend auf. »Langsam, langsam!« ruft der Pastor, »nur keine Hast!« Er befreit sich mit einem kräftigen Armstoß aus seinem Sitz, stößt mit dem Kopf an das niedrige Dach, gerät ins Taumeln, fängt sich aber sofort mit der Linken an der Stange neben dem Fahrersitz.

Sie versammeln sich vor dem Eingang der Gaststätte Heuser, rötliches Licht hinter den kleinen Scheiben. Baumann versucht, während der Pastor den letzten aus dem Bus hilft, »So, jawohl, das hätten wir«, durch die Scheiben zu spähen: »Nur ein paar Mann an der Theke, hab ich mir gedacht. Hab ich mir doch gedacht. Der kann froh sein, daß wir kommen.«

Sie lassen den Pastor vorangehen. Der Gastwirt Heuser steht hinter der Theke, hebt die Hände, schüttelt sie. »Da sind sie ja, die Weltreisenden. Herzlich willkommen! Sie können durchgehen, Herr Pastor, alles fertig.« Frau Heuser legt die Zigarette ab, beugt sich über die Theke. »Sollen wir sofort servieren, Herr Pastor?«

»Nur keine Hast, Frau Heuser. Vielleicht zuerst einmal ein kleines Getränk, zur Aufmunterung.«

»Hatten wir sowieso vor, Herr Pastor, die erste Runde geht auf uns.« Kehlenbach, der hinter dem Pastor steht, ruft: »Was, nur die erste?« Gelächter, Frau Heuser lacht mit. Der Gastwirt Heuser ruft: »Immer dieselben! Dich kriegen wir noch satt, Hubert, da brauchst du keine Angst zu haben!«

Kamp, in stockender Prozession dem Pastor folgend, von Hertha am Arm geleitet, stellt mit Erleichterung fest, daß er von den Gästen an der Theke niemanden kennt. Sie haben sich umgedreht, mustern die Prozession, die auf Tuchfühlung an ihnen vorbeizieht, nicken und lächeln. Als die letzten in der Tür des Sälchens verschwinden, sagt einer an der Theke einen halblauten Satz, lautes Gelächter bricht aus.

Auf die Runde, die die Kellnerin abfragt, nimmt Kamp ein Bier, er trinkt es aus auf einen Zug, winkt der Kellnerin und bestellt noch eins. Weißgedeckte Tische, kleine Vasen mit künstlichen Blumen, an jedem Platz das Besteck, eingeschlagen in eine blaubedruckte Papierserviette. Es gibt Kartoffelsalat und wahlweise Bockwurst oder kaltes Kasseler. Von allem kann nachgefaßt werden.

Hertha sagt, das sei ja schön und gut, gegen den Kartoffelsalat sei auch nichts einzuwenden, den habe die Frau Heuser raus, aber anstelle der Bockwurst hätte sie sich ja auch was anderes einfallen lassen können, ein bißchen Roastbeef zum Beispiel, das koste doch nicht die Welt. Frau Faust, die mit ihrem Mann gegenüber sitzt, schneidet ein Stück Kasseler ab und sagt, dazu sei die doch zu geizig.

Herr Faust sagt: »Das kannst du doch sowieso nicht kauen.«

»Was kann ich nicht kauen?«

»Roastbeef.«

»Was soll das denn heißen? Das kann ich mir doch in Stücke schneiden.«

»Ja, ja.«

Kamp bestellt noch ein Bier. Hertha stößt ihn unter dem Tisch an, beugt sich an sein Ohr: »Paß auf, daß du nachher noch tanzen kannst. Sonst bin ich böse mit dir.« Das Gelächter, im Stakkato auf- und wieder absteigend. Frau Faust sieht Kamp an.

Um Viertel vor acht ziehen die Fidelen Kirchgässer ein, Schlagzeug, Baßgeige und Akkordeon, Kehlenbach ruft: »Das wird aber auch langsam Zeit!« Frau Faust sagt: »Hoffentlich machen die nicht zu viel Radau.« Hertha stützt sich auf Kamps Schulter, hebt sich von ihrem Stuhl: »Der mit dem Schlagbaß, das ist vielleicht eine komische Nummer. Der hält die Vorträge.« Herr Faust sagt: »Wenn das dir zuviel Radau ist, wären wir besser gar nicht hierhergekommen.«

»Ich hab ja nicht gesagt, daß es mir zu viel Radau ist. Ich habe nur gesagt, hoffentlich machen die nicht zuviel Radau.«

»Ja, ja.«

Ein Trommelwirbel, der sich steigert, und mit dem ersten schmetternden Schlag aufs Becken fällt der Akkordeonspieler ein, volle Griffe, der Schlagbaßspieler reißt an seinen Saiten und singt ins Mikrophon, eine fette Stimme, die sich in die Höhen emporjubelt: »So – sind – wir, so woll'n wir e-wig blei-ben...«

Hertha zieht Kamp hinter sich her, auf die kleine Tanzfläche, die der Gastwirt Heuser neben dem Platz für die Kapelle freigeräumt hat. Bravo-Rufe, und schon rappelt Baumann sich hoch, er nimmt die Krücke mit auf die Tanzfläche, faßt Frau Quadt mit dem linken Arm um die Hüfte und setzt mit der Rechten die Krücke im Marschtempo auf. Es dauert nicht lange, bis Hertha, die den zögernden Kamp ein paarmal herumgewirbelt hat, sich damit begnügen muß, ihn hin- und herzuschieben, die Tanzfläche ist überfüllt. Kamp wird gegen Fräulein Weyrich gestoßen, sie tanzt mit Frau Vordemberge.

An den Tischen sitzen nur noch Frau Krauthäuser, die zu Schwindelanfällen neigt, und der Pastor, sie nicken und lächeln. In der Tür des Sälchens erscheinen der Gastwirt Heuser und zwei oder drei der Gäste von der Theke, Heuser stampft im Rhythmus auf den Boden und ruft: »Jawoll, jetzt geht die Post ab!« Einer der Gäste ruft: »Alles anschnallen!« Sie lachen und schlagen sich auf die Schulter.

Es geht auf halb zehn, als Baumann stürzt. Er hat versucht, auf dem gesunden Bein eine Pirouette zu drehen, ist mit der Krücke hängengeblieben und nach hinten gekippt, einen Stuhl hat er umgerissen, auf dem zweiten ist er schwer mit dem Ellbogen aufgeschlagen, auch den Kopf muß er sich an der Tischkante stark gestoßen haben, der Tisch steht ein wenig schief. Aber Baumann hält sich aufrecht, im Sitzen, das steife Bein streckt er von sich, mit dem Oberarm stützt er sich auf den Stuhl, die andere Hand hat er um die Tischkante geklammert. Er sitzt da wie ein gedrungener, kahlköpfiger Vogel, der den Kopf einzieht. Ab und zu klappt er mit den Augenlidern.

Der Pastor ist aufgesprungen, »Um Gottes willen, Herr Baumann!«, er kniet vor Baumann nieder. Frau Quadt beugt sich über die Schulter des Pastors: »Peter, was machst du denn?« Herr Kehlenbach sagt: »Was ist denn jetzt kaputt?«

Baumann klappt mit den Augenlidern.

Der Pastor sagt: »Ich glaube, wir müssen einen Krankenwagen rufen.«

Kehlenbach sagt: »Wieso denn, der kann doch noch sitzen!«

Frau Quadt stößt Herrn Kehlenbach vor die Brust: »Jetzt sei doch mal still, Hubert. Siehst du nicht, daß er ganz weg ist?«

Die Musik erstirbt. Der Schlagzeuger, der als letzter gemerkt hat, daß etwas nicht stimmt, schlägt noch einmal schwach aufs Fell und schaut mit offenem Mund herüber. Kamp wartet darauf, daß das rote Rinnsal aus Baumanns Kräuselhaaren hervortritt.

In die Stille hinein sagt Baumann: »Aufstehen.« Er zieht sich mit einer ächzenden Kraftanstrengung an der Tischkante hoch, will sich mit der anderen Hand auf den Stuhl stützen, greift daneben und fällt schwer zurück, sitzt wieder. »Um Gottes willen, Herr Baumann«, sagt der Pastor, »jetzt bleiben Sie doch mal still sitzen, Sie können sich ja wer weiß was getan haben!«

Baumann sagt benommen: »Alles in Ordnung.« Er klappt mit den Augenlidern. »Schwindelanfall. Kleiner Schwindelanfall. Alles in Ordnung.«

Kehlenbach schiebt Frau Quadt beiseite: »Jetzt laß mich mal. Dem fehlt doch nichts. Den kenn ich doch.« Er tritt hinter Baumann, faßt ihn unter den Armen, zieht, die Augen treten ihm hervor, er ächzt: »Los, Peter!« Baumann stößt einen gurgelnden Laut aus, er krampft die Hand um die Tischkante, die andere um den Sitz des Stuhls, und kommt auf die Beine, steht. Kehlenbach klopft ihm den Hosenboden ab: »Na also. Warum stellst du dich denn so an?«

»Hab ich doch gar nicht.« Baumann zieht das Taschentuch und reibt sich die Glatze. Frau Quadt schiebt ihm einen Stuhl unter: »Jetzt setz dich doch erst mal. Du bist ja ganz blaß.«

»Bin ich doch gar nicht.« Baumann läßt sich auf den Stuhl fallen, streckt das steife Bein von sich.

Herr Kehlenbach sagt: »Der hat doch die ganze Zeit gesessen.«

»Also wirklich, Herr Kehlenbach!« Der Pastor ist unmutig. »Mit so etwas ist nun wirklich nicht zu spaßen!«

»Alles in Ordnung, Herr Pastor.« Baumann steckt das Taschentuch ein. »Kleiner Schwindelanfall. Hab ich schon mal gehabt.«

»Aber Sie sind wirklich ganz blaß.« Der Pastor richtet sich auf, sieht um sich. »Hat jemand Kölnisch Wasser dabei?«

»Ich!« ruft Frau Vordemberge, sie kramt in ihrer Handtasche.

»Kein Kölnisch Wasser!« Baumann wedelt mit der Hand. »Wird mir schlecht von. Hat keinen Zweck, Herr Pastor.«

Kehlenbach sagt: »Wie wär's mit einem Schnaps?«

Baumann nickt: »Ja, kleiner Schnaps. Kleiner Schnaps wär das Richtige.«

Kehlenbach geht schon: »Den hol ich dir. Ich kann auch einen gebrauchen.«

Fünf Minuten später tritt der Pastor ans Mikrophon. Die Fidelen Kirchgässer spielen einen Tusch, langer Trommelwirbel. Der Pastor sagt: »Danke, vielen Dank. – Liebe Senioren. Das war ein sehr schöner Tag, finde ich.« Beifall. »Danke sehr. Das war ein sehr schöner Tag, aber auch der schönste Tag geht, wie wir alle wissen, irgendwann einmal zu Ende.« Rufe des Bedauerns. Der Akkordeonspieler greift drei Akkorde: »So ein Tag...« Herr Faust sagt: »Wieviel Uhr haben wir denn?«

Der Pastor breitet die Hände aus: »Ich verstehe, ich verstehe! Aber man soll doch immer das rechte Maß und Ziel bewahren. Man soll nie übers Ziel hinausschießen.«

Frau Faust sagt: »Da hat er recht. Das sollten sich ein paar hier merken.«

»Wer denn?« fragt Herr Faust.

Der Pastor faltet die Hände: »Und deshalb finde ich, daß wir jetzt unsere kleine Feier und damit zugleich diesen schönen Tag beschließen und fröhlich nach Hause gehen sollten. Der nächste schöne Tag kommt bestimmt, und ich freue mich schon darauf, Sie alle in unserem Seniorenklub am nächsten Donnerstag wiederzusehen.« Er lächelt: »Und natürlich auch schon am Sonntag, wenn wir uns zur heiligen Messe zusammenfinden. Vielen Dank also noch einmal, es hat mir sehr viel Freude gemacht, diesen schönen Tag mit Ihnen allen zu verbringen, vielen Dank und gute Nacht!«

Die Hände regen sich zum Beifall, »Vielen Dank, Herr Pastor!« Der Schlagbaßspieler hebt den Arm, schlägt einen langsamen Takt, und dann setzt das Akkordeon ein, »Guten Abend, gute Nacht«, von leisen Trommelwirbeln untermalt, der Schlagbaßspieler greift nach dem Bogen und streicht nachdrücklich sein Instrument, Herr Faust fängt an mitzusingen: »Mit Rosen bedacht, mit Näglein besteckt.«

Als Kamp, von Hertha fest am Arm gehalten, auf den Friedhofsweg einbiegt, sagt er: »Wieso haben wir uns von dem so einfach rausschmeißen lassen?« Er merkt, daß seine Zunge schwer ist, es klingt mehr wie »rauschmeichen«.

Hertha bricht in Gelächter aus, das Stakkato steigt hoch und fällt wieder ab, sie knickt nach vorn zusammen, bleibt stehen, schlägt die Beine übereinander, Kamp spürt das Gewicht an seinem Arm und stemmt sich mit steifen Knien dagegen. »Was hast du gesagt, rausschmeißen?«

»Ja, was denn sonst? Der sagt einfach Vielen Dank und Gute Nacht, und schon gehen alle.«

Sie rüttelt ihn am Arm. »Sei doch nicht so aufsässig. Nun sag nur ja, du hättest mit denen gern noch einen getrunken.«

»Warum denn nicht?«

»Das glaubst du doch selbst nicht.« Sie kichert. »Außerdem hast du sowieso schon ein bißchen viel. Ich werd dich doch nicht noch mehr trinken lassen. Nachher schläfst du mir glattweg ein.« Sie prustet los, knickt wieder nach vorn zusammen, gerät ins Stolpern, Kamp hat Mühe, sie auf den Beinen zu halten.

»Jetzt hör aber auf mit dem Quatsch.« Er zieht sie weiter, versucht, seine Füße ohne Schwanken geradeaus zu setzen.

»Nein, nein, das ist überhaupt kein Quatsch. Aber du brauchst keine Angst zu haben, ich werd dich ins Bettchen bringen.« Sie fängt an zu singen, mit hoher schwankender Stimme, »Schluhupf uhunter die Deck«, platzt in Gelächter aus, bleibt stehen und krümmt sich vor Lachen.

Kamp zerrt an ihrem Arm. »Komm weiter, was soll das denn, was sollen die Leute denken!« Er sieht um sich. Sie stehen mitten auf einer der hellen Inseln, die die Laternen in die Nacht setzen.

»Was für Leute?« Sie sieht um sich. »Hier gibsch doch überhaupt keine Leute. Gibt's – doch – überhaupt keine Leute.«

Im Aufzug lehnt sie sich an die Wand. Kamp drückt den Knopf der dreizehnten und den der neunzehnten Etage. Sie schüttelt die grauen Löckchen, lächelt, die Augen schwimmen hin und her. »Oh nein, so einfach wirst du mich nicht los. Ich hab dir doch gesagt, daß ich dich ins Bettchen bringe.« Als die Türen auf der dreizehnten Etage auseinanderfahren, schüttelt sie wieder den Kopf: »Oh nein.« Kamp sagt: »Jetzt sei aber wenigstens mal still, bis wir in der Wohnung sind.«

Auf der neunzehnten Etage faßt er sie unter den Arm, zieht sie mit sich. Zweimal greift er am Schalter der Flurbeleuchtung vorbei, er gibt es auf, zieht Hertha im schwachen Schein, den die Lichter der Stadt von unten durchs Fenster werfen, hinter sich her.

Er bleibt stehen, als er das dunkle Bündel im Eingang seiner Wohnung entdeckt. Ihm wird plötzlich kalt, der Schreck überfällt ihn wie eine Lähmung.

»Was ist denn?« Sie schlingt einen Arm um seinen Nacken, flüstert, von einem neuen Lachanfall geschüttelt, in sein Ohr: »Hast du Angst, ins Bettchen zu gehen?«

Er streift den Arm ab, löst sich, geht langsam weiter. Als er fast schon mit dem Fuß an das dunkle Bündel stößt, erkennt er den viel zu großen Regenmantel, die flachen Schuhe, die strähnigen Haare. Sie hat sich in den Eingang zu seiner Wohnung gehockt, den Rücken an der Tür, neben sich die große Tasche. Der Kopf hängt auf der Brust. Sie schläft.

Kamp schaltet die Flurbeleuchtung ein. Sie hebt den Kopf, reißt die Augen auf. Sie sieht ihn entsetzt an, dann beginnt sie zu lächeln. »Da sind Sie ja. Ich hab schon Angst gehabt, Sie wären verreist.« Sie müht sich ab, auf die Füße zu kommen, Kamp reicht ihr eine Hand und zieht sie hoch: »Wo kommen Sie denn her? Was ist denn los?«

»Ich bin... Ich wollte nur...« Sie streicht sich die Haare aus dem Gesicht, schluckt. »Ich wollte nur fragen, ob ich noch mal bei Ihnen schlafen kann.«

Kamp sieht zur Seite. Sie folgt seinem Blick. Sie faßt an die Haare. »Entschuldigen Sie, ich wußte nicht...«

Hertha löst die Hand, mit der sie sich an der Wand abgestützt hat. »Dann ist es wohl besser, dasch ich gehe.« Sie richtet sich auf, nimmt die Schultern zurück. »Besser, daß ich gehe.« Sie atmet tief durch. »Ich möchte nicht stören.« Sie wendet sich ab, gerät aus der Bahn, muß sich an der Wand abstützen, geht steil aufgerichtet weiter, gerät an der Ecke noch einmal aus der Bahn und stößt mit der Schulter gegen die Wand, verschwindet hinter der Ecke.

Kamp sagt: »Oh, verdammt noch mal!« Als er die Aufzugtüren auffahren hört, geht er hastig zurück. Sie steht schon im Aufzug, merkwürdig schief. Mit der Schulter lehnt sie sich gegen die Wand, sie starrt nach unten, auf die schimmernden Spangen ihrer Schuhe. Tränen quellen aus ihren Augen, sie rinnen über die Polster der Wangen. Das ganze Gesicht hat sich verzerrt, kläglich, wie das Gesicht eines Kindes. Sie hat ihr Taschentuch hervorgeholt, preßt es auf den Mund.

Kamp sagt: »Hertha, das ist doch...« Die Aufzugtüren fahren zu. Er bleibt stehen. »Oh, verdammt noch mal.«

Er hört leise Schritte hinter sich. Sie stellt ihre Tasche ab, streicht die Haare zurück. »Es tut mir schrecklich leid. Ich gehe wieder.«

»Und wohin wollen Sie jetzt?«

Sie zuckt die Schulter. »Ich find schon was.«

Kamp nimmt jäh die Tasche auf, er packt sie am Arm. »Also Schluß jetzt mit dem Affentheater. Kommen Sie.«

8

Die Laken, das Kopfkissen, das Federbett, Kamp warf alles übereinander auf das Sofa, wies mit dem Finger darauf. »Sie können sich ja hoffentlich das Bett machen.«

Sie stand immer noch im Mantel in der Tür des Wohnzimmers.

»Nun ziehen Sie doch endlich den Mantel aus. Was sehen Sie mich so an?«

»Ist Ihnen nicht gut?«

»Mir? Wie kommen Sie denn darauf?«

Sie knöpfte den Mantel auf. »Das tut mir schrecklich leid, ich meine, daß Ihre Freundin...«

»Das ist nicht meine Freundin.« Kamp wollte schon ins Schlafzimmer gehen, hielt ein. Er wandte sich zurück, schüttelte den Kopf, bewegte ziellos die Hand. »Das heißt, meine Freundin ist sie schon, ich meine, ich bin mit ihr befreundet. Wir sehen uns ab und zu.« Er schüttelte den Kopf. »Aber ich hab nichts Festes mit ihr. Kein Verhältnis, wenn Sie das meinen.«

Sie zog den Mantel aus. »Das ist eine nette Frau.«

»Nett? Wie meinen Sie das?« Kamp faßte nach dem Türrahmen, das Zimmer hatte zu kreisen begonnen. Er durfte nicht den Kopf schütteln, das war es.

»Sie sieht so nett aus.« Sie hielt den Mantel in der Hand. »Können Sie sie nicht noch einmal anrufen?«

»Wozu denn das?«

»Sie können ihr doch erklären...«

»Was? Ich bin doch keinem eine Erklärung schuldig.« Kamp fuhr sich über die Stirn. Er durfte nicht so heftig sprechen, ihm wurde übel davon.

»Aber sie wird jetzt unglücklich sein. Sie glaubt bestimmt, daß Sie mit mir schlafen.«

»Das meinen Sie doch wohl nicht ernst. Das ist doch der reine Blödsinn.«

»Wieso denn? Sie glaubt das ganz bestimmt.«

Kamp öffnete den Mund, schloß ihn wieder. Dann sagte er barsch: »Also, ich habe jetzt keine Lust mehr, über so einen Blödsinn zu diskutieren. Gute Nacht.«

»Gute Nacht.«

Er schloß die Tür des Schlafzimmers, tastete nach dem Lichtschalter, fand ihn nicht. Als er im Halbdunkel auf sein Bett zuging, begann der Boden zu schwanken, er stolperte voran, stieß mit den Beinen gegen das Bett, mußte sich mit beiden Armen auf den Kissen abstützen. Er richtete sich auf, zog schwankend die Jacke aus, warf sie auf den Stuhl, sie fiel daneben, die Krawatte, das Hemd, er warf sie hinterher, setzte sich, fast wäre er hintüber gefallen, aufs Bett, streifte die Schuhe ab, die Hose. Er wollte das Bett aufdecken, aber er fürchtete sich, noch einmal aufzustehen. Er ließ sich auf den Rücken sinken.

Die Übelkeit stieg hoch. Er kämpfte eine Weile dagegen an, dann sah er ein, daß es nichts nutzte. Er raffte sich auf, torkelte ins Badezimmer, konnte gerade noch den Deckel der Toilette hochklappen, fiel auf die Knie und erbrach sich. Als er das zweite Mal abgespült hatte, er kniete immer noch vor dem Becken, starrte hinein, nahm er wahr, daß die Tür des Badezimmers langsam aufgeschoben wurde. Er hörte ihre Stimme: »Kann ich was für Sie tun?«

»Nein, was soll das denn?« Kamp räusperte sich. »Gehen Sie.« Sie zog die Tür wieder zu.

Als er aus dem Bad zurückkam, stand sie im Schlafzimmer, auf bloßen Füßen. Sie trug einen Slip und einen dünnen Pullover. Sie hatte seine Kleider aufgehängt, die Jacke über die Stuhllehne, das Hemd darüber, die Hose über den Sitz des Stuhls. Das Bett hatte sie aufgedeckt. Kamp, in Unterhemd und Unterhose, ging mit ein paar schnellen Schritten an ihr vorbei. »Ich hab doch gesagt, daß Sie gehen sollen. Gehen Sie schlafen.«

»Seien Sie doch nicht so dumm. Warum wollen Sie sich denn nicht helfen lassen? Meinen Sie, ich hätte noch nie einen in der Birne gehabt?«

Kamp ließ sich auf dem Bett nieder. Er wies mit dem Finger auf den Kleiderschrank. »Holen Sie sich da mal einen Schlafanzug raus. Rechte Tür, zweites Fach von unten.«

Sie schloß den Schrank auf, nahm den Schlafanzug, »Den hier?«, »Ja, ja«, sie ging damit ins Bad. Kamp zögerte einen Augenblick, dann zog er hastig Unterhemd und Unterhose aus, streifte seinen Schlafanzug über. Er war noch dabei, die Jacke zuzuknöpfen, als sie aus dem Bad zurückkam.

»Können Sie nicht wenigstens anklopfen?«

»Entschuldigung, ich hab gedacht, Sie liegen schon.« Den Pullover und den Slip hielt sie unter den Arm geklemmt, in den Händen trug sie ein Glas Wasser und einen von Kamps Waschlappen.

»Was wollen Sie denn damit?«

»Legen Sie sich mal hin.«

Kamp öffnete den Mund, wollte etwas sagen, schwieg und legte sich. Er zog die Bettdecke hoch. Sie stellte das Glas auf den Nachttisch, setzte sich aufs Bett und legte ihm den Waschlappen auf die Stirn, vorsichtig, mit beiden Händen. Kamp zuckte zusammen. Der Waschlappen war feucht und kalt.

»Stillhalten. Das tut gut.« Sie drückte mit den Fingerspitzen auf den Waschlappen. »Das hat meine Mutter immer bei mir gemacht. Ich hab als Kind bei jeder Gelegenheit gekotzt.«

»Können Sie sich nicht ein bißchen anders ausdrücken?«

»Gespuckt. Entschuldigung.«

Kamp schloß die Augen. Nach einer Weile sagte er: »Es ist gut jetzt. Sie können gehen.« Sie hob die Fingerspitzen von dem Waschlappen. Kamp sagte: »Vielen Dank.«

»Wenn Sie was brauchen, können Sie rufen. Ich laß die Tür ein bißchen auf.«

»Das ist nicht nötig.«

»Aber es kann doch auch nichts schaden.«

»Gehen Sie jetzt. Gehen Sie schlafen.«

Sie stand auf. »Also dann, gute Nacht.«

Kamp sagte mit geschlossenen Augen: »Gute Nacht. Gute Nacht, Claudia.«

»Gute Nacht, Heinz.«

Sie ging auf leisen Sohlen. Der Lichtschein erlosch erst, als sie die Lampe im Wohnzimmer ausschaltete. Sie hatte die Tür offengelassen.

Kamp wartete darauf, daß die Übelkeit wiederkommen würde, aber während er sich noch beobachtete, schlief er ein.

Als er wach wurde, war es schon hell. Er starrte seine Kleider an, die Tür, sie war geschlossen. Er schwang jäh die Beine über den Bettrand, beugte sich dann nach vorn und legte die Hände an die Schläfen. Es war ihm nicht mehr übel, aber er fühlte sich schwach und benommen.

Er stand auf, zog den Bademantel an und öffnete die Tür. Sie stand in der Küche, der Schlafanzug hing ihr über die Füße. Auf die Anrichte hatte sie das Tablett gestellt, sie mußte im Wohnzimmer herumgesucht haben, Kamp verwahrte das Tablett, weil es nirgendwo hineinpaßte, weil er es auch nicht brauchte, hinter dem Wohnzimmerschrank. Sie hatte den Brotkorb, Teller und Tasse, Butter auf das Tablett gestellt, auch eine Serviette lag auf dem Teller und ein Besteck. Auf der Wärmeplatte dampfte der Kaffeetopf. Sie sah ihn erwartungsvoll an. »Ich wollte Ihnen gerade was bringen. Frühstück. Was halten Sie davon?«

»Sie brauchen mir doch nichts zu bringen. Ich bin doch nicht krank.«

»Aber warum denn nicht? Sie können liegen bleiben, ich bringe Ihnen alles, und Sie machen es sich gemütlich.«

»Gemütlich?« Kamp schüttelte den Kopf. »Ich hab noch nie im Bett gefrühstückt. Außer wenn ich krank war. Ich find das ungemütlich.«

»Versteh ich nicht.«

Kamp stellte Wurst und Marmelade auf das Tablett und trug das Tablett ins Wohnzimmer. Sie folgte mit dem Kaffeetopf. Kamp sagte: »Sie können den Teller und die Tasse nehmen. Ich werd nur eine Tasse Kaffee trinken.«

Als er mit seiner Tasse aus der Küche zurückkam, war sie dabei, eine Scheibe Brot zu bestreichen. Sie ließ das Messer sinken und sah ihn an: »Aber es wäre ganz bestimmt besser, wenn Sie was essen. Damit Ihr Magen wieder in Ordnung kommt. Sie sehen wirklich nicht gut aus.«

»Ich hab doch gesagt, daß ich keinen Appetit habe.« Er goß sich Kaffee ein und trank einen kleinen Schluck. Sie biß ins Brot und kaute, lächelte ihn an. Nach einer Weile hörte sie auf zu kauen. »Ich bin ziemlich unverschämt, nicht wahr? Setz mich hier einfach hin und esse.«

»Machen Sie sich darum mal keine Sorgen.« Kamp trank von seinem Kaffee. »Aber was ist denn jetzt mit Ihnen? Ich meine, das mit der Adresse, die Sie mir gegeben haben, das hat ja anscheinend auch nicht lange gehalten.«

»Welche Adresse?« Große, braune Augen.

»Na, die bei dem Vermieter, der Ihnen das Vorhängeschloß auf die Tür gehängt hat.«

»Ach, der!« Sie biß ins Brot. »Der hat mich doch tatsächlich nicht mehr reingelassen.«

»Haben Sie ihm denn die Miete bezahlt? Sie waren doch mit der Miete im Rückstand, haben Sie mir erzählt?«

»Klar, hab ich bezahlt.« Sie kaute. »Hab ich alles bezahlt. Aber der wollte mich trotzdem nicht mehr reinlassen. Hat mich nur noch meine Sachen holen lassen.«

Kamp nickte. Plötzlich stand er auf, schüttelte den Kopf, setzte sich wieder. »Und wieso liegen Sie jetzt schon wieder auf der Straße?«

Sie sah auf den Teller. »Ich hab mich mit dem Typ verkracht, bei dem ich gewohnt habe. Ich bin zu ihm gezogen, verstehen Sie, als ich aus der anderen Wohnung raus mußte. Aber es war nicht zum Aushalten. Und gestern haben wir uns dann so verkracht, daß ich meine Sachen zusammengeschmissen habe und abgehauen bin. Das war wirklich nicht mehr zum Aushalten.«

Kamp rieb sich die Stirn. Nach einer Weile sagte er: »War das der, bei dem wir die Truhe rausgeholt haben?«

»Ach wo, der doch nicht.« Sie lachte, schüttelte den Kopf. »Nein, das war einer, den ich noch von früher kenne. Noch von der Schule. Aber der ist auch nicht viel besser.« Sie sah Kamp an. »Wirklich, das ist einer, bei dem bekommt man Muffensausen. Deshalb bin ich auch so Hals über Kopf abgehauen. Und ich wollte auch nicht zu irgendwelchen Freunden gehen, die kennt der ja alle. Wahrscheinlich ist er jetzt schon wieder hinter mir her.«

»Hinter Ihnen her?«

Sie nickte. »Deshalb bin ich auch zu Ihnen gekommen. Ich meine, nicht nur deshalb, ich hätte mich ja sowieso wieder gemeldet. Aber ich hab überlegt, wo er mich nicht finden könnte, und da hab ich an Sie gedacht, Ihre Adresse, die kennt ja keiner. Und da hab ich gedacht, wenn ich zu Ihnen gehe, da finde ich erst mal meine Ruhe.«

Kamp sah sie an. Sie sagte: »Das war reichlich unverschämt, ich weiß. Und daß ich mich auch noch vor Ihre Tür gesetzt habe. Aber ich hab wirklich nicht mehr...« Sie nahm das Brot, biß hinein und sah ihn mit großen Augen an.

Kamp sagte: »Und was jetzt?«

Sie kaute, schluckte. Dann sagte sie: »Vielleicht find ich heute schon was Neues.«

»Aber wenn Sie zu keinem von Ihren Freunden wollen, dann wird das doch nicht so einfach sein. Ich meine, Wohnungen sind doch knapp, billige Wohnungen.«

»Ach, ich find ganz bestimmt was.« Plötzlich schossen Tränen in ihre Augen. Sie saß da wie zuvor, kaute, sah immerzu Kamp an, und die Tränen füllten ihre Augen, drangen über die Ränder, liefen eine nach der anderen die Wangen hinab. Sie sagte, mit einer kleinen dünnen Stimme: »Ich hab gedacht, wenn ich ein paar Tage hier bleiben kann, dann kann ich mich in aller Ruhe umsehen und find bestimmt was Neues.« Sie sprang auf und lief ins Badezimmer.

Kamp ging hinterher. Er klopfte an die Tür. »Claudia! Claudia, kommen Sie raus!« Er beugte den Kopf. Er hörte sie schluchzen. »Sie brauchen doch nicht zu weinen. Kommen Sie raus jetzt, bitte.« Nach einer Weile wandte er sich ab. Er setzte sich aufs Bett, dann streckte er sich auf den Rücken. Er fühlte sich schwach und müde.

Er wandte ihr das Gesicht zu, als sie aus dem Badezimmer kam. Sie sagte: »Ich packe jetzt meine Sachen und gehe. Ich räume nur noch alles auf. Bleiben Sie liegen, Sie müssen mir nur sagen, wo ich das Bettzeug ablegen soll.«

»Sie brauchen nicht zu gehen.«

»Ich möchte aber.«

Er seufzte. »Also gut. Sagen Sie mir Bescheid, wenn Sie sich's anders überlegt haben.«

»Ich werd mir's nicht anders überlegen.«

»Also gut.« Er sah zur Decke.

Sie ging zur Wohnzimmertür, zog die Hose des Schlafanzugs hoch.

»Claudia?«

»Ja?«

»Könnten Sie mir noch einen Gefallen tun?«

»Ja, natürlich. Was denn?«

»Ich möchte mich noch nicht anziehen. Ich möchte gern noch ein bißchen liegen bleiben. Könnten Sie mir die Zeitung aus dem Briefkasten holen?«

»Natürlich. Ich zieh mich nur schnell an.«

»Es eilt nicht. Sie können sie auch nachher noch holen.«

»Ich muß mich doch sowieso anziehen.«

Er wies mit dem Finger auf die Jacke. »In der rechten Jackentasche ist der Schlüssel. Der Briefkastenschlüssel ist der kleine. Und der mit dem Gummiring ist der Wohnungsschlüssel.«

Sie steckte die Hand in die Jackentasche, zog den Schlüssel heraus. »Der hier?«

»Ja. Es ist in der zweiten Reihe von rechts der vierte Kasten von unten.«

Sie bewegte stumm die Lippen, nickte, ging mit dem Schlüssel in der erhobenen Hand.

Kamp hörte das Rascheln der Kleider, als sie sich anzog. Dann hörte er, wie die Wohnungstür ins Schloß fiel.

Er schloß die Augen. Die Hand, die im Aufzug den Briefkastenschlüssel heraussuchte, ihn schon einmal zwischen Daumen und Zeigefinger nahm. Glatte, bräunliche Haut, schlanke Finger. Die schlanken, glatten Füße in den flachen Schuhen, noch standen sie nebeneinander. Vielleicht wippte ein Fuß, nur so zum Zeitvertreib. Kamp folgte der Bewegung der Füße, er sah sie abwärts fahren im Aufzug, bis tief ins Erdgeschoß. Die Aufzugtüren glitten auseinander, die Füße schritten voran, schnelle Schritte, leise in den flachen Schuhen, sie verharrten vor dem breiten Schrank der Briefkästen, traten einmal zur Seite, auf der Suche. Die Hand neigte sich, steckte den Schlüssel ins Schloß.

Merkwürdig, Kamp wurde nicht unruhig bei dem Gedanken, daß diese Hand seinen Briefkasten aufschloß, hineingriff, in seinen Briefkasten, an dem doch niemand etwas zu suchen hatte außer ihm. Er lag da auf seinem Bett, entspannt und ruhig. Es war sehr still, aber die Stille bedrückte ihn nicht. Er wußte ja, daß dieser Stille schon ein Ende gesetzt war, daß ein Ereignis sie aufheben würde. Er wartete auf das Geräusch, das er seit vielen Jahren nicht mehr gehört hatte. Er wartete entspannt und ruhig. Als er hörte, wie der Schlüssel die Wohnungstür aufsperrte, lächelte Kamp.

Sie kam leise ins Schlafzimmer. Kamp öffnete die Augen nicht. Sie legte die Zeitung aufs Federbett, vorsichtig. Die Tür des Schlafzimmers zog sie hinter sich zu. Nach einer Weile hörte Kamp ein Klappern. Sie wusch das Geschirr ab. Er überflog die erste Seite der Zeitung, schlug dann die Anzeigenseiten auf. Es wurden nicht viele Wohnungen angeboten. *Appartement, Junggesellenküche, 370,– + 105,– NK. Appartement Uninähe, 350,– kalt plus Nebenkosten. Möbliertzimmer 200,–/270,–, Nebenkosten.*

Kamp schüttelte den Kopf. In der Ausgabe von morgen würden viel mehr Wohnungen angeboten werden. Aber billiger würden die auch nicht sein, darauf konnte man wetten.

Er las auch noch die Stellenangebote. *Vertretung für die Bundeswehrzeit im Fleischgroßhandel. Zuverlässige und erfahrene Elektroinstallateure dringend gesucht. Wir suchen einen Mitarbeiter mit PKW als Kundenberater. Offseteinweiser.* Das Wort hatte er noch nie gehört. Offseteinweiser. Was mochte das sein? Er legte die Zeitung weg und schloß wieder die Augen.

Kinderstimmen vom Spielplatz herauf. Kamps Lider zuckten. Ihm schien, als werde das rötliche Licht hinter seinen Lidern stärker, er wollte die Augen schon öffnen, ließ es, das Licht hellte sich auf, wie wenn Wolken, die über die Sonne hinweggeglitten sind, sie freigeben. War es Freitagmorgen? Kamp spürte, wie die Zeit sich verwandelte, sie wechselte wie das Licht, dieser Freitagmorgen im Februar entglitt ihm, er ließ ihn leichten Herzens davonziehen, die Sonne brach durch, sie brach durch den Vorhang seiner Lider, eine rötliche Sonne, es mußte Nachmittag sein, ja, ein später

Nachmittag im Sommer, Freitag, Kamp kommt von der Arbeit nach Hause, er geht am Spielplatz vorbei, die Kinderstimmen. Ein federleichtes Gefühl, das Wochenende hat begonnen, morgen nicht ins Büro, übermorgen nicht, die Wochenendzeitung, er hört das Klappern aus der Küche und macht es sich mit der Zeitung bequem, Bratenduft, die Kirchenglocken werden läuten am Sonntag.

Sie klopfte leise an, bevor sie die Tür öffnete. Kamp schlug die Augen auf.

»Jetzt hab ich Sie im Schlaf gestört.«

»Nein, nein, ich war wach.«

»Ich wollte nur fragen, wohin das Bettzeug kommt.«

»Lassen Sie's liegen. Ich werd sowieso gleich aufstehen.«

»Aber warum denn? Sie können doch liegen bleiben. Das wird Ihnen guttun.«

Kamp schüttelte den Kopf. »Ich muß noch einkaufen.«

»Aber das kann ich doch machen, bevor ich gehe.« Sie kam einen Schritt näher. »Oder trauen Sie mir das nicht zu?«

»Doch, doch.« Kamp lachte. »Das traue ich Ihnen zu.«

Sie steckte die Hände in die Taschen ihrer Jeans, die Daumen ließ sie draußen, ein wenig durchgebogen. »Sie brauchen keine Angst zu haben, daß ich mich hier einnisten will.«

»Ich hab keine Angst.« Er sah zur Decke. »Ich hab Ihnen doch gesagt, daß Sie bleiben können.«

»Aber ich möchte nicht.«

Kamp schwieg.

Sie sagte: »Ich wollte noch fragen, ob ich mal telefonieren darf.«

»Natürlich.«

»Ich wollte eine Freundin anrufen, die mir vielleicht helfen kann. Mit einer anderen Wohnung, meine ich. Vielleicht kann ich auch zu der ziehen.«

»Ja, ja. Telefonieren Sie nur.«

Sie wandte sich ab, blieb stehen, sah ihn an. »Und mit dem

Einkaufen, das sollten Sie sich noch mal überlegen. Das macht mir gar keine Mühe. Ich hab doch mein Auto dabei.«

»Da nutzt Ihnen Ihr Auto nicht viel. Auf der Hauptstraße ist freitags nie ein Parkplatz frei.«

»Dann gehe ich eben zu Fuß.«

»Schöne Schlepperei.«

»Ich tu's gern, wirklich.«

Kamp sagte, den Blick zur Decke gewandt: »Ich hab noch gar nicht überlegt, was ich brauche. Am besten kaufe ich gleich fürs Wochenende ein. Das geht in einem.«

»Soll ich einen Zettel holen?«

Kamp rückte sich auf dem Bett zurecht. Dann sagte er: »Zettel sind in dem Kästchen auf dem Schreibtisch. Und in der Schale liegt ein Kugelschreiber.«

In der Tür wandte sie sich um: »Haben Sie Haferflocken im Haus?«

»Ja. Warum?«

»Warum!« Sie schüttelte den Kopf. »Sie müssen allmählich mal was essen. Und wenn Sie kein Brot mögen, dann müssen Sie eben was anderes essen. Was Leichtes.«

»Aber doch keine Haferflocken. Ich bin doch nicht krank.«

Sie kam zurück mit dem Zettel, einem Buch als Unterlage, dem Kugelschreiber, setzte sich neben ihn aufs Bett und sah ihn an: »Also?«

Kamp lachte. »Nun mal langsam.« Er rieb sich die Stirn.

Sie stand wieder auf. »Ich wollte Sie ja nicht drängen. Lassen Sie sich Zeit, ich hab's nicht eilig. Ich kann in der Zeit ja anrufen.«

Sie ging ins Wohnzimmer, zog die Tür hinter sich zu. Kamp lauschte. Er glaubte, das Klickern der Wählscheibe zu hören. Aber er hörte nicht, daß sie sprach. Er erschrak, als die Tür sich öffnete. Sie steckte den Kopf herein.

»Sie meldet sich nicht. Darf ich noch jemand anrufen? Eine andere Freundin.«

»Natürlich.«

Sie zog die Tür wieder zu. Plötzlich hörte Kamp gedämpft ihre Stimme. Er hob den Kopf. Es war nicht zu verstehen, was sie sagte. Als die Tür sich unversehens wieder öffnete, tat er so, als sei er gerade dabei, sich auf die Seite zu legen. Sie schaute durch den Spalt. »Darf ich ihr Ihre Nummer geben? Sie will zurückrufen.«

»Ja, natürlich.«

Sie zog die Tür wieder zu. Eine Weile hörte er noch ihre Stimme, dann wurde es still. Er blieb auf der Seite liegen, aber er fand keine Ruhe. Er legte sich wieder auf den Rücken, zog die Beine an, streckte sie wieder. Ein schwaches Geräusch, das er hörte, wußte er nicht zu deuten. Es wiederholte sich nicht. Plötzlich wurde ihm heiß. War es die Wohnungstür gewesen? Er wollte aufstehen, aber er brachte es nicht fertig.

Er war naß von Schweiß, als die Tür sich öffnete. Sie schob die Tür mit dem Fuß auf, in beiden Händen trug sie das Tablett, darauf ein dampfender Teller. Kamp hob den Kopf. Sie sah ihn erwartungsvoll an. »So, jetzt wird gefrühstückt.«

»Sind Sie noch gescheit?« Er mußte sich räuspern. »Was ist das denn?«

»Haferflocken.« Sie stellte das Tablett vorsichtig auf seinen Schoß. »Und wenn Sie die gegessen haben, können Sie nachher auch was Kräftiges vertragen. Ich hab mir schon was überlegt.«

»Ich esse nicht im Bett. Das hab ich Ihnen doch gesagt.«

»Seien Sie doch nicht so stur. Die schmecken gut, ich hab sie probiert.«

Er aß die Haferflocken. Sie schmeckten ihm nicht, aber er aß den Teller leer. Sie blieb neben ihm auf dem Bett sitzen, das Buch und den Zettel auf den Knien, und schrieb auf, was er ihr sagte, während er einen Löffel nach dem anderen aß. Sie ging zwischendurch in die Küche, um nachzusehen, wieviel Brot noch da war. Ihm wurde plötzlich klar, daß er sie mehr aufschreiben ließ, als er für sich allein eingekauft hätte. Es schien ihr nicht aufzufallen.

Sie brachte das Tablett in die Küche. Er streckte sich aus, schloß die Augen und hörte dem Klappern zu. Darüber schlief er ein. Er wurde wach, als sie ihn am Arm berührte. Sie hatte den Regenmantel angezogen, er hing ihr über die Schultern und bis zur Hälfte der Waden. In der Hand hielt sie Kamps Einkaufstasche. »Bleiben Sie schön liegen, ich gehe jetzt. Sind Sie sicher, daß wir nichts vergessen haben?«

»Nein, nein, das ist alles.« Sie nickte ihm zu, lächelte und ging. Als sie an der Tür war, rief er: »Aber wollen Sie denn nicht noch ins Bad gehen?« Sie wandte sich um. Kamp sagte: »Sie haben sich heute doch noch gar nicht gewaschen.«

Sie schlug die Hand vor den Mund, lachte. »Das hab ich jetzt total vergessen!«

»Sie können natürlich auch nachher noch duschen.«

»Also... jetzt wär mir's schon lieber.«

»Dann tun Sie's doch. Das Einkaufen hat Zeit.«

Sie hatte schon eine Weile im Badezimmer rumort, er hatte sie summen hören, als sie die Tür noch einmal öffnete: »Darf ich richtig baden?«

»Natürlich.«

»Ich meine, ein Vollbad?«

»Ja, sicher. Tun Sie doch, was Sie am liebsten möchten.«

»Danke. Und darf ich wieder Ihren Bademantel nehmen? Den, der hier an der Tür hängt?«

»Warum fragen Sie denn so viel?«

»Danke.«

Nach dem Bad lief sie ein paarmal geschäftig hin und her, im Bademantel, auf bloßen Füßen. Sie trug ihre Tasche ins Wohnzimmer, ging zurück und säuberte die Wanne, Kamp hörte den scharfen Strahl. Schließlich erschien sie an der Tür des Wohnzimmers, ein Buch in der Hand. Sie sah Kamp an.

»Ja, was ist denn?«

Sie lächelte, zog dabei die Nase kraus, als sei ihr etwas nicht ganz sympathisch. »Ich hätte Lust, ein paar Seiten zu lesen. Bevor ich einkaufen gehe.«

Kamp lachte. »Dann tun Sie's doch.«

»Danke. Das wäre mir jetzt gerade so behaglich, wissen Sie.«

»Natürlich. Es wäre auch gar nicht gut, wenn Sie jetzt sofort rausgehen. Sie sind doch noch ganz erhitzt. Bei dem Wetter hat man sich schnell eine Erkältung geholt.«

Sie sagte: »Vielleicht sollte ich sowieso warten, bis meine Freundin zurückruft. Sie wollte sich bis spätestens vier melden. Danach muß sie weg. Aber sie ruft bestimmt früher an.«

Kamp nickte. Sie lächelte ihn an und verschwand mit ihrem Buch.

Es war halb fünf, als sie zum Einkaufen aufbrach. Angezogen hatte sie sich um vier. Sie hatte noch einmal die Nummer der Freundin gewählt. »Warum meldet die sich denn nicht? Versteh ich nicht. Na, ich versuch's noch mal, sobald ich zurück bin. Sonst geh ich zu der anderen.«

Kamp war noch eine Weile liegen geblieben. Er hatte aufstehen und auf den Balkon gehen wollen, um ihr nachzusehen, aber es war ja nicht nötig, er sah sie ohnehin, mit geschlossenen Augen, sie ging den Weg am Spielplatz entlang, mit schnellen Schritten, aber nicht gehetzt wie in der Nacht, in der sie an ihm vorbeigelaufen war, nein, sie ging nur zügig, ein bißchen geschäftig, ja, der weite Mantel wehte ihr um die Beine, die Haare hoben und senkten sich.

Schließlich stand er auf, ging ins Bad, duschte und rasierte sich. Als er sich die Wangen abtupfte, hörte er den schnarrenden Ton der Hausklingel. Er sah in den Spiegel. Sie hatte doch hoffentlich nicht den Schlüssel verloren? Er schüttelte den Kopf. Sie konnte noch gar nicht zurücksein.

Er drückte auf den Schalter der Sprechanlage. »Ja, bitte?«

Der Lautsprecher quäkte zurück. »Ich bin's, Helmut.«

Kamp starrte ungläubig auf den Lautsprecher. Die Stimme, er hatte sie erkannt, aber sie kam ihm unwirklich vor, eine Stimme aus einem alten, bedrückenden Traum, der unversehens wiederkehrt. Er hatte seinen Sohn länger als ein Jahr nicht mehr gesehen.

Kamp wandte sich ab und ging einen Schritt zurück. Dann kehrte er um und drückte auf den Türöffner.

Sein Sohn trat mit einem Nicken ein, reichte ihm die Hand, streifte ihn mit einem Seitenblick und ging ins Wohnzimmer. Dort blieb er stehen. Grauer Wollmantel, Wollschal. Ein kleiner schwarzer Aktenkoffer, er behielt ihn in der Hand. Das dunkle, dichte Haar, glatt gekämmt. Das glatte, kräftige Kinn.

Kamp kam hinterher, mit zusammengezogener Stirn. Er zog den Bademantel straff, nahm das Handtuch von den Schultern. »Ist was passiert?«

»Nein. Ich wollte nur mal sehen, wie's dir geht.« Die Augen wanderten, von Kamps Bademantel zu der Tasche, die vor dem Wohnzimmerschrank stand, dem Bettzeug, das zusammengefaltet auf dem Sofa lag, zur Tür des Schlafzimmers. Der Sohn nickte schwer, sah Kamp an.

»Und wieso interessiert dich das auf einmal?« Kamp warf das Handtuch aufs Sofa.

»Warum bist du denn so gereizt?«

»Ich bin nicht gereizt.«

»Also gut. Ich will nicht lange drumherum reden.« Der Sohn setzte sich, stellte den Aktenkoffer neben sich. »Es haben mich Leute angerufen. Leute aus dem Haus hier.«

»Was für Leute?«

»Das spielt doch keine Rolle.«

»Wieso spielt das keine Rolle?«

»Weil sie ja offenbar recht haben.« Der Sohn hob die Hand, bewegte sie vage von einer Seite zur anderen. »Oder glaubst du, ich bin blind?« Er zeigte auf die Tür des Schlafzimmers: »Ist sie da drin?«

Kamp sagte: »Mach, daß du raus kommst.«

»Das habe ich erwartet. Du solltest dir wenigstens klarmachen, was die Leute sagen. Ich möchte nicht, daß du in Schwierigkeiten kommst. Das bin ich dir schuldig.«

»Du? Ausgerechnet du?«

»Die Leute werden das nicht hinnehmen. Und ich kann das auch verstehen. Ich würde auch nicht zusehen, wenn mir Krethi und Plethi ins Haus gebracht würden. Hier hat es ja offenbar schon mehrere Einbrüche gegeben, auch bei dir, wie ich höre.«

Kamp schrie: »Mach, daß du raus kommst! Aber sofort!«

Der Sohn schüttelte den Kopf. »Können wir nicht wenigstens mal in aller Ruhe darüber reden? Das wäre doch nur in deinem eigenen Interesse.«

»Hast du nicht gehört, was ich gesagt habe?«

»Also gut.« Der Sohn stand auf. Er nahm seinen Aktenkoffer und ging zur Tür. Er schlug einen Bogen um Kamp herum. An der Tür blieb er stehen. »Du hast ja noch nie auf andere Leute hören wollen. Aber ich hab nicht gedacht, daß es mal so schlimm werden würde. Und, von allem anderen abgesehen... Merkst du nicht, daß du dich lächerlich machst? Ein Mann in deinem Alter! Das ist doch... entschuldige, aber das ist nicht nur lächerlich.«

Kamp trat einen Schritt auf seinen Sohn zu, mit geballten Fäusten.

Der Sohn hob die Hand. »Ich gehe schon.«

An der Wohnungstür wandte er sich noch einmal um. »Ich habe dich gewarnt. Ich hab's gut gemeint. Versuch nicht, mich verantwortlich zu machen, wenn du in Schwierigkeiten kommst.«

Kamp sah um sich. Er griff nach dem Aschbecher, warf ihn. Der Aschbecher traf auf die Wohnungstür, die Tür fiel ins Schloß, der Aschbecher zersplitterte.

Kamps Knie zitterten. Er setzte sich in den Sessel, atmete tief. Als unversehens ein Schluchzen seine Brust erschütterte, stand er auf, schwankte, ballte die Fäuste, richtete sich auf. Eine Weile blieb er so stehen, tief atmend. Dann holte er Schaufel und Besen, kehrte die Splitter zusammen. Im Holz der Tür war eine tiefe Kerbe, er prüfte sie mit dem Daumen.

Nachdem er die Splitter in den Abfalleimer geworfen, Schaufel und Besen weggeräumt hatte, ging er zum Telefon. Der Versicherungsagent war noch unterwegs. Kamp sagte der Frau des Agenten, sie solle ihm ausrichten, er habe sich entschieden. Er wolle seine Lebensversicherung ausbezahlt haben. Es gebe da nur noch ein oder zwei Fragen wegen des Antrags. Nein, ein Besuch sei nicht nötig. Er werde lieber selbst vorbeikommen. Anfang der Woche? Ja, er komme so bald wie möglich.

9

Sie sagte: »Hinsetzen!«, hob die Einkaufstasche auf den Tisch, beugte sich darüber und kramte geheimnisvoll, rote Wangen, sie mußte schnell gegangen sein mit der schweren Tasche, zog schließlich langsam ein flaches Paket hervor, schlug das Papier auf und hielt es ihm entgegen. Sie hatte ein Filetsteak gekauft. Kamp sagte, sie sei wohl wahnsinnig geworden, soviel Geld habe er ihr doch gar nicht mitgegeben. Nein, das habe sie von ihrem eigenen Geld bezahlt, und das werde sie ihm jetzt braten und er werde es aufessen, dann werde er wieder zu Kräften kommen. Kamp sagte, das komme überhaupt nicht in Frage, ihm fehle doch nichts, und wenn überhaupt, dann werde sie das essen. Irrtum, für sich habe sie Hackfleisch mitgebracht, das esse sie viel lieber.

Sie nahm in der Küche, aus der sie ihn hinausschob, eine geräuschvolle und offenbar komplizierte Tätigkeit auf, pfiff dabei. Kamp, der sich an den Schreibtisch setzte und tat, als lese er die Zeitung, registrierte die Geräusche und konnte sich der Vermutung nicht erwehren, daß sie seine sämtlichen Töpfe und Pfannen benutzte, auch reichlich Geschirr. Als ihm der Geruch des bratenden Fleisches in die Nase stieg, bekam er Mundwasser.

Sie hatte Salat angerichtet, eine Büchse Erbsen gekocht, Kartoffelpüree, zum Nachtisch gab es Schokoladencreme, zum Essen Bier, sie hatte sechs Büchsen eingekauft. Während sie den Nachtisch löffelte, machte sie eine Abrechnung für Kamp. Sie schrieb nur das auf, was er ihr aufgetragen hatte, legte ihm das Wechselgeld auf den Zettel. Kamp sagte, das nehme er nicht. Doch, das nehme er ganz bestimmt. Alles andere gehe auf ihre Kosten.

Kamp sagte, sie müsse tatsächlich wahnsinnig geworden sein. Sie habe doch selbst kein Geld. Oder ob sie im Lotto gewonnen habe? Sie lachte. Sie habe einen guten Job gehabt. Es sei immer noch was übrig.

Kamp trank einen Schluck Bier. Was das denn für ein Job gewesen sei?

Ach, Aushilfe. In einem Laden. Plötzlich schlug sie die Hand vor den Mund: »Menschenskind, jetzt habe ich doch ganz vergessen zu telefonieren. Hat meine Freundin sich nicht gemeldet?«

»Nein. Das heißt, ich war im Bad. Ich hab geduscht, da kann man die Klingel schon mal überhören.«

»Ich ruf sofort noch mal an. Darf ich?«

»Natürlich.«

Sie stand eine Weile am Telefon, den Hörer am Ohr. Schließlich legte sie auf. »Die meldet sich nicht.« Sie verschränkte die Arme. Plötzlich schauderte sie zusammen.

Kamp sagte: »Was ist denn? Frieren Sie?«

»Ich weiß auch nicht.«

Kamp stand auf und legte die Hand auf den Heizkörper. Er war warm. »Sie werden sich doch wohl keine Erkältung geholt haben?«

»Nein, nein, das war nur so ein Moment.« Sie rieb sich die Arme.

»Ich werd die Heizung höherstellen.«

»Das ist nicht nötig, wirklich nicht. Es ist schon vorüber.« Sie lachte. »Ich werd jetzt mal aufräumen und abwaschen, da wird mir schon warm werden.«

»Das mache ich.« Kamp räumte die Teller zusammen. »Legen Sie sich mal ein bißchen hin, Sie haben genug gearbeitet.«

»Kommt gar nicht in Frage.« Sie wollte ihm die Teller aus der Hand nehmen, er zog sie weg, räumte alles aufs Tablett und trug es in die Küche. Sie kam hinter ihm her, blieb an der Tür stehen. »Ich ruf gleich noch mal an, okay?«

Kamp suchte nach einem Platz für das Tablett. »Von mir aus eilt das nicht.« Er schob Pfannen und Töpfe zurück, stellte das Tablett ab, sah sie an. »Wollen Sie denn heute abend noch weg?«

Sie nickte.

»Von mir aus brauchen Sie nicht zu gehen.« Er ließ Wasser in den Heizbehälter einlaufen. »Sie können's ja morgen früh noch mal versuchen.«

Sie wandte sich ab, ging ins Wohnzimmer. Er hörte das Klickern der Wählscheibe. Als er das heiße Wasser ins Becken ließ, kam sie zurück. Sie sagte: »Lassen Sie mich das doch machen.«

»Ach wo, das ist doch im Nu erledigt. Sie können abtrocknen, wenn Sie wollen.«

Sie nahm ein Handtuch und sah ihm zu. Hin und wieder griff sie nach einem Teller, rieb daran herum. Schließlich öffnete sie den Geschirrschrank und sah hinein, einen Teller in der Hand. Kamp sagte: »Lassen Sie, ich räum das schon ein.« Er nahm das zweite Handtuch.

Als er den Herd und die Spüle blank gerieben hatte, sagte sie: »Ich würd vielleicht doch lieber hier bleiben. Heute nacht, meine ich.«

»Ich hab Ihnen doch gesagt, daß Sie bleiben können.« Er sah sie an und lächelte.

»Aber vielleicht haben Sie für heute abend irgendwas vorgehabt?«

»Ich?« Kamp lachte. »Ich hab nichts Besonderes vorgehabt. Höchstens das Übliche. Ein bißchen Fernsehen...« Er zuckte die Schulter. »Mehr wär's wahrscheinlich nicht gewesen.«

»Aber dann tun Sie das doch.«

»Fernsehen? Und was tun Sie?«

Sie lächelte, zog die Nase kraus. »Ich würde... wenn es Sie nicht stört, meine ich... ich würde mir gern schon das Bett machen. Und mich hinlegen und lesen.«

»Während das Fernsehen läuft?«

Sie nickte lächelnd.

»Aber das stört Sie doch, da können Sie doch nicht lesen.«

Sie lachte. »Das stört mich überhaupt nicht. Ganz im Gegenteil. Ich find das gemütlich.«

Er schüttelte den Kopf, lachte. »Das hab ich noch nie gehört.«

Er sah die Nachrichten, anschließend einen Film. Sie hatte das Federbett bis zum Hals gezogen, las in ihrem Buch. Einmal griff sie nach seiner Hand: »Geht's Ihnen gut?«

»Ja. Danke.«

»Was macht der Bauch?«

»Alles in Ordnung. Sie mit Ihrem Filetsteak.«

»Ich hab's doch gesagt.«

Er lachte. »Und wie geht es Ihnen?«

»Wunderbar.« Sie ließ seine Hand los und blätterte um.

Irgendwann merkte er, daß sie eingeschlafen war. Das Buch lag auf dem Federbett, sie hielt es noch immer in der Hand. Der schlanke Daumen zwischen den Seiten. Die dichten, dunklen Wimpern zitterten ein wenig. Er stand leise auf und schaltete das Fernsehen aus.

Sie schlug die Augen auf. »He! Das gilt nicht!«

»Was gilt nicht?«

»Das Fernsehen ausschalten und sich heimlich vom Acker machen!«

»Wieso denn das?« Kamp lachte. »Sie sind doch müde.«

»Ich bin überhaupt nicht müde. Ich hab nur ein kleines Nickerchen gemacht.« Sie schlug das Federbett zurück, stand auf, zog sich die Hose des Schlafanzugs hoch. »Wollen Sie auch noch ein Bier? Es sind noch zwei Büchsen da.«

»Ja, das wär nicht schlecht. Dann können wir auch besser schlafen.«

Sie hockte sich mit dem Bier auf das Federbett, klopfte sich eine Art Nest zurecht, schlug die Füße untereinander. Kamp ließ sich das Buch zeigen, das sie las, ein Roman, Thomas Wolfe, er hatte den Namen noch nie gehört. Er fragte, ob sie das nur zum Zeitvertreib lese oder ob das was mit ihrem Studium zu tun habe. Sie lachte: »Halbe-halbe.« Kamp fragte, was sie denn eigentlich studiere. Sie trank einen Schluck, wischte sich den Mund ab und sagte: »Germanistik.« Ob sie Lehrerin werden wolle? »Eigentlich nicht.« Aber an irgendeinen Beruf müsse sie doch denken? »Ja. Müßte ich.« Plötzlich stellte sie das Bier ab. Sie kroch unter das Federbett, zog es hoch bis zum Kinn.

Kamp sagte: »Ist Ihnen wieder kalt?«

»Ein bißchen. Aber jetzt geht's schon wieder.«

»Sie haben sich bestimmt eine Erkältung geholt.« Er stand auf. »Ich seh mal nach, ich hab noch Tabletten.«

»Nein, nein! Ich möchte nichts einnehmen!« Sie schlug mit beiden Händen das Federbett fest, steckte die Arme wieder darunter. »Mir ist nur ein bißchen komisch, aber das geht vorüber.« Sie lachte. »Wahrscheinlich hab ich zu viel gefressen.«

Kamp blieb unschlüssig stehen. Sie sagte: »Sie haben ja recht. Allmählich muß ich mal was unternehmen.«

Er sah sie an. Sie sagte: »Mit der Jobberei, das bringt's ja auch nicht auf die Dauer.«

Kamp räusperte sich. »Es wäre sicher besser, wenn Sie fertig studieren würden.«

»Ja. Kann schon sein.« Sie lachte: »Aber wie? Solange ich die Kohle heranschaffen muß, kann ich nicht studieren. Und wenn ich studiere, kann ich die Kohle nicht heranschaffen.« Ein kleiner Seufzer. »Ja, ich weiß schon, was Sie sagen wollen. Aber um an Bafög ranzukommen, müßte ich ja auch zuerst mal den ganzen Mist nachholen, den ich verpaßt habe.«

Kamp setzte sich, rieb die Stirn, räusperte sich. »Ich wollte Sie sowieso was fragen.«

»Was denn?«

»Sie hatten doch mal so einen Plan. Mit dem Laden, meine ich.«

Sie wandte sich ihm zu, legte sich auf die Seite. »Was für ein Laden?«

»Dieser Laden, den Ihre Freunde aufmachen wollten. Mit den sechstausend Mark, die jeder geben sollte.«

»Ach das.« Sie lachte. »Hirngespinste. Schön wär's ja.«

»Haben die denn den vierten schon gefunden?«

Sie schüttelte den Kopf. »Keine Ahnung. Ich hab nichts mehr davon gehört.«

Kamp sagte: »Sie könnten ja noch mal fragen.«

»Warum? Ich meine, wozu soll das gut sein?«

Kamp legte die Hände übereinander. Dann legte er sie wieder auf die Lehnen des Sessels. »Ich könnte Ihnen das Geld geben.«

Sie sah ihn stumm an.

Er sagte: »Ich meine, als Darlehen natürlich. Aber mit der Rückzahlung brauchten Sie sich nicht zu beeilen. Immer nur, wenn Sie was übrig haben. Und Zinsen brauch ich auch nicht.« Er lachte: »Und auch keinen Schuldschein.«

Sie öffnete den Mund, schloß ihn wieder. Dann sagte sie: »Sind Sie verrückt geworden? Sie wollen mir doch wohl nicht erzählen, daß Sie Geld zuviel haben?«

Er lachte. »Nein.« Er legte die Hände wieder übereinander. »Ich bekomme meine Lebensversicherung ausbezahlt. Aber ich brauche das Geld gar nicht. Hat doch keinen Zweck, daß ich es auf der Sparkasse liegen lasse.«

Sie sah ihn unverwandt an. Kamp wollte die Stille unterbrechen, aber er wußte nicht, was er sagen sollte. Plötzlich sagte sie: »Das kommt überhaupt nicht in Frage.«

»Wieso denn nicht? Ich brauche das Geld wirklich nicht. Natürlich, Geld ausgeben kann man immer. Aber wozu?« Er schüttelte den Kopf. »Damit Sie ganz beruhigt sind: Mir bleibt sogar ziemlich viel übrig, wenn ich Ihnen die sechstausend gebe.«

Sie stieß das Federbett weg, stand auf, zog die Hose des Schlafanzugs hoch, setzte sich, klemmte die Hände zwischen die Knie. Sie schüttelte den Kopf. »Das kommt überhaupt nicht in Frage.« Sie sah ihn an, wandte den Blick nicht ab. Plötzlich sah Kamp, daß ihre Augen sich mit Tränen füllten und überliefen, wie am Morgen, als sie von der Wohnung gesprochen hatte, die sie ganz bestimmt finden würde, und wieder ließ sie die Tränen laufen, ohne sich zu bewegen, ohne eine Miene zu verziehen.

Kamp wollte aufstehen. »Claudia, was ist denn...«

Sie streckte den Kopf vor und sagte: »Sie haben doch keine Ahnung, wovon Sie da reden!« Ihre Stimme wurde laut: »Das sind doch Chaoten, mit denen können Sie doch keine Geschäfte machen!«

»Ich will doch keine Geschäfte machen! Ich will Ihnen nur Ihren Anteil geben, damit Sie sich da beteiligen können. Das wollten Sie doch.«

»Quatsch! Entschuldigung.« Sie fuhr sich mit dem Handrücken über die Wange. »Ich weiß gar nicht, ob ich das wollte. Ich wette, daß die in einem halben Jahr pleite sind.«

»Aber wieso denn das jetzt? Sie haben doch gesagt, daß so ein Laden läuft, mit den Töpfen und dem einfachen Geschirr und so.«

»Ja, habe ich.«

Kamp schüttelte den Kopf. »Natürlich müßten die Ihnen erst mal eine Kalkulation geben. Die könnte ich mir ansehen, davon verstehe ich was. Das müßte natürlich halbwegs solide sein. Aber das würde ich schon herausfinden. Da kann mir so schnell keiner was vormachen.«

Plötzlich schluchzte sie auf. »Oh, verdammte Scheiße! Entschuldigung!« Sie sprang auf und lief ins Badezimmer, verschloß die Tür.

Kamp wollte hinter ihr hergehen, aber er blieb sitzen. Er war unglücklich und fürchtete, noch mehr zu verderben. Das mit dem Laden, das hatte er wohl nicht richtig verstanden. Oder war es anders zu erklären, daß sie beim erstenmal so davon geschwärmt hatte und jetzt nichts davon wissen wollte? Es konnte ja auch sein, daß er sie gekränkt hatte. Vielleicht war er zu plump gewesen, weiß der Himmel, welche Schlüsse sie daraus gezogen hatte.

Er rieb sich den Nacken. Er hätte betonen sollen, daß er ihr nur ein Darlehen geben wolle. Soundso viel Zinsen, Rückzahlung dann und dann.

Sie kam mit roten Augen zurück. Die Nase gerötet, das kleine Gesicht blaß, aber sie lächelte ihn an. »Entschuldigung. Ich weiß auch nicht, warum ich mich so blöd benommen habe. Kann sein, daß ich doch was ausbrüte. Eine Grippe vielleicht.« Sie setzte sich. »Vielen Dank für Ihr Angebot. Das ist schrecklich lieb von Ihnen. Aber es kommt nicht in Frage. Und jetzt reden wir nicht mehr darüber. Einverstanden?«

»Ich hab aber noch gar nicht ausgeredet. Wahrscheinlich hab ich mich falsch ausgedrückt, und Sie haben mich mißverstanden.«

Sie schüttelte den Kopf. »Ich hab Sie ganz bestimmt nicht mißverstanden.«

»Doch. Mit den Zinsen zum Beispiel.« Kamp hob die Hände. »Ich wollte Ihnen das Geld doch nicht aufdrängen.

Oder... oder nachschmeißen. Wenn es Ihnen lieber ist, können wir natürlich Zinsen vereinbaren und eine feste Rückzahlung. Und dann können Sie mir ja auch einen Schuldschein geben, wie bei einem richtigen Darlehen. Wir können alles machen wie bei einem richtigen, ordentlichen Geschäft, wenn Ihnen das lieber ist.«

»Das kann doch gar kein ordentliches Geschäft werden.« Sie rieb sich mit einem kleinen, zerknüllten Taschentuch die Augenwinkel aus, schneuzte sich, lächelte ihn an. »Das sind verkrachte Existenzen, verstehen Sie? Die fangen heute hier was an und morgen was anderes. Sie kennen solche Leute wahrscheinlich gar nicht. Die spinnen doch nur, auf die ist kein Verlaß, verstehen Sie? Die fangen heute ein Geschäft an, und morgen sind sie pleite.«

Kamp beugte sich vor. »Aber für den Fall hatte ich mir doch auch was überlegt. Ich meine, für den Fall, daß die Kalkulation nicht aufgeht.«

Sie sagte: »Bitte nicht.«

»Aber Sie können es sich doch wenigstens mal anhören.« Er stand auf. »Ich hole Ihnen nur gerade ein frisches Taschentuch. Das da ist ja ganz durchgeweicht.«

Als er mit dem Taschentuch zurückkam, hatte sie sich wieder hingelegt, das Federbett hochgezogen. Sie brachte einen Arm unter dem Federbett hervor, nahm das Taschentuch, »Danke«, und hielt es in der Hand, die Hand am Kinn.

Kamp sah zur Decke. »Wenn Sie, sagen wir mal, monatlich fünfhundert Mark hätten, ohne dafür arbeiten zu müssen... oder sagen wir sechshundert... würden Sie damit auskommen?«

Sie lächelte. »Mit sechshundert? Das wäre schön.«

»Dann denken Sie doch mal nach. Und laufen Sie jetzt nicht gleich wieder raus.« Er setzte sich. »Wenn Sie die sechstausend Mark von mir als Darlehen nehmen und stecken sie nicht in das Geschäft, das ist ja tatsächlich vielleicht zu riskant, aber das müssen Sie ja auch nicht, Sie würden die sechstausend von mir nehmen, oder sagen wir mal siebentausend, das spielt ja keine Rolle, Sie zahlen es doch zurück, irgendwann, mit Zinsen, Sie nehmen also siebentausend von mir, und die zahlen Sie auf Ihr Sparbuch ein.«

Er beugte sich vor. »Claudia. Hören Sie überhaupt zu?«

Sie nickte.

Er sagte: »Von den siebentausend müßten Sie doch ungefähr ein Jahr leben können. Hab ich recht?«

Sie nickte.

»Und in einem Jahr, ich weiß ja nicht, aber könnten Sie denn in einem Jahr an der Uni nicht das aufholen, was Sie versäumt haben?«

Sie sagte: »Ich weiß nicht. Vielleicht.«

»Wenn Sie sich richtig ordentlich anstrengen würden?«

»Ja. Natürlich.«

»Aber das wär's doch wert, finden Sie nicht? Nach dem Jahr könnten Sie dann Bafög bekommen. Und damit hätten Sie's geschafft. Fürs erste, meine ich.«

Sie sah ihn an.

Er hob die Hände, schüttelte den Kopf. »Und für mich wär's eine Geldanlage. Ein ganz normales Geschäft. Ich weiß sowieso nicht, wofür ich das Geld ausgeben soll, wirklich nicht. Ich hab alles, was ich brauche.«

»Ich möchte das Geld aber nicht.«

Kamp räusperte sich. Nach einer Weile sagte er: »Haben Sie Angst, daß ich Ihnen Schwierigkeiten machen würde? Daß ich Sie mit der Rückzahlung unter Druck setzen würde?«

Sie lächelte. »Nein. Ich hab keine Angst. Vor Ihnen hab ich keine Angst.«

»Also. Warum tun Sie es dann nicht?«

Sie schneuzte sich, rieb mit dem Taschentuch über die Augen. Kamp wurde unsicher. Er fürchtete, daß sie wieder weinen würde. Er stand auf. »Entschuldigen Sie. Ich glaube, ich rede zuviel.«

»Nein. Ich bin nur ein bißchen müde.« Sie lachte. »Und die Augen brennen mir.«

»Ist Ihnen immer noch kalt?«

»Nein. Alles in Ordnung.«

Kamp öffnete den Mund, schloß ihn wieder. Dann sagte er: »Wir sollten jetzt wirklich schlafen.« Er ging zur Schlafzimmertür, wandte sich um. »Wir können ja morgen noch mal darüber reden. Wenn Sie wollen.«

Sie nickte, lächelte ihn an.

»Gute Nacht, Claudia.«

»Gute Nacht, Heinz. Und vielen Dank.«

»Ach, Unsinn. Schlafen Sie gut.«

»Sie auch.«

Kamp lag lange wach. Hin und wieder hob er den Kopf, lauschte. Hatte sie gehustet? Er hätte ihr doch noch eine Tablette geben sollen. Er fiel in einen unruhigen Schlaf, träumte wirre, beängstigende Träume. Die Bude in der Gartensiedlung, Nacht, ein Zug fuhr über den Bahndamm, helle Fenster, aber sehr weit entfernt, Kamp schleppte Claudias Truhe über den schlammigen Weg, beide Hände an den Griffen, er wußte, daß er sich beeilen mußte, aber der Schlamm sog seine Füße ein, Kamp wußte, daß der junge Bursche hinter ihm herankam, aber er war unfähig, die Truhe abzusetzen und sich umzudrehen, er versuchte verzweifelt, seine Füße aus dem Schlamm zu ziehen, ein Arm schlang sich von hinten um seinen Hals, Kamp erwachte, schweißnaß.

Ein andermal tanzte Hertha mit dem Pastor, Kamp wunderte sich, der Pastor hatte doch den ganzen Abend nicht getanzt, es war ja auch unziemlich, daß Geistliche tanzten, aber der Pastor hielt Hertha im Arm, schwenkte sie herum, und unversehens wurden die Bewegungen seines Körpers obszön, er legte beide Hände auf ihr Gesäß und preßte sie an sich, Hertha lachte, legte den Kopf in den Nacken, Kamp erkannte, daß Hertha nackt war, das Paar drehte und bewegte sich, fest aneinandergepreßt, aber in der Drehung löste

Herthas Körper sich auf, der Pastor blieb zurück auf der Tanzfläche, wandte sich Kamp zu, ein breites Lachen, und dann setzte er die Füße voran, näherte sich langsam, Kamp erkannte, daß es sein Sohn war, es war nicht der Pastor, sein Sohn kam durch das dunkle Schlafzimmer, trat dicht an Kamps Bett heran und streckte die Hand nach ihm aus.

Kamp fuhr hoch. Sie stand im Dunkeln vor seinem Bett, streckte die Hand nach ihm aus. Sie flüsterte: »Nicht erschrecken! Ich bin's doch.«

»Ja.« Kamp atmete schwer. »Was ist denn?«

»Ich wollte Sie nicht erschrecken.«

»Ja, ja. Was ist denn?« Er tastete nach der Nachttischlampe.

»Sie brauchen kein Licht zu machen.« Sie griff nach seiner Hand, hielt sie fest. »Ich wollte Sie nicht stören.«

»Aber...«

»Ich hab nur wieder so gefroren.«

Kamp ächzte, wollte aufstehen. »Ich werde Ihnen noch eine Decke geben.«

»Nein, nein.« Sie beugte sich vor, legte beide Hände auf Kamps Schultern, schob ihn sanft aufs Kissen. »Keine Decke.«

»Aber wieso denn? Sie können doch nicht so liegen bleiben, wenn Sie frieren.«

Sie schwieg. Kamp sah ihre Augen in der Dunkelheit.

»Was wollen Sie denn?«

Sie sagte: »Kann ich nicht zu Ihnen kommen?«

»Zu mir?«

Sie hob, ehe Kamp reagieren konnte, sein Federbett und kroch neben ihn, schlug das Federbett zu.

Kamp erstarrte. Er sagte: »Claudia. Das geht doch nicht.«

Sie rückte sich zurecht.

»Claudia!«

Plötzlich fing sie an zu lachen. »Nein, wenn Sie so liegen

bleiben, geht das wirklich nicht. Ich liege mit dem Hintern auf der Kante.«

Kamp rückte zur Seite. Sie rückte sofort nach, rückte dicht an ihn heran, ihre Füße bewegten sich unter dem Federbett, sie waren eiskalt. »Darf ich mir die Füße ein bißchen an Ihnen wärmen?«

Er sagte: »Claudia, das geht wirklich nicht.« Aber er ließ es zu, daß sie ihre Füße an seinen Füßen, an seinen Beinen rieb. Er lag starr.

Sie sagte: »Das ist ja irrsinnig mollig. Ich hab so tierisch gefroren.« Sie wandte ihm den Kopf zu: »Außerdem hab ich Angst gehabt.«

»Angst? Wovor?«

»Nur so. Ich hab schlecht geträumt.« Sie stieß einen kleinen, erleichterten Seufzer aus. »Aber jetzt ist es gut.«

Kamp blieb eine Weile liegen, regungslos. Dann sagte er: »Claudia, das ist ganz unmöglich.«

»Warum denn?« Sie hob den Kopf: »Können Sie so nicht liegen?«

»Doch. Ich kann so liegen. Aber darum geht's doch gar nicht.«

»Um was geht es denn?« Sie tastete nach seiner Hand, umschloß sie mit den Fingern, streckte sich und seufzte behaglich. Kamp wollte die Hand wegziehen, tat es nicht. Sie sagte: »Wollen Sie es nicht sagen? Sagen Sie's doch.«

Kamps Gedanken überschlugen sich, er konnte sie nicht ordnen. Er spürte, daß ihr Körper warm wurde, fester Druck an seiner Seite, die Wärme drang in ihn ein. Schließlich sagte er: »Stellen Sie sich doch mal vor, Ihre Freunde sähen uns so. Oder meine Bekannten.«

»Denken Sie an Ihre Freundin?«

»Nein, ich denke nicht an meine Freundin.«

»An wen denn?«

»Verstehen Sie das denn nicht? Das ist doch ganz unmöglich.«

Plötzlich lachte sie wieder. »Das ist tatsächlich irre komisch.«

»Das ist überhaupt nicht komisch.«

»Doch, ich find das irre komisch.« Sie hob den Kopf und sah ihn an. »Wir liegen hier zusammen im Bett und siezen uns.« Sie ließ sich zurückfallen und lachte. »Das würde kein Mensch glauben.«

»Das würde sowieso kein Mensch glauben.« Kamp richtete sich auf. Er befreite seine Hand, fuhr sich über die Haare, ließ die Hände sinken und blieb sitzen, mit gebeugtem Rücken, hängendem Kopf.

Sie sagte: »Mögen Sie mich nicht?«

»Doch. Ich mag Sie.«

»Aber nicht richtig.«

»Doch. Ich mag Sie sehr.«

Sie legte die Hand auf seinen Rücken, bewegte sie ein wenig. »Ich glaube, Sie machen sich zu viel Gedanken.«

Er schüttelte den Kopf. »Wie soll das denn gehen, wenn man sich keine Gedanken macht?«

Nach einer Weile sagte sie: »Es wäre Ihnen unangenehm, wenn andere Leute hören, daß wir uns duzen, nicht wahr?«

Kamp dachte nach. Dann sagte er: »Nein. Das wäre mir nicht unangenehm.«

Plötzlich rieb sie heftig seinen Rücken. Es tat ihm gut. Sie sagte: »Es wird dir kalt werden, wenn du so sitzen bleibst.« Sie lachte: »Mir wird's schon kalt, das zieht hier rein.«

Er ließ sich zurücksinken. Sie sagte: »Ich hol mir nur schnell noch das Kissen«, stand auf, ging im Dunkeln ins Wohnzimmer, kam mit dem Kissen zurück. Kamp rückte ein wenig zur Seite, sie rückte sofort nach, »Abhauen gilt nicht!«, legte sich dicht an seine Seite, griff nach seiner Hand und hielt sie fest. »Oder liegen Sie so nicht gut?«

»Doch.«

Sie lachte: »Jetzt hab ich schon wieder Sie gesagt.«

Kamp schwieg.

Sie hob den Kopf: »Oder sollte ich gar nicht Du sagen?«
Kamp bewegte die Füße. »Wenn Sie möchten.«
»Wenn Sie möchten! So geht's ja nun auch nicht.«
»Wenn du möchtest.«
Sie gab ihm einen Kuß auf die Wange, bettete den Kopf aufs Kissen. Kamp schloß die Augen.
Nach einer Weile flüsterte sie: »Schläfst du schon?«
»Nein.«
»Ich dachte, weil du so ruhig liegst.«
Kamp schwieg.
Ein Zug fuhr über die Brücke. Als der Orgelton verhallt war, hörte Kamp ihre ruhigen Atemzüge. Sie war eingeschlafen.

10

Am Samstagmorgen stand Kamp erst um acht Uhr auf. Sie hob eine Hand, mit geschlossenen Augen, lächelnd. Er faßte die Hand und legte sie sanft zurück, zog das Federbett darüber. Sie murmelte: »Ein bißchen noch...« Als Kamp aus dem Badezimmer kam, lag sie in den Kissen vergraben, nur die Haare und ein bloßer Fuß schauten hervor. Kamp bereitete das Frühstück, er trug Teller und Tassen ins Wohnzimmer, trank einen Schluck Kaffee, aß aber nichts. Dann fuhr er nach unten, zog die dicke Wochenendzeitung aus dem Briefkasten und setzte sich damit an den Schreibtisch. Es war hell geworden, ein klarer, blauer Himmel, der rötliche Glanz der Morgensonne lag auf den Dächern der Stadt, das Wasser des Flusses schimmerte grünlich.

Kamp breitete die Zeitung aus, aber er blieb schon auf der ersten Seite stecken. Der Gedanke kam wieder hervor und begann zu nagen, der sich schon in der vergangenen Nacht geregt hatte, bevor Kamp eingeschlafen war, er hatte ihn beiseite geschoben, seine Ruhe, sein Glück nicht stören lassen wollen, aber dieses Mal gelang ihm das nicht. Es hatte keinen Sinn, sich etwas vorzumachen.

Das Darlehen, ja. Sie hatte es abgelehnt, und es sah nicht so aus, als ob sie es annehmen würde. Stolz. Wahrscheinlich war sie zu stolz dazu. Aber sie hatte ihm zeigen wollen, daß sie dankbar war für das Angebot. Sie war nicht gekränkt gewesen, sie hatte nicht geargwöhnt, daß er sie kaufen wollte, nein, nein, dann wäre sie wahrscheinlich sofort gegangen, irgendwohin, und wenn sie die Nacht in ihrem Auto hätte verbringen müssen, das war ihr zuzutrauen. Aber gerade weil sie verstanden hatte, daß er ihr das Geld ohne einen schmutzigen Hintergedanken anbot, hatte sie ihm ihre Dankbarkeit zeigen wollen. Sein Angebot hatte sie gerührt. Warum sonst hätte sie geweint.

Ein alter, einsamer Mann. Sie hatte lieb zu ihm sein wollen. Nicht lieb wie zu einem alten Mann, o nein, nicht fürsorglich, das hätte ihn ja kränken können. Nein, sie war zu ihm gekommen wie eine Frau zu einem Mann, eine junge Frau zu einem Mann, der sie anzieht und dem sie ein bißchen nachhelfen will, weil er anscheinend nicht begreift, daß es sie nach ihm verlangt. Sie hätte es geduldet, wenn er sie angefaßt hätte. Sie hätte so getan, aus Dankbarkeit so getan, als ob es sie danach verlangte. Hatte sie nicht schon so getan? Und welchen anderen Grund hätte es dafür geben können als das Bemühen, ihn für sein Angebot zu belohnen?

Kamp brach der Schweiß aus. Er mußte das in Ordnung bringen, er konnte das nicht auf sich beruhen lassen. Es mußte ihr ja doch schwergefallen sein, seine Reaktion zu verstehen. Es mußte sie gekränkt haben, daß er auf ihre Annäherung nicht eingegangen war, daß er nicht einmal einen Versuch unternommen hatte, sie anzufassen. Sie mußte an sich selbst gezweifelt haben. Oder? Vielleicht hatte sie einen ganz anderen Grund vermutet. Ein alter Mann. Er ist halt doch schon sehr alt, dieser Mann.

Kamp wischte sich den Schweiß von der Stirn. Er sah zur Schlafzimmertür. Was würde er sagen, wenn sie jetzt käme? Sie konnte jeden Augenblick kommen. Er öffnete die Schreibtischlade, nahm ein Blatt Papier heraus. Es war nötig, die Gedanken zu ordnen. Das Risiko, nur neue Mißverständnisse hervorzurufen, war zu groß. Er versuchte, sich ein paar Notizen zu machen für das, was er ihr sagen wollte.

Er schrieb: *Dankbarkeit nicht nötig.*

Das strich er aus. Es war viel zu plump. Sie hätte sich schon wieder abgewiesen fühlen müssen. Nach einer Weile schrieb er: *Noch einmal Darlehen. Um darauf zurückzukommen. Habe Geld genug. Bin nicht reich, aber genug.*

Es wollte sich kein weiterer Gedanke einstellen. Er stand auf, horchte an der Schlafzimmertür. Nichts zu hören. Er ging zum Schreibtisch zurück, blieb stehen, sah mit zusammengezogener Stirn hinaus auf die Stadt. Das Wasser des Flusses hatte den grünlichen Ton verloren, es spiegelte die Sonne.

Ihm wurde klar, daß er von der falschen Seite an das Problem heranging. Es hatte keinen Sinn, diese Erklärung mit dem Darlehen anzufangen. Das war viel zu direkt. Sie hätte sich ertappt gefühlt. Und wahrscheinlich würde sie dann überhaupt nicht verstehen, was er meinte.

Aber was meinte er denn?

Kamp sagte: »Verflucht noch mal.« Er sah auf das Papier. Dann schrieb er: *Unmöglich. Das ist nicht möglich. Du und ich. Nicht nur wegen Leuten. Alter. Altersunterschied. Ich k. Dein Vater sein. Großv. Alter Körper. Hautsäcke! Unappetitlich.*

Das letzte Wort strich er durch. Er notierte: *Hertha.*

Auch das strich er durch. Er dachte angestrengt nach, schrieb dann: *Auch ält. Menschen hab. natürlich noch Gef. Aber das ist anders. Wirkt auf jüngere M. abstoßend. Paßt nicht zuein. Beispiel: Filmschausp., die 35 Jahre jüng. Mann geheiratet hat. Soll das schön sein?* Er fügte hinzu: *Bin kein alter Tor.*

Nach einer Weile schrieb er: *Bist doch noch ein Kind.* Er strich das durch, dachte nach und schrieb: *Für mich bist du doch noch ein Kind.* Auch das strich er durch. Er rieb sich die Stirn. Dann schrieb er: *Im Vergl. mit Mann, d. so alt wie ich, bist du doch noch ein Kind.*

Es ging auf zehn, als er die Schlafzimmertür hörte. Er hatte das Papier eingeschlossen, blätterte in der Zeitung. Sie blieb in der Tür stehen, rieb sich die Augen, lachte: »Meine Güte. Warum haben Sie mich denn nicht geweckt?«

»Wer Sie sagt, muß Strafe zahlen.«

»Hab ich Sie gesagt?« Sie lachte. »Wollen Sie denn überhaupt, daß ich Du sage?«

»Das war doch abgemacht.«

Sie sagte, sie werde sich vor dem Frühstück noch waschen. »Damit du dich nicht vor mir ekelst.« Das Lotterleben müsse ein Ende haben. Ob er mit dem Frühstück noch so lange warten könne?

Natürlich könne er so lange warten. Aber seinetwegen könne sie auch im Schlafanzug frühstücken. »Wie kommst du denn auf die Idee, daß ich mich vor dir ekle?«

»Das sollte doch ein Witz sein. Hahaha. War wohl nicht so gut.«

Sie ließ sich auf dem Sofa nieder. »Also, wenn du unbedingt willst. Außerdem hab ich Hunger.« Während sie sich die zweite Schnitte bestrich, wies sie auf die Zeitung: »Hast du nachgesehen?«

»Was denn?«

»Die Wohnungen, die drinstehen.«

»Nein.« Er hatte es vergessen. »Was willst du denn mit den Wohnungen? Da hängen doch überall Makler drin. Die sind doch alle nicht zu bezahlen.«

Sie nickte. Eine Weile kaute sie stumm. Dann sagte sie: »Ich hab so herrlich geschlafen heute nacht. Du auch?«

»Ja. Anfangs nicht so gut. Aber später sehr gut.«

»Hab ich dich getreten?«

»Nein.«

»Da hast du Glück gehabt. Ich trete nämlich manchmal im Schlaf um mich. Oder schlage. Mit der Faust. Peng!« Sie schlug mit der Faust aufs Sofa.

Kamp sagte: »Claudia... Ich wollte mit dir was bereden.«

Sie sah ihn an.

»Ich wollte dir was erklären.«

»Aber nicht wieder das Darlehen?« Sie lächelte: »Bitte nicht.«

»Nein, nicht das Darlehen. Darüber können wir später reden. Darüber müssen wir auf jeden Fall noch einmal reden. Aber das hat ja noch Zeit.«

Sie stand auf, ging zu ihrer Tasche, holte ein Päckchen Zigaretten heraus, steckte sich eine Zigarette an.

Kamp wartete, bis sie sich wieder gesetzt hatte. »Ich wollte über vergangene Nacht mit dir reden. Ich meine, daß wir da zusammen geschlafen haben. In einem Bett zusammen, meine ich. Da hat es vielleicht wieder Mißverständnisse gegeben.«

Er suchte nach Worten, sah zu Boden. »Ich habe gesagt, das ist unmöglich. Und das meine ich immer noch. So etwas geht nicht. Das gehört sich einfach nicht. Ein Mann, der so alt ist wie ich, und eine so junge Frau, du bist doch fast noch ein Kind. Ich weiß, daß du erwachsen bist, aber im Vergleich zu mir bist du jedenfalls fast noch ein Kind.« Ihm gingen die Worte aus. »Das gehört sich einfach nicht. Verstehst du das?«

»Wir haben doch gar nichts gemacht.«

Er schüttelte den Kopf. »Claudia, das sagst du so, aber...«

»Und selbst wenn wir gebumst hätten, wen geht denn das was an?«

»Also gut, das geht niemanden sonst was an, aber uns beide geht es doch was an! Und gebrauch nicht solche Wörter!«

Sie zog an ihrer Zigarette, blies den Rauch von sich. »Du denkst an deine Freundin, nicht wahr?«

»Nein, ich denke überhaupt nicht an meine Freundin.«

»Warum solltest du nicht an deine Freundin denken?«

»Weil die damit überhaupt nichts zu tun hat, das geht sie gar nichts an. Aber ich denke an uns. An dich und mich. Sieh mich doch mal an. Das ist kein schöner Anblick, so ein Mensch, der älter wird.« Er zögerte einen Augenblick, dann sagte er: »So ein Körper verändert sich doch. Er wird eben immer älter. Er wird immer unansehnlicher. Die Knochen werden krumm, sie werden schwach. Die Muskeln verschwinden. Das Herz schlägt auch nicht mehr so wie früher. Und das Gehirn. Ich meine, das Gedächtnis läßt nach. Es fällt einem manchmal schwer, sich zu konzentrieren. Also gut, das ist ja alles in Ordnung, das muß ja so sein. Aber es hat doch keinen Sinn, so zu tun, als ob man immer noch derselbe Mensch wäre, ein junger Mensch, den ein anderer gern anfaßt. Den ein anderer gern berührt. Oder streichelt. So etwas faßt doch niemand gern an, so eine Haut, die schlaff geworden ist, überall wird sie fleckig, und Hautsäcke, überall bilden sich Hautsäcke...«

Sie sagte: »Wo hast du denn Hautsäcke?«

Er machte eine ärgerliche Handbewegung. »Ach, am Kinn und... Das siehst du doch.«

»Wo denn? Laß mich mal sehen.«

Sie stand auf und kam zu ihm, auf bloßen Füßen, beugte sich über ihn. Kamp zog den Kopf zurück, aber sie faßte nach seinem Kinn. »Nicht kneifen jetzt, das gilt nicht!« Sie strich mit den Fingerspitzen über sein Kinn, kam mit ihren Augen dicht heran, zog die Augenbrauen zusammen, drückte ein wenig mit den Fingerspitzen. Plötzlich lachte sie. »Du hast Hängebäckchen, das hab ich schon vorher gesehen. Aber das sind doch keine Hautsäcke. Was ist das überhaupt, Hautsäcke?«

Kamp schob sie ärgerlich zurück. »Claudia, jetzt hör auf mit dem Unsinn! Du weißt doch, was ich meine. Oder willst du mich nicht verstehen?«

»Natürlich will ich dich verstehen. Aber wie soll ich dich

verstehen, wenn du so dummes Zeug redest?« Sie schob ihren Kopf wieder vor, betrachtete interessiert sein Gesicht. »Sag mal, läßt du dir den Schnurrbart färben?«

»Bist du verrückt geworden? Was soll das denn?«

»Laß mich doch mal sehen. Bitte.« Sie streckte die Fingerspitzen aus. Kamp wollte aufstehen, aber er blieb sitzen, steif, den Kopf halb nach hinten gelehnt. Sie fuhr mit den Fingerspitzen über seinen Schnurrbart, ließ die Fingerspitzen eindringen, zerteilte die Haare. »Tatsächlich. Das ist echt.« Sie zog die Hand zurück. »Weißt du überhaupt, daß der superscharf aussieht?«

Kamp sagte: »Also, wenn du nur Unsinn machen willst, dann hat es keinen Zweck mehr, daß ich weiterrede.«

»Doch. Entschuldige.« Sie setzte sich vor seinem Sessel auf den Teppich, schlug die Füße untereinander. »Red weiter. Ich quatsch auch nicht mehr dazwischen.«

Kamp schwieg, saß da mit zusammengezogener Stirn. Sie sagte: »Mach doch nicht so ein grimmiges Gesicht. Ich quatsche ganz bestimmt nicht mehr dazwischen. Es interessiert mich doch, was du sagst. Ich hab nur nicht alles verstanden.«

Kamp sagte: »Du kannst mir doch nicht erzählen, daß du das nicht verstanden hast.«

»Kannst du's nicht noch mal erklären? Bitte.«

Er schüttelte den Kopf, hob die Hand: »Was gibt es daran zu erklären!« Nach einer Weile sagte er: »Der Altersunterschied. Ich weiß nicht, ob du das von dieser Filmschauspielerin gelesen hast, ich weiß den Namen nicht mehr, spielt ja auch keine Rolle, irgend so eine aus Amerika, die hat einen Mann geheiratet, der ist fünfunddreißig Jahre jünger als sie. Glaubst du, daß der Mann die liebt? Daß der die gern anfaßt?«

Er legte eine Pause ein. Plötzlich wurde ihm bewußt, daß er auf eine Reaktion wartete. Aber sie sah ihn nur an, aufmerksam. Er fuhr hastig fort: »Ja, die vielleicht ihn. Aber das ist ja fast noch schlimmer. Legt sich mit einem Mann ins Bett, der ihr Sohn sein könnte. Das ist ja... das ist ja fast unappetitlich.« Er räusperte sich. »Ob die Frau nicht begreifen will, daß das Leben irgendwann zu Ende geht? Darauf muß man sich doch einstellen, verstehst du, das Leben, das geht ja nicht mit einem Schlag zu Ende, ich meine, natürlich gibt es da Ausnahmen, bei einem Unfall, oder bei einer schweren Krankheit, daran kann auch ein junger Mensch sterben, oder ein Kind sogar, da ist es dann ganz plötzlich aus, aber das sind ja Ausnahmen, normalerweise ist das ja ganz anders. Wenn ein Mensch älter wird, meine ich.«

Er rieb sich die Stirn. »Da hört das Leben ganz allmählich auf, meine ich. Es wird immer weniger. Irgendwann merkt man das. Man kann nicht mehr so schnell laufen wie früher. Und am Ende ist man froh, wenn man noch kriechen kann. Man hört nicht mehr gut. Die Augen lassen nach. Man muß von immer mehr... immer mehr Sachen Abschied nehmen, die man... die früher zum Leben gehörten. Ganz allmählich. Und das muß man begreifen, darauf muß man sich einstellen. Es nutzt doch nichts, hinter dem Leben herzulaufen. Damit kann man sich doch nur lächerlich machen. Dem Tod kann man ja nicht weglaufen. Das ist doch ganz einfach. Man muß begreifen, daß man stirbt.«

Sie sagte: »Sterben kann ich auch. Morgen schon. Ich muß genauso sterben wie du.«

»Das hab ich doch gesagt! Aber das sind die Ausnahmen, verstehst du das denn nicht?« Er schüttelte verzweifelt den Kopf. »Das hat doch nichts miteinander zu tun. Ich meine, damit kannst du doch nicht den Unterschied zwischen einem jungen und einem alten Menschen aus der Welt schaffen. Zwischen einem, der noch richtig lebt, und einem anderen, der schon halbtot ist. Das ist doch ein riesiger Unterschied. Und daher kommt es auch, ich meine, deshalb ist es auch ganz natürlich, daß ein junger Mensch sich nicht für einen alten interessiert. Nicht richtig.« Er legte wieder eine Pause ein. »Und ein alter nicht für einen jungen.«

Sie sagte: »Interessierst du dich nicht für mich?«

Er stand auf. »Willst du das nicht verstehen?« Er setzte sich wieder. »Natürlich interessiere ich mich für dich. Aber nicht, weil du eine Frau bist. Ich kann doch nicht... ich kann dich doch nicht als Frau sehen. Für mich bist du, ich meine, im Vergleich zu mir bist du ja fast noch ein Kind. Ich könnte ja dein Vater sein. Dein Großvater sogar. Und da ist es doch ganz natürlich, daß man ganz andere Empfindungen hat. Daß ich auf dich nicht so reagiere, wie ein junger Mann auf eine so junge Frau reagiert. Mit der er zusammen im Bett liegt.« Er räusperte sich. »Und es ist ganz natürlich, daß du auf mich nicht so reagierst, wie auf einen jungen Mann.«

Sie sagte: »Das stimmt nicht.«

Kamp griff nach der Armlehne. »Was stimmt nicht?«

»Daß ich dich nicht als Frau interessiere. Daß du auf mich nicht reagierst.«

Kamp öffnete den Mund, schloß ihn wieder.

Sie sagte: »Ich hab das gespürt. Heute nacht. Du hast dich mal auf die Seite gelegt. Auf meine Seite. Ich hab mit dem Rücken an deinem Bauch gelegen. Ich bin noch ein bißchen näher an dich rangerückt, weil das so gemütlich war. Und da hab ich das gespürt. Ich glaube, du hast es gar nicht gemerkt, du hast geschlafen. Ich war auch halb im Schlaf. Aber ich hab's ganz deutlich gespürt. Verstehst du?«

Er sagte: »Aber das ist...«

»Ich hab das nicht geträumt.« Sie lächelte. »Du bist gar kein alter Mann. Du tust nur so.«

Kamp stand auf, wandte sich ab.

Sie sagte: »Schämst du dich jetzt? Das wär doch beknackt. Für so was brauchst du dich doch nicht zu schämen.«

Kamp fing an, das Geschirr zusammenzuräumen. Sie kam

zu ihm, gab ihm einen Kuß auf die Wange, zog die Hose des Schlafanzugs hoch und half ihm.

Nach dem Abwaschen sagte sie, sie werde jetzt noch nicht baden, sie sei gerade so in Schwung, sie werde zuerst die Wohnung saubermachen. Kamp protestierte nur schwach. Er fühlte sich noch immer wie gelähmt. Er wußte nicht, was er von sich halten sollte, und nicht, was sie von ihm hielt. Das Vorkommnis war ihm entgangen, das sie bemerkt und zu seiner peinlichen Bestürzung offenbart hatte, er hatte nicht den Schatten einer Erinnerung daran. Aber er konnte auch nicht bezweifeln, daß es so gewesen war, wie sie es darstellte, schlicht und einfach. Er fühlte sich bloßgestellt und zugleich, obwohl er sich dagegen sträubte, erhoben. Er litt unter dem Druck der Verpflichtung, die sich ja nicht abweisen ließ, zu diesem Vorkommnis Stellung zu nehmen, suchte nach einer Erklärung, die er ihr hätte anbieten können, fand keine.

Sie fuhrwerkte mit dem Staubsauger durch die Wohnung, pfiff, fuhr Kamp, der am Schreibtisch saß und in der Zeitung blätterte, von hinten mit der Bürste zwischen die Füße, »Oh, Entschuldigung, ich hab dich doch total übersehen!«, lachte. Nach dem Baden lief sie wieder eine Weile hin und her. Kamp tat, als sei er in die Zeitung vertieft. Plötzlich legte sie von hinten die Arme über seine Schultern, sie hatte sich auf bloßen Füßen herangeschlichen. Sie flüsterte in sein Ohr: »Nicht erschrecken! Ich wollte nur fragen...« Sie lachte. »Ich wollte fragen, ob ich jetzt wieder ein bißchen faulenzen darf?«

»Warum fragst du denn?«

»Danke.« Sie richtete sich auf. Kamp spürte ihre Fingerspitzen in seinem Nacken. Sie zerteilte die Haare, massierte seine Haut, ließ die Fingerspitzen über seinen Kopf wandern. »Das tut gut, was?«

»Ja.«

»Später gibt's mehr davon. Jetzt muß ich lesen.«

Sie legte sich mit ihrem Buch aufs Sofa. Kamp hörte zu, wie

sie die Seiten umblätterte. Er versuchte, die Abstände zu messen.

Plötzlich sagte sie: »Oh, verdammt!«

»Was denn?«

»Jetzt hab ich schon wieder vergessen, meine Freundin anzurufen!« Sie sprang auf, kam an den Schreibtisch. »Darf ich?«, drehte die Wählscheibe. Sie wartete, rieb mit dem einen Fuß den anderen, sah auf den Ärmel des Bademantels, zupfte daran. Nach einer Weile sagte sie: »Die wird doch wohl nicht weggefahren sein?« Sie legte auf. »Manchmal fährt sie übers Wochenende nach Hause.«

Kamp sagte: »Du kannst es ja am Montag noch mal versuchen.«

Sie sah ihn an: »Das sind ja noch zwei Tage?«

»Ja, und?«

Einen Augenblick stand sie regungslos. Dann küßte sie ihn auf die Stirn. Sie faßte mit beiden Händen seine Ohren, schob seinen Kopf von sich weg, lachte ihn an. »Du bist der Allerliebste. Ich hab's ja gewußt.« Sie schüttelte seinen Kopf ein wenig. »So, und jetzt lasse ich dich wieder in Ruhe. Muß weiterlesen.« Sie sprang aufs Sofa, stopfte sich ein Kissen in den Nacken, stellte das Buch auf die Brust.

Kamp spürte, daß die Anspannung sich auflöste. Nur flüchtig beunruhigte ihn ein neues Problem, die Frage, die ihm plötzlich bewußt wurde, was sie denn tun könnten, sobald sie das Buch ausgelesen hatte, sie konnten ja doch nicht ewig in der Wohnung hocken, und ein Spaziergang würde sie vielleicht auch nur langweilen. Aber auch diese Frage erschien ihm immer belangloser, er tat nichts, um sie festzuhalten und eine Antwort zu finden. Er sah hinaus auf die Stadt. Er ließ sich treiben.

Wieder überkam ihn das Gefühl, daß die Zeit sich verwandelte. Ein Tag, der längst vergangen war, nein, eine Minute, vielleicht eine Sekunde nur, sie kehrte wieder, nicht als Erinnerung, er hätte gar nicht zu sagen gewußt, an was er sich da erinnerte, nein, diese Minute, diese Sekunde trat an die Stelle der Zeit, die er jetzt erlebte, in diesem Augenblick.

Früher Nachmittag, Sonne. Schlagschatten der Häuser. Spiegelnde Fensterscheiben. Es konnte ein wolkenloser Samstag im Winter sein. Oder war es Sommer? Klare Luft, sie biß nicht, sie tat wohl auf der Haut. Der Atem ging frei. Warme Hände, und in den Füßen das Gefühl, fest auf der Erde zu stehen, unter dem blauen Himmel. Ein Geruch, ein kräftiger, angenehmer, er füllte die Nase aus, vielleicht war es die Erde. Gartenerde. Oder die Erde, in der der Straßenbaum wurzelte. Die Brust hob sich. Das Herz war leicht.

Nach einer Weile wandte Kamp sich voller Lust der Zeitung zu. Er las den Leitartikel, sprang danach entgegen seiner Gewohnheit auf die Kinoseite, las die Besprechungen, kehrte zurück zum politischen Teil.

Eine gute Stunde war vergangen, als er hörte, wie sie das Buch zuklappte. Sie blieb eine Weile still liegen. Dann stand sie auf, kam zu ihm, legte ihm die Hand auf den Rücken. Sie sah hinaus. »Das ist ja Wahnsinn. Die Aussicht. Ich hab das noch gar nicht richtig geschnallt.« Sie stellte sich hinter ihn, rieb ihm mit beiden Händen den Rücken. »Das ist ja... das ist ja, als ob man die ganze Welt im Griff hätte.«

»Heute kann man besonders weit sehen. Die Luft ist klar.« Kamp reckte den Rücken ein wenig. »Aber es gibt auch an anderen Tagen was zu sehen. Die Wolken. Das verändert sich dauernd.«

»Und bei Nebel? Kommt der so hoch?«

»Natürlich. Da fühlst du dich wie eingepackt.«

»Das muß gemütlich sein. Aber so finde ich's einfach wahnsinnig.«

Sie öffnete die Balkontür, ging auf bloßen Füßen hinaus. Kamp wollte schon rufen, sie werde sich erkälten, sah um sich, fand die flachen Schuhe, brachte sie ihr. Sie beugte sich vorsichtig über die Balkonbrüstung, »Huch, das ist aber tief!« Kamp hielt ihr die Schuhe hin. »Ach wo, ich geh ja wieder rein. Riech mal die Luft! Du mußt mal richtig durchatmen!« Kamp nickte. Sie lief auf bloßen Füßen bis ans Ende des Balkons, beugte sich über die Seitenbrüstung, schüttelte den Kopf, lachte. »Das ist mir zu tief, ich kann da nicht runtergucken!« Sie kam zurück, mit untergeschlagenen Armen. »Menschenskind, jetzt müßte man spazierengehen!«

»Dann laß uns doch spazierengehen.«

»Ja, Mensch, komm! Beeil dich! Wir dürfen keine Minute verlieren!«

Sie sprang ins Wohnzimmer, öffnete schon den Gürtel des Bademantels, hielt ein. Sie sah ihn an. »Willst du dich denn überhaupt mit mir sehen lassen?«

Kamp schloß die Balkontür. »Was soll denn die Frage?«

Sie griff nach seinen Ohren, schüttelte seinen Kopf. »So ein alter Mann mit einer so jungen Frau, mit einem richtigen Kind noch«, sie setzte die Silben voneinander ab: »das – gehört – sich – doch – ein-fach – nicht!« Der Bademantel fiel auseinander, sie trug darunter nur den Slip.

Kamp griff nach ihren Händen, befreite sich. »Laß den Unsinn, Claudia! Und zieh dich mal an.«

»Bin ja schon dabei.« Sie zog den Bademantel aus und griff nach ihren Sachen, die sie über den Sessel gehängt hatte. Kamp ging in die Diele.

Im Aufzug fragte sie: »Wohin gehen wir denn?«

»Vielleicht am Ufer entlang. Auf den Wiesen ist es schön jetzt.«

Sie nickte.

»Ich weiß ja nicht, ob du Lust hast...« Kamp räusperte sich. »Aber vielleicht könnten wir zu Fuß in die Stadt gehen. Wir könnten irgendwo eine Tasse Kaffee trinken. Und danach, wenn du Lust hast...«

»Was denn?«

»Vielleicht könnten wir ins Kino gehen?«

»Phantastisch!« Sie gab ihm einen Kuß auf die Wange. »Das ist ja ein richtiges Programm!«

Als sie an den Briefkästen vorbeigingen, wurde Kamp bewußt, daß er nicht nach der Post geschaut hatte. Er zog den Schlüssel heraus. »Warte mal«, steckte den Schlüssel wieder ein, »ach, Quatsch, da ist ja doch nichts drin.«

Sie erreichten die Uferwiesen, ohne jemandem zu begegnen, den Kamp kannte. Nicht selten kamen ihnen Spaziergänger entgegen, aber nach einer Weile sah Kamp nicht mehr voraus, um die Gesichter beizeiten zu erkennen, nicht mehr wie beiläufig über die Schulter, wenn jemand an ihnen vorübergegangen war. Manche Leute sahen sie im Vorübergehen flüchtig an, andere schenkten ihnen nicht einmal einen Blick. Niemand schien sich nach ihnen umzudrehen.

Sie hatte einen kräftigen Schritt angeschlagen, die langen Haare wehten. Kamp war das Tempo gerade recht, es tat ihm gut, sich zu bewegen. Der Fluß funkelte. Feuchter Geruch der Wiesen. Ab und zu lachte sie ihn an: »Ist das nicht traumhaft?« Während sie die Brücke überquerten, hängte sie sich bei ihm ein. Sie waren beide erhitzt, als sie das kleine Café betraten, in dem Kamp seit vielen Jahren nicht mehr gewesen war. Sie wollte keinen Kuchen essen. »Nur einen Kaffee und eine Zigarette.« Sie strich über die Polster der alten Stühle: »So was möcht ich auch mal haben.«

Kamp sagte, das seien noch immer dieselben Stühle wie vor vielen Jahren. Er erzählte ihr, daß sie damals, wenn er mit seiner Frau an einem Samstag zum Einkaufen in die Stadt gefahren war, vor der Heimfahrt immer in dieses Café gegangen waren. Die gedämpften Stimmen, hin und wieder das Klirren eines Löffels. Der warme Geruch nach Kaffee und Frischgebackenem, Marzipan und Schokolade. Sie fragte ihn nach seiner Frau, er erzählte ein wenig.

Sie gingen in den Film, dessen Besprechung in der Zeitung die beste gewesen war. Kamp hatte allerdings gewisse Bedenken, in der Besprechung war von Masturbation die Rede gewesen, eine Frau, die das allabendlich machte, ein Mann sah ihr dabei durch ein Fernrohr zu. Und der Titel, *Der Tod kommt zweimal,* machte ihn zwar neugierig, er fragte sich, was damit wohl gemeint sein könne, aber er wäre lieber mit ihr in einen heiteren Film gegangen. Die Entscheidung traf sie, nachdem Kamp ihr, ohne allzu deutlich zu werden, über die Besprechungen berichtet hatte. Sie sagte, *Der Tod kommt zweimal* klinge gut, das sei wahrscheinlich ein guter Film.

Bei den heiklen Szenen richtete Kamp, der sich wiederholt erregt fühlte, verstohlen den Blick zur Seite, er fragte sich, ob sie es nicht merkwürdig fände, daß er ihr diesen Film überhaupt zur Wahl gestellt hatte. Sie schaute auf die Leinwand, interessiert, aber ohne Anzeichen einer tiefergehenden Reaktion. Als der Vorhang sich schloß, die Lichter träge erwachten, sah Kamp um sich. Die Leute standen auf, zogen ihre Mäntel an, zeigten das halbe Lächeln, das die Gesellschaft anderer hervorruft, wenn man aus der gemeinsamen Versenkung ins Obszöne wieder auftaucht. Nur hier und da ein Lachen, ein über die Schulter geflüstertes Wort. Niemand schenkte Kamp und Claudia besondere Beachtung.

Sie hängte sich bei ihm ein. »Macht dich so was an?«

»Was meinst du?«

»Na, so ein Film. Sex im Film, meine ich.«

»Ach.« Kamp schüttelte den Kopf. »Manches war ein bißchen stark. Aber das ist ja heute nun mal so. Früher hätten sie so einen Film verbrannt. Und das Kino dazu.«

»Hat er dir denn gefallen?«

»War ganz interessant, finde ich.«

Sie gingen noch ein Stück zu Fuß, es wurde schon dunkel, die Schaufenster waren beleuchtet. Dann fuhren sie mit der Straßenbahn nach Hause. Sie ließ sich auf den Sitz fallen, streckte die Beine aus, lächelte ihn an. »Jetzt merke ich erst, wieviel wir gelaufen sind.«

»War's zuviel?«

»Ach wo. Es war phantastisch.« Sie schloß die Augen.

Als sie auf der Hauptstraße ausstiegen, sagte Kamp: »Hast du eigentlich noch keinen Hunger?«

»Doch.« Sie lachte. »Ich überleg schon die ganze Zeit, was wir im Kühlschrank haben. Und was ich jetzt davon am liebsten essen werde.«

»Magst du Wild?«

»Wild? Ja, mag ich gern. Aber das haben wir doch nicht.« Sie drückte seinen Arm. »Oder hast du's irgendwo versteckt?«

»Die Kneipe da drüben hat immer Wild auf der Karte. Hatte sie jedenfalls früher mal. Wir können ja mal nachschauen.«

»Aber ist das denn nicht zu teuer? Wir haben doch genug zu Hause.«

»Ich fände es aber schön, wenn wir uns gar keine Arbeit zu machen brauchten. Wir können ja mal auf die Karte sehen. Die hängt vor der Tür.«

Es gab vier Wildgerichte. Sie näherte ihre Nase der Glasscheibe des Kastens, in dem die Karte angeheftet war, las eines der Gerichte nach dem anderen vor. Kamp griff entschlossen nach der Klinke: »Komm!« Er ging voran, an der langen Theke vorbei, die dicht besetzt war. Die Gesichter wandten sich ihnen zu. Kamp erkannte zwei Hausgenossen, ein Ehepaar, sie hatte sich zurechtgemacht für den Samstagabend in der Kneipe, er trug über dem hellen Rollkragenpullover einen schwarzen Blazer. Kamp nickte, lächelte: »Guten Abend.« Sie nickten zurück, »Guten Abend«, musterten Claudia.

Sie ließ nicht eine Kartoffel übrig. Als Kamp dem Kellner winkte, um zu bezahlen, griff sie in die Tasche ihrer Jeans, nestelte ein kleines Portemonnaie heraus, öffnete es unter dem Tisch und schob ihm einen Zehnmarkschein zu. Kamp sagte: »Das kommt doch überhaupt nicht in Frage. Steck das Geld weg.«

»Aber das Kino war schon teuer genug. Und das Café auch noch. Ich würd ja gern die ganze Rechnung übernehmen. Aber ich hab nicht mehr so viel.«

Kamp steckte ihr den Zehnmarkschein in die Tasche. Sie versuchte, mit beiden Händen seine Hand wegzuschieben, aber er ließ nicht locker. »Ich hab dich eingeladen.« Er lächelte. »Ich hab dir doch gesagt, daß ich genug Geld habe.«

Die Hausgenossen standen noch immer an der Theke, als sie hinausgingen. Sie wandten sich um, nickten und lächelten freundlich: »Guten Abend!« Die Frau fügte hinzu: »Hat's geschmeckt?« Kamp lächelte: »Danke, danke.«

Vor der Tür hängte sie sich ein. »Was waren das für Leute?«

»Leute aus dem Haus. Ich kenn sie vom Sehen.«

»Der hatte sich aber feingemacht.«

»Na, sie doch auch.«

Sie schwieg eine Weile. Plötzlich blieb sie stehen, hielt ihn fest: »Vielen Dank, daß du mit mir da hingegangen bist. Menschenskind, war das ein tolles Essen.« Sie küßte ihn auf die Wange, ging weiter, hakte sich fester ein.

»Hauptsache, daß es dir geschmeckt hat.«

»Und wie.« Sie lachte: »Ich hab nur zu viel gefressen. Ich glaube, ich muß mal rülpsen.«

»Na, na.«

»Ich muß wirklich mal rülpsen.« Sie blieb stehen, öffnete den Mund und rülpste, lang und sehr laut, platzte in Gelächter aus.

»Claudia!« Kamp sah sich um. Einige Fenster in der schmalen Straße waren erleuchtet, aber es war niemand zu sehen. »Muß das denn sein? Das kann man ja bis wer weiß wohin hören.«

»Entschuldigung.« Sie lachte noch immer. »Aber wenn ich das jetzt nicht gemacht hätte, wäre ich geplatzt.«

Kamp schüttelte den Kopf und ging weiter. Sie schloß sofort wieder auf, hakte sich ein. »Sei doch nicht so grimmig. Ich tu's jetzt auch den ganzen Abend nicht mehr.« Sie lachte. Nach einer Weile beugte sie den Kopf vor, sah ihn an: »Magst du mich jetzt nicht mehr?«

»Red nicht solchen Unsinn.«

»Sobald wir zu Hause sind, kraule ich dir auch wieder den Kopf. Das magst du doch, oder?«

Kamp brummte etwas Unverständliches.

Als der Film im Fernsehen zu Ende ging, war sie auf dem Sofa eingeschlafen. Kamp schaltete den Fernsehapparat aus. Sie schlug die Augen auf, lächelte ihn an. »Wie spät ist es denn?«

»Halb elf.«

»Höchste Zeit zum Schlafengehen.« Sie reckte sich im Liegen, ließ die Arme schlaff zur Seite fallen, schloß die Augen wieder, lächelte und senkte das Kinn auf die Brust.

Kamp sagte: »Aber so kannst du nicht liegen bleiben.«

Sie gab zwei kleine, verneinende Laute von sich, schüttelte den Kopf, mit geschlossenen Augen, schwieg.

»Soll ich dir das Bett machen?«

Wieder die kleinen Laute, das Kopfschütteln. Sie schlug die Augen auf, lächelte ihn an.

Sie sagte: »Darf ich nicht wieder bei dir schlafen?«

Kamp tat zwei, drei tiefe Atemzüge. Dann sagte er: »Also los, mach, daß du ins Bett kommst.«

Sie sprang auf, lief zur Tür des Schlafzimmers, kehrte um und küßte Kamp auf den Mund, lief ins Schlafzimmer. Als Kamp aus dem Bad kam, lag sie in die Kissen eingemummt, halb auf dem Bauch, den Kopf abgewandt. Er hob vorsichtig das Federbett an, sie rückte zur Seite, streckte den Arm nach hinten und tastete um sich. Er ließ sich auf den Rücken sinken, schlug das Federbett zu und schaltete die Nachttischlampe aus. Die Hand tastete noch immer.

Er legte sich auf die Seite, nahm die Hand und bettete sie an ihren Bauch. Sie hielt seine Hand fest.

Kamp lag regungslos, er wollte sich nicht bewegen. Sein Arm lag auf ihrem Rücken, seine Hand an ihrem Bauch, aber sein Körper berührte sie nicht. Er lauschte. Er konnte ihre Atemzüge nicht hören. War sie wach?

Er mühte sich mit der Frage ab, ob sie darauf wartete, daß

er an sie heranrücken würde. Drei Zentimeter nur, zwei, vielleicht war es noch weniger, was sie trennte, seine Brust von ihrem Rücken, seinen Bauch von ihrem Gesäß.

Ihm wurde heiß. Er wehrte sich, aber die Vorstellung wurde übermächtig, daß er sein Bein über ihr Bein schlagen, mit dem Arm ihren Körper umspannen, sie an sich heranziehen, seinen Bauch an ihr Gesäß pressen würde, langsame, reibende Bewegungen. Er hob den Kopf. Nichts zu hören. Er ließ den Kopf wieder sinken.

Eine lange Zeit kämpfte er mit sich, versuchte das Verlangen, das immer hitziger wurde, mit Argumenten zu bekämpfen. Gegenargumente stellten sich sofort ein. Und wenn sie nur darauf wartete? Er schloß die Augen, preßte die Lider fest zusammen, aber er sah gleichwohl, was zu sehen er sich sträubte. Das Versteck öffnete sich, er drang ein.

Er bewegte seine Finger ein wenig. An den Fingerspitzen glaubte er die Haut ihres Bauchs zu spüren, er war sich nicht sicher. Die Hand, die seine Hand festgehalten hatte, rührte sich nicht. Er löste seine Hand vorsichtig, legte sie auf ihre Hüfte. Eine Weile ließ er sie dort liegen, dann begann er zu tasten. Er fand eine Öffnung unter der Jacke des Schlafanzugs, tastete und fand den Bund der Hose. Er ließ die Fingerspitzen unter den Bund eindringen, dann die ganze Hand, schob die Hand noch ein wenig tiefer. Die glatte Haut wärmte seine Hand. Er begann, mit den Fingerspitzen das nackte Gesäß zu streicheln.

Sie zuckte zusammen, gab einen grunzenden Laut von sich, warf sich herum, wandte sich Kamp zu, der die Hand zurückzog, als hätte er sich verbrannt. Sie legte einen Arm um seine Schulter, schlug ein Bein über sein Bein, rückte dicht an ihn heran. Ihre Haare berührten Kamps Wange. Er hörte ihre Atemzüge, tief und regelmäßig. Sie schlief.

Nach einer Weile drehte Kamp sich vorsichtig auf den Rücken. Sie merkte es nicht. Sie ließ den Arm auf seiner Brust liegen, das Bein auf seinem Schoß. Er lächelte. Er lag da mit offenen Augen, hob dann den Kopf und küßte sie auf die Stirn, streichelte ihr Haar. Sie schmatzte ins Leere, murmelte: »Du bist der Allerliebste«, versank wieder im Schlaf. Kamp ließ den Kopf aufs Kissen sinken, lächelte.

11

Am Sonntagmorgen entwarf Kamp, nachdem er das Frühstück vorbereitet, den Tisch im Wohnzimmer gedeckt hatte, einen Plan für den Ablauf des Tages und das, was zu tun war. Er setzte sich an den Schreibtisch und brachte den Plan zu Papier. Während der Nacht waren Wolken aufgezogen, aber die Sonne fand immer wieder eine Lücke, breite Lichtflecke wanderten über die Dächer, ließen den Fluß aufscheinen, gingen im Wolkenschatten unter und tauchten an einer anderen Stelle wieder auf.

Zwei Punkte waren vordringlich, das Darlehen und ihr Anspruch auf Bafög. Als dritten Punkt notierte Kamp: *Wäsche*. Er hätte schon am Donnerstag waschen müssen, nun wurde es höchste Zeit. Irgendwann am frühen Nachmittag, wenn die meisten Leute vor dem Fernseher saßen oder spazierengingen, würde er in den Waschkeller hinunterfahren. Eine der Waschmaschinen würde bestimmt frei sein, vielleicht sogar zwei, dann konnte er alles in einem Gang erledigen.

Er unterstrich das Wort *Darlehen* und dachte nach. Dann unterstrich er auch das Wort *Bafög*. Beides hing ja zusammen. Allerdings hatte es keinen Sinn, sie mit beidem gleichzeitig zu überfallen. Wahrscheinlich würde sie sich dann gegen beides sperren. Er mußte behutsam vorgehen.

Am besten würde es sein, während des Frühstücks das Darlehen anzusprechen. Erst das Darlehen, danach Bafög, das war logisch. Während des Frühstücks konnte er sagen: »Wir wollten ja noch mal über das Darlehen sprechen. Du brauchst mich nicht so anzusehen, ich will dir damit nicht lästig fallen. Aber reden sollten wir wenigstens noch mal darüber.« Vielleicht am Ende des Frühstücks, ja. Vielleicht würde sie eine Zigarette rauchen, sich mit untergeschlagenen Füßen aufs Sofa setzen, satt und zufrieden, das würde eine gute Gelegenheit sein.

Er notierte: *Darlehen! Kein Geschenk! Zinssatz vier Prozent.* Er dachte eine Weile nach, strich dann die vier durch und schrieb eine drei darüber. Dann notierte er: *Erste Zinszahlung nach zwei Jahren fällig. Erste Tilgungsrate nach vier Jahren.* Den letzten Satz strich er durch. Er trug statt dessen ein: *Erste Tilgungsrate nach Berufsantritt, spätestens nach fünf Jahren.*

Er stand auf und ging auf den Balkon, sah hinunter. Die Autodächer glänzten stumpf. Die Luft war ein wenig feucht geworden, aber noch immer kalt. Zwei Kinder führten einen Hund aus. Ein Mann bückte sich in den Kofferraum seines Autos. Ihr Auto stand noch immer auf dem Platz, auf dem sie es am Donnerstagabend geparkt hatte. Kamp tat ein paar leise Schritte zur Seite, sah durchs Schlafzimmerfenster. Sie lag wie zuvor in den Kissen vergraben, er erkannte ihre Haare. Er ging zurück ins Wohnzimmer, schloß die Tür, setzte sich wieder an den Schreibtisch.

Sobald er sie davon überzeugt hatte, daß sie das Darlehen annehmen konnte, würde er mit ihr das Bafög bereden. Nein. Nein, das war falsch. Es hatte doch keinen Sinn, sie in einem fort mit Zahlen zu strapazieren. Er mußte ihr eine Ruhepause gönnen. Vielleicht wollte sie sowieso wieder ein bißchen lesen. Oder sie konnten einen Spaziergang machen. Ja, das war gut. Er würde ihr vorschlagen, zur Hauptstraße zu spazieren und beim Bäcker ein Stück Kuchen zu kaufen, für einen richtigen gemütlichen Sonntagskaffee. Und unterwegs, ja, das würde sich ganz zwanglos machen lassen, unterwegs konnte er sie dann fragen, ob ihre Eltern eigentlich noch lebten.

Die wichtigste Information hätte er dann schon, um ihren Bafög-Fall ausrechnen zu können. Er würde sich nach dem Kaffee an den Schreibtisch setzen: »Claudia, komm doch mal her. Ich will dir mal ausrechnen, was du eventuell jeden Monat an Bafög bekommen könntest. Vielleicht ist das mehr, als du glaubst.« Sie würde eine Hand auf den Schreibtisch stützen, die andere auf seine Schulter legen. Er schüttelte den Kopf. Nein. Wahrscheinlich würde sie ihm wieder den Kopf kratzen. Er lächelte.

Als die erste Glocke anschlug, die zweite einfiel, dann die dritte und das volle Geläut der Pfarrkirche zu ihm heraufdrang, sah Kamp auf die Uhr, ging dann zur Schlafzimmertür. Er kehrte noch einmal um und trug auf seinem Papier ein: *Vor Bafög Wäsche in Maschine.*

Er öffnete behutsam die Schlafzimmertür. Sie lag auf dem Rücken, mit offenen Augen, den Kopf hoch aufs Kissen gebettet. Sie lächelte ihn an.

»Willst du denn gar nicht aufstehen? Das Frühstück ist schon lange fertig. Ich hab nur noch nicht die Eier gekocht.«

Sie sagte: »Mir ist nicht gut.«

Kamp ging zu ihr. »Aber... Was hast du denn?« Er setzte sich aufs Bett, griff nach ihrer Hand. Er sah den dünnen Schweißfilm auf ihrer Stirn und unter ihrer Nase.

»Ich weiß auch nicht. Mir ist übel. Und ein bißchen schwindlig.« Sie lächelte. »Nichts Schlimmes. Das wird sicher gleich vorübergehen.« Sie klopfte auf seine Hand. »Ich hab das schon mal gehabt.«

»Aber wenn du das schon mal gehabt hast, mußt du dich untersuchen lassen. Es könnte ja doch irgendwas sein.«

Sie nickte.

»Soll ich den Arzt rufen?«

»Nein, nein. Das geht bestimmt gleich vorüber.« Sie

lächelte. »Wahrscheinlich hab ich zu viel gefressen gestern abend.«

»Ich werd mal einen Eimer holen.«

»Nein, brauchst du nicht.« Sie schüttelte den Kopf, schloß die Augen. »Ich muß nicht spucken. Das ist anders. Ich weiß auch nicht. Irgendeine andere Übelkeit.«

»Vielleicht vom Herzen? Oder vom Kreislauf?«

»Ich weiß nicht.«

Kamp legte ihr die Hand auf die Stirn. »Ich hol mal das Thermometer. Du mußt die Temperatur messen.«

»Ich glaub nicht, daß ich Fieber habe.«

»Aber es kann ja auch nicht schaden. Irgendwas müssen wir jedenfalls tun.«

Sie schüttelte den Kopf. »Ich will nur so liegen. Nur ein bißchen noch. Das wird gleich vorübergehen. Das war beim letztenmal auch so.«

Kamp schwieg. Seine Kehle zog sich zusammen. Er spürte plötzlich die Sorge wie einen Klammergriff, sein Herz, rund, dumpf, beengt in der Brust. Nach einer Weile räusperte er sich: »Weißt du was? Ich werd dir eine Kompresse machen. So wie du mir.«

Sie lachte. »Wenn meine Mutter das sähe. Meinst du, das hilft? Daran muß man glauben, weißt du.«

Kamp stand auf. »Mir hat das geholfen.«

Er legte ihr den feuchten Waschlappen behutsam auf die Stirn, sie zuckte ein wenig zusammen, lächelte, mit geschlossenen Augen. Kamp drückte seine Fingerspitzen auf den Waschlappen, ganz sanft, hob sie ab, drückte wieder. Nach einer Weile schlug sie die Augen auf. »Das ist gut jetzt. Ich glaube, es hilft tatsächlich.« Sie griff nach seiner Hand, küßte sie. »Ich bleib nur noch ein bißchen liegen, ja?«

Kamp brachte den Waschlappen ins Badezimmer. Als er zurückkam, hob sie die Hand, mit geschlossenen Augen, und winkte ihm, lächelte. Er ließ die Tür des Schlafzimmers einen Spalt offenstehen.

Nach einer Viertelstunde, die er am Fenster des Wohnzimmers verbracht hatte, sah er hinein. Sie lag wie zuvor, mit geschlossenen Augen. Er streckte den Kopf vor, sein Herz begann heftig zu schlagen. Dann sah er, daß ihre Brust sich hob und senkte. Er holte tief Luft.

Nach zehn Minuten vergewisserte er sich noch einmal. Sie atmete, daran konnte kein Zweifel sein. Er zog sich leise zurück, stand eine Weile unschlüssig im Wohnzimmer. Sein Blick fiel auf seine Notizen. Er schloß sie weg. Er überlegte, ob er ein paar Seiten lesen solle. Ihr Buch lag auf dem Sofa. Er schlug es auf, blätterte ein wenig, legte das Buch wieder zur Seite. Schließlich setzte er sich in den Sessel.

Die Zeit verging lautlos. Zähe Tropfen, einer nach dem anderen löste sich ab, fiel in das Zentrum eines dickflüssigen, silberfarbenen Teichs, der den Aufprall verschluckte, die Ringe traten stumm hervor und liefen auseinander. Immer, wenn die tropfende Stille unerträglich, die Angst übermächtig wurde, stand Kamp auf, ging mit leisen, schnellen Schritten zur Schlafzimmertür, sah durch den Spalt hinein, mit angehaltenem Atem, kehrte tief atmend zurück zu seinem Sessel.

Als die Glocken das Mittagsgeläut begannen, hob er den Kopf und lauschte. Er hoffte, die Glocken würden sie wecken, sie würde rufen: »Heinz?«

Das Geläut verhallte, der Dreiklang geriet aus dem Tritt, stolperte zögernd noch ein Stück voran, ließ sich nieder. Noch ein verspäteter Schlag der großen Glocke, unmittelbar danach noch einmal einer, nur noch schwach, der Klöppel schwang aus und kam zur Ruhe. Nichts rührte sich. Kamp stand auf und sah ins Schlafzimmer. Sie hatte sich auf den Bauch gedreht, den Kopf abgewandt, einen Arm hatte sie unters Kissen geschoben, der andere lag entspannt auf dem Federbett.

Kamp fühlte sich erleichtert. Er betrachtete eine Weile den Tisch und das Frühstück, das er aufgebaut hatte. Dann goß er sich eine Tasse Kaffee ein und nahm eine Scheibe Brot, bestrich sie. Er achtete darauf, daß das Messer und der Kaffeelöffel nicht klapperten.

Gegen eins hörte er ein Rascheln, gleich danach die Tür des Badezimmers. Er stand auf, wartete an der Schlafzimmertür. Sie lächelte ihn an, als sie aus dem Bad kam, geriet ein wenig ins Taumeln, aber bevor er die Hand ausgestreckt hatte, war sie an ihm vorbei, sie ließ sich ins Bett fallen. »Es ist vorbei, alles wieder in Ordnung. Ich bin nur noch ein bißchen müde.«

»Willst du denn kein Frühstück haben? Du mußt doch was essen. Ich bring dir's ans Bett.«

Sie schüttelte den Kopf. »Nein, danke, ich hab keinen Hunger. Später. Ich will nur noch ein bißchen liegen bleiben. Darf ich?«

»Natürlich. Wenn du was haben willst, brauchst du nur zu rufen.«

Sie nickte, lächelte, mummte sich in das Federbett ein. Sie hob den Kopf ein wenig und setzte einen Schmatz in die Luft.

Kamp zögerte einen Augenblick, dann ging er zu ihr. Er strich ihr übers Haar. »Du hast mir einen schönen Schreck eingejagt. Du mußt gut auf dich aufpassen, hörst du?«

Sie nickte, sah ihn an. »Du bist der Allerliebste.«

Es ging auf vier, als sie herauskam. Kamp hatte sich noch einmal die Zeitung vorgenommen, aber die meiste Zeit hatte er im Sessel verbracht, lauschend, grübelnd. Ihm war klargeworden, daß er zum erstenmal seit vielen Jahren wieder um einen anderen bangte. Es war, als wenn er einen kleinen, trostlosen, sterbensöden, aber sicheren Hafen verlassen und sich in einem zerbrechlichen Boot auf die offene See hinausbegeben hätte, um etwas Kostbares zu bergen. Gefahren drohten ihm, die er schon vor langer Zeit ausgestanden geglaubt hatte. Es war höchst ungewiß, ob er das finden konnte, was er suchte, und selbst wenn er es gefunden haben würde, konnte es ihm jederzeit verlorengehen, er bliebe allein zurück, der Hafen nicht mehr erreichbar, offene See. Aber das Verlangen, diese Kostbarkeit, ein Lebewesen zu erreichen, es zu bergen, mit beiden Armen zu umschließen, es an sich zu ziehen und tröstend zu wiegen, war unwiderstehlich. Es hatte nichts zu tun mit dem Verlangen, das ihn in der vergangenen Nacht erhitzt und blindlings vorangetrieben hatte. Er schämte sich seiner Gier.

Sie sah blaß aus, aber sie lachte: »Das hast du bestimmt nicht geglaubt, daß jemand so lange pennen kann.«

»Hauptsache, es geht dir wieder gut. Ich werd frischen Kaffee aufgießen.«

»Wieviel Uhr ist es denn?«

»Gleich vier.«

»Meine Güte.« Sie hielt ihn am Arm fest. »Jetzt hab ich dir den ganzen Sonntag kaputtgemacht.«

»Ach wo.«

»Hast du denn gar nichts vorgehabt? Du hättest doch ein bißchen rausgehen können.«

Er schüttelte den Kopf. »Wozu denn? Ich muß nur gleich mal in den Waschkeller. Mal sehen, ob ich eine freie Maschine finde.«

»Da helfe ich dir.« Sie lief ins Schlafzimmer. »Ich bin sofort fertig.«

»Aber das hat doch Zeit.« Er ging hinter ihr her. »Jetzt setz dich doch erst mal hin.« Sie hatte den Schlafanzug schon ausgezogen, balancierte auf einem Bein, fuhr mit dem Fuß in den Slip. Er trat von der Tür zurück: »Du brauchst mir nicht zu helfen, ich mach das schon.«

»Ich hab aber Lust dazu.«

»Aber das geht doch nicht. Du mußt erst mal was essen. Hast du denn gar keinen Hunger?«

»Doch.« Sie kam zu ihm, streifte den Pullover über, lachte. »Sogar gewaltigen.« Sie zog die Nase kraus, legte den Kopf schief. »Aber eigentlich mehr auf was Warmes. Wann essen wir denn zu Abend?«

»Ich kann das Essen gleich machen. Was möchtest du denn?«

»Was haben wir denn?«

Kamp überlegte. »Die Mettwürste. Ich kann dazu eine Büchse Bohnen machen. Oder Sauerkraut. Und Kartoffelpüree. Ich kann auch Salzkartoffeln machen, wenn du die lieber magst.«

»Salzkartoffeln. Und Sauerkraut.« Sie lachte: »Vielleicht auch noch die Bohnen dazu.« Sie klatschte in die Hände, rieb sie sich. »Aber jetzt gehen wir erst in die Waschküche. Wo ist die Wäsche? Ich hab auch noch ein paar Sachen, darf ich die dazulegen?«

Niemand war im Waschkeller, alle Maschinen waren frei. Sie schob Kamp beiseite. »Laß mich das mal machen, im Waschen bin ich Spitze!« Sie sortierte die Wäsche, füllte sie ein, maß das Waschpulver ab. Sie nahm Kamp die Waschmarken aus der Hand, mühte sich ab am Schlitz des Automaten. Kamp sagte: »Du mußt den Schalter erst ein bißchen zurückdrehen.«

»Warum sagst du das denn nicht gleich.« Als die Maschinen angesprungen waren, schlug sie die Arme übereinander, bückte sich, sah durch die Fenster der Maschinen. »So. Alles bestens. Du brauchst nachher nicht mitzugehen. Ich kann das allein rausholen. Du kannst in der Zeit den Tisch decken.«

Sie half ihm beim Kartoffelschälen. »Was guckst du denn so?« Sie lachte. »Im Kartoffelschälen bin ich nicht so gut, das weiß ich selbst. Aber die hier ist doch ganz schön, oder?« Sie hielt die Kartoffel vor die Augen, drehte sie. Zwischendurch griff sie nach einer Gabel, schob sich ein Knäuel von dem rohen Sauerkraut in den Mund, kaute. »Ich weiß, daß sich das nicht gehört. Aber das schmeckt so gut.« Sie war schon mit dem Wäschekorb unterwegs, kehrte noch einmal um: »Wenn du was anbrennen läßt, zieh ich dir die Öhrchen lang!«

Kamp deckte den Tisch. Er sah nach dem Sauerkraut, den Bohnen, prüfte, ob die Kartoffeln schon gar waren. Er ging zurück ins Wohnzimmer, zögerte, schloß dann den Schrank auf, bückte sich und sah hinein. Im unteren Fach stand der Kerzenleuchter. Kamp betrachtete ihn eine Weile. Schließlich schüttelte er den Kopf und schloß den Schrank zu. Er ging in die Küche, kehrte wieder um und nahm den Kerzenleuchter aus dem Schrank. Dreimal änderte er das Arrangement auf dem Tisch, bis er eine zufriedenstellende Position für den Leuchter gefunden hatte.

Als er die Kerzen anzündete, schlug die Wohnungsklingel an, zweimal. Wahrscheinlich war es ihr zu lästig gewesen, den Korb abzustellen und aufzuschließen, sie hatte mit dem Ellbogen auf die Klingel gedrückt. Kamp ging und öffnete, er wollte ihr den Korb abnehmen.

Vor der Tür stand ein junger Mann, lang und hager, bräunlicher Vollbart, beide Hände in den Seitentaschen des Anoraks, ein dicker, wollener Schal, Jeans, weiße fleckige Sportschuhe. Er sah Kamp mit zusammengezogenen Augenbrauen an.

»Ja, bitte?«

»Ich möchte zu Claudia.«

Kamps Augenbrauen zogen sich zusammen. »Und wer sind Sie?«

»Ich bin Claudias Freund.«

»Haben Sie auch einen Namen?«

Der junge Mann stieß die Luft durch die Nase. »Ja, hab ich.« Dann sagte er: »Stefan Marx.«

Kamp trat zur Seite, wies stumm mit der Hand ins Wohnzimmer. Der junge Mann ging hinein, blieb stehen, sah sich um. Er nahm eine Hand aus dem Anorak, wies mit dem Daumen auf die Schlafzimmertür. »Ist sie da drin?«

Kamp starrte ihn an. »Wollen Sie nicht mal einen anderen Ton anschlagen?«

»Doch, kann ich.« Der junge Mann steckte die Hand wieder in den Anorak. Die beiden Taschen beulten sich ein wenig aus.

Er sagte: »Da werden Sie sich aber wundern.«

»Sie werden sich gleich wundern, wenn Sie sich nicht anständig benehmen.« Kamp merkte, daß er die Fäuste geballt hatte. Er streckte die Finger, ließ die Arme hängen. »Was wollen Sie?«

»Claudia abholen.«

»Wollen Sie sie nicht erst einmal fragen?«

»Machen Sie sich darüber mal keine Gedanken. Das ist ja wohl nicht Ihr Bier. Aber Sie möchte ich was fragen.«

Kamp atmete durch. Dann sagte er: »Verschwinden Sie. Ich werde Claudia sagen, daß Sie hier gewesen sind. Und jetzt verschwinden Sie.«

»Das könnte Ihnen so passen. Schämen Sie sich eigentlich nicht? Ich weiß nicht, was Sie ihr versprochen haben, aber es muß ja wohl eine ganze Menge gewesen sein. Können Sie nicht eine Frau finden, die zu Ihnen paßt? Sie machen sich doch lächerlich, Mann. Und das Mädchen machen Sie kaputt.«

Kamp wies mit dem Finger auf die Tür: »Wenn Sie nicht sofort verschwinden...«

Der junge Mann hob das Kinn, deutete auf den Tisch, lachte: »Essen bei Kerzenschein. Ich kann mir zwar nicht vorstellen, daß sie auf so was abfährt, aber es sieht ja ganz danach aus.« Er schüttelte den Kopf. »Unglaublich. Ich hab gedacht, das ist ein Scherz. Aber sie meint es offenbar ernst.«

Kamp war mit drei schnellen Schritten bei dem jungen Mann, faßte ihn am Arm und riß ihn nach vorn. Der junge Mann setzte einen Fuß voran, stemmte sich ab und stieß Kamp mit beiden Händen vor die Brust, Kamp stolperte rückwärts und stürzte zu Boden, er schlug mit dem Kopf gegen den Wohnzimmerschrank. Der junge Mann stieß die Schlafzimmertür auf, er ging hinein, ging ins Bad, kam zurück und sah auf Kamp, der auf dem Boden saß, eine Hand auf der Sessellehne, und aufzustehen versuchte.

Das Schloß der Wohnungstür schnappte auf. Sie kam mit

dem Wäschekorb herein, stieß die Tür zu, sah Kamp auf dem Boden, ließ den Korb fallen. »Um Gottes willen, was machst du denn?« Sie sah den jungen Mann. »Das hätte ich mir doch denken können. Was fällt dir ein, hierher zu kommen?«

Sie kniete neben Kamp nieder, faßte ihn um den Rücken. »Hat er dir was getan?« Sie sah den jungen Mann an. »Hast du ihn etwa geschlagen?«

Der junge Mann sagte: »Ich hab ihn nicht geschlagen. Er ist über seine eigenen Füße gefallen.«

»Das stimmt doch nicht!«

Kamp streifte ihren Arm ab, er zog sich an der Sessellehne hoch und kam auf die Füße. Er sagte: »Ich hab Ihnen gesagt, Sie sollen verschwinden.«

»Und ich hab Ihnen gesagt, das könnte Ihnen so passen.«

Sie schrie: »Wie redest du denn mit ihm?«

Der junge Mann sagte: »Pack deine Sachen. Wir gehen.«

Sie schrie: »Was ist los? Du spinnst doch wohl, du Arschloch! Wenn hier einer geht, dann du, aber sofort! Mach, daß du rauskommst.«

»Sei doch vernünftig, Claudia!«

»Vernünftig?«

»Du kannst doch nicht bei diesem ... diesem Opa bleiben. Das Geld ist doch nicht alles.«

Sie schrie: »Hau ab! Hau ab, ich sag's dir nicht noch mal!«

Kamp tastete nach seinem Kopf. Er sagte: »Wenn Sie nicht sofort verschwinden, rufe ich die Polizei.« Er betrachtete seine Fingerspitzen. Sie waren blutig.

Sie griff nach seiner Hand, starrte darauf, starrte den jungen Mann an. »Du hast ihn blutig geschlagen.« Sie schrie: »Du hast ihn blutig geschlagen, du Schwein, du Drecksau, du verdammter...« Plötzlich stürzte sie sich auf den jungen Mann, schlug mit beiden Fäusten auf ihn ein, er hob die Arme, hielt sie schützend vor seine Brust, sie boxte ihn in den Bauch, trat nach ihm, er wich zurück in die Diele. Kamp kam hinterher. »Nicht, Claudia!«, er faßte sie an den Schultern, schob sie zur Seite, stellte sich vor sie. Er sah den jungen Mann an: »Wagen Sie nur ja nicht, sie anzufassen!«

Der junge Mann strich sich über die Haare. »Claudia, ich hoffe, daß dir das nicht mal leid tut.« Er sah Kamp an. »Und Sie ... Sie kann ich nur warnen. Glauben Sie ja nicht, daß Sie damit so einfach durchkommen.«

Sie schrie: »Raus mit dir!«

Der junge Mann ging, er zog die Tür hinter sich ins Schloß.

Kamp wandte sich um. Sie senkte den Kopf, atmete schwer. Plötzlich schluchzte sie auf und lief weg. Kamp hörte die Tür des Badezimmers zufallen.

Er tastete nach seinem Kopf. Über dem Ohr hatte sich eine Beule gebildet, der Schmerz durchfuhr ihn, als er sie berührte, aber die Blutung schien nicht sehr stark zu sein. Er ging in die Küche, hielt sein Taschentuch unter den Wasserhahn, legte es vorsichtig auf die Beule.

Die Töpfe brodelten. Kamp schaltete mit der freien Hand die Kochplatten zurück, rührte im Sauerkraut und in den Bohnen. Es war nichts angebrannt. Er legte das Taschentuch auf die Anrichte und schüttete die Kartoffeln ab.

Sie kam mit roten, feuchten Augen zurück, das zerknüllte Taschentuch in der Hand. Sie blieb an der Küchentür stehen, lehnte sich mit der Schulter an. »Jetzt ist dir bestimmt der Appetit vergangen.«

»Nein. Und was ist mit dir?«

Sie lächelte. »Ich hab noch immer Hunger.«

Er schüttete die Kartoffeln in die Schüssel. Sie kniff die Augen zusammen, kam zu ihm. »Mein Gott, jetzt hab ich ganz vergessen, daß du ja was abbekommen hast. Das ist ja eine richtige Beule.« Sie hob die Finger.

Er zog den Kopf zurück. »Das wird schnell wieder weggehen.«

»Hat er dich da geschlagen?«

»Nein.« Kamp nahm Schüsseln für das Sauerkraut und die Bohnen aus dem Schrank. »Ich bin gestolpert.«

»Hast du sonst bestimmt nichts abbekommen?«

»Nein. Alles in Ordnung.«

Sie nahm ihm die Schüsseln aus der Hand, trug sie ins Wohnzimmer, kam zurück. »Aber das müssen wir kühlen. Sonst schwillt das ja noch mehr an.«

»Das geht schon wieder weg.«

Sie legte ihm die Hand auf den Arm. »Darf ich dir nicht eine Kompresse machen? Bitte.« Sie verschwand.

Er brachte die Schüssel mit den Kartoffeln und die Platte mit den Mettwürsten ins Wohnzimmer, sah nach, ob alles aufgetragen war. Senf fehlte noch. Er stellte den Senf neben die Kerzen, setzte sich in den Sessel. Die Kerzen flackerten.

Sie kam mit einem feuchten, langgefalteten Taschentuch und einem Schal aus dem Badezimmer. »Ich nehme meinen Schal, der läßt sich besser festmachen als ein Handtuch.«

»Der ist doch zu schade.«

»Ach wo, der trocknet wieder.«

Sie legte ihm das Taschentuch übers Ohr, band es mit dem Schal rings um den Kopf fest. Als sie sich ihm gegenüber aufs Sofa setzte, lachte sie.

Er sagte: »Was ist denn?«

»Du siehst so drollig aus. Entschuldige bitte.« Sie hielt die Hand vor den Mund. »Aber du siehst wirklich aus wie ein Pirat.«

Er nickte, reichte ihr die Kartoffeln.

Sie sah ihn an: »Du bist sehr böse, nicht wahr?«

»Nein.« Er nahm von den Kartoffeln. »Aber ich mache mir Sorgen um dich.«

»Das brauchst du nicht. Wirklich nicht.« Sie reichte ihm die Schüssel mit den Bohnen. »Es tut mir nur leid, daß ich dich in mein Scheiß-Leben verwickelt habe. Es wird nicht wieder vorkommen, das verspreche ich dir.«

»Mußt du denn so reden? Was soll das denn heißen, Scheiß-Leben?«

»Das ist es doch. Ein Scheiß-Leben. In jeder Hinsicht.«

Kamp aß stumm.

Nach einer Weile ließ sie die Gabel sinken. »Ich möchte nur wissen, wie der an die Adresse gekommen ist.«

Kamp sah sie an.

»Ich hab meiner Freundin nur die Telefonnummer gesagt. Damit konnte er doch die Adresse nicht herausfinden, oder? Ich hab mal gehört, daß die Auskunft dir den Namen nicht sagt, wenn du nur die Telefonnummer weißt.«

»Ja, kann sein.« Kamp aß weiter.

Sie sagte: »Max!«

Er sah sie verständnislos an.

»Von Max hat er es erfahren!«

»Wer ist Max?«

»Der Typ in der Kneipe. Der, dem du den Brief gegeben hast. Du hast ihm doch deinen Namen gesagt, nicht wahr?«

»Ja.«

»Dann hat er es von Max erfahren. Max hat ihm deinen Namen gesagt, und dann hat er im Telefonbuch nachgesehen. Ich weiß nicht, wieviele Leute drinstehen, die Heinz Kamp heißen...«

»Nur einer.«

»Siehst du. Außerdem, natürlich: er hat vor der Tür mein Auto gesehen.«

Kamp nickte. »So wird's gewesen sein.«

Nach dem Essen machte sie ihm eine neue Kompresse. »So, und jetzt bleibst du schön hier sitzen, bis ich abgewaschen und aufgeräumt habe.«

»Nein, nein, kommt gar nicht in Frage. Mir fehlt doch nichts.«

»Laß es mich doch machen!« Sie beugte sich zu ihm herunter, sah ihn an. »Bitte!«

»Und was ist mit dir? Heute mittag warst du noch sterbenskrank.«

»Das ist vorbei, wirklich.« Sie lachte. »Ich bin wieder topfit.«

Er blieb sitzen. Sie schaltete den Fernsehapparat ein, blätterte im Programm. »Willst du Sport sehen? Oder einen Film?«

»Sport, bitte.«

Es dauerte lange, bis sie aufgeräumt hatte. Aus dem Klappern schloß Kamp, daß sie verschiedene Plätze für die Töpfe und Pfannen ausprobierte. Er stand nicht auf, lauschte nur. Schließlich löschte sie das Licht in der Küche.

Sie setzte sich im Schlafanzug aufs Sofa, ein Buch in der Hand. Aber dieses Mal las sie nicht. Sie schlief auch nicht ein. Sie sah stumm aufs Fernsehen, ab und zu befühlte sie ihre Zehen. Als um Viertel vor zehn der Film zu Ende war, sagte sie: »Bist du auch müde?«

»Ja, ziemlich.«

»Dann laß uns doch ins Bett gehen.«

Er stand auf und schaltete den Fernsehapparat aus.

Sie sagte: »Darf ich wieder bei dir schlafen?«

Er nickte.

Als er die Nachttischlampe ausgeschaltet hatte, kroch sie an ihn heran. Sie legte einen Arm über seine Brust. Er spürte ihren Bauch an seiner Hüfte, ihre Brust an seinem Arm.

Nach einer Weile sagte sie: »Warum liegst du denn so steif?«

»Ich? Wieso liege ich denn steif?«

Sie schwieg. Es war sehr still, bis die Uhr des Kirchturms zehn schlug.

Sie sagte: »Ich möchte dich um Verzeihung bitten.«

»Warum denn? Es gibt doch nichts zu verzeihen.«

»Doch.«

Er sagte: »Ich weiß nichts, was ich dir zu verzeihen hätte.«

»Dann sei doch wieder lieb zu mir.«

Kamp räusperte sich. Dann zog er behutsam seinen Arm heraus, sie hob ihren Kopf, er schob seinen Arm unter ihren Nacken. Sie bettete ihren Kopf an seine Schulter, rückte noch dichter an ihn heran. Er spürte ihre Haare an seiner Wange.

Sie flüsterte: »Ich kann dein Herz schlagen hören.«
»Wie willst du das denn hören?«
»Doch, ganz bestimmt. Ich sag dir, wie es schlägt: Bum – bum – bum. Stimmt's?«
»Wie soll ich das wissen? Ich hör's ja nicht.«
Sie tastete mit der Hand über seinen Bauch, schob die Hand unter die Jacke seines Schlafanzugs und legte sie auf seine Brust.
»Es stimmt. Ich hab dein Herz gehört. Genauso schlägt es: Bum – bum – bum.« Sie seufzte, rückte ihren Kopf zurecht. »Mein Herz schlägt ein bißchen schneller.«
Kamp schwieg. Sie sagte: »Willst du es mal fühlen?«
Kamp sagte: »Claudia...«
Plötzlich fing sie an zu weinen. Kamp spürte das Zittern, er hörte das dünne Schnüffeln. Er sagte: »Claudia... Was ist denn? Warum weinst du denn?« Sie drückte ihr Gesicht an seine Schulter, das Zittern wurde stärker. Er legte seine Hand auf ihren Kopf, zögerte, streichelte dann ihr Haar. »Claudia, bitte... Sag mir doch, was du hast.« Nach einer Weile sagte er noch einmal: »Bitte.«
Sie hob das Gesicht und sagte mit einer dünnen, hohen Stimme: »Ich hab dich lieb. Ich fühl mich so wohl bei dir. Aber ich hab mich bei dir eingeschlichen. Und jetzt fall ich dir nur zur Last.«
»Aber das stimmt doch nicht. Ich mag dich doch.« Er streichelte ihr Haar, zog sie an sich. Sie schluchzte heftig auf. »Claudia, bitte.« Er räusperte sich. Dann sagte er: »Ich hab dich doch auch lieb, Claudia. Sehr lieb.«
»Das sagst du jetzt nur so.«
Kamp tastete mit der Hand nach ihrer Schulter, tastete langsam abwärts und legte die Hand auf ihre Brust. Sie hörte auf zu schnüffeln, das Zittern hörte auf, sie lag ganz still. Kamp sagte: »So kann ich es nicht spüren.« Er bewegte die Hand abwärts, schob sie unter die Jacke ihres Schlafanzugs und legte sie auf ihre Brust.

Er lauschte. Dann sagte er: »Ich kann es spüren. Ja, ich glaube, es schlägt ein bißchen schneller als meins.«

Sie flüsterte: »Liegt das am Alter?«

»Ja, das liegt am Alter.«

»Aber dein Herz schlägt ganz kräftig. Nur ein bißchen langsamer.«

»Ja.« Er seufzte. »Bis es aufhört.«

»Genauso wie meins.«

Nach einer Weile zog er die Hand heraus, streichelte ihr Haar, ihre Wange. Er ließ die Hand an ihrer Wange liegen. Sie bewegte die Wange ein wenig in seiner Hand, lag dann ganz still. Kamp hörte, wie ihre Atemzüge in den Schlaf hinüberglitten.

Während der Nacht schlug sie einmal um sich, Kamp wurde hart am Kopf getroffen, sie gab hohe, angstvolle Laute von sich, zwei, drei halbe Worte. Kamp fing den Arm ein und bettete ihn. »Claudia. Claudia! Es ist ja gut.«

Ein verwirrtes »Was?«. Dann entspannte sie sich: »Ja.« Sie tastete nach seiner Hand, hielt sie fest, schmatzte ein paarmal und schlief wieder.

Als Kamp gegen halb acht vorsichtig aus dem Bett stieg, wurde sie nicht wach. Er zog die Schlafzimmertür hinter sich zu, ging ans Telefon und wählte die Nummer des Versicherungsagenten. »Bitte, entschuldigen Sie die frühe Störung. Aber ich hab mir gedacht, daß Sie vielleicht bald aus dem Haus müssen, und ich wollte fragen, ob ich vorher noch zu Ihnen kommen kann.«

Das werde leider nicht möglich sein, sagte der Agent, er müsse schon in einer halben Stunde aufbrechen. Aber wenn Kamp sich ohnehin entschieden habe, könne er auch gleich zur Hauptverwaltung gehen, er solle nach Herrn Meyer-Jülich fragen, der sei für die Regulierung zuständig. Das sei der schnellste Weg, sagte der Agent, weil er selbst den Antrag auch nur an Herrn Meyer-Jülich schicken könne.

Kamp notierte die Adresse der Hauptverwaltung, sie war

bequem mit der Straßenbahn zu erreichen. Wann denn der Herr Meyer-Jülich zu sprechen sei, fragte er. Ach, ab halb neun ganz bestimmt, sagte der Agent.

Kamp bereitete das Frühstück vor. Sie schlief, als er behutsam die Schlafzimmertür öffnete. Er nahm die Sachen, die er anziehen wollte, mit ins Bad. Als er angezogen aus dem Bad kam, lag sie auf dem Rücken, mit offenen Augen. Sie lächelte ihn an.

Kamp sagte: »Ich muß nur schnell was besorgen. Das Frühstück ist fertig. Aber ich trink jetzt nur eine Tasse Kaffee. Vielleicht können wir zusammen frühstücken, wenn ich zurückkomme.«

Sie sagte: »Wohin mußt du denn? Ich kann dich doch fahren.«

»Nein, nein. Das ist mit der Straßenbahn viel einfacher. Du kannst doch noch ein bißchen schlafen. Es ist ja erst acht Uhr. Oder vielleicht willst du in aller Ruhe baden. In einer guten Stunde bin ich zurück. Na, sagen wir anderthalb. Aber du kannst auch schon vorher anfangen, wenn du Hunger hast.«

Sie nickte.

Als Kamp in Hut und Mantel seine Kaffeetasse in die Küche trug, um sie auszuspülen, hörte er ihre Stimme: »Heinz?« Er ging zurück, schaute ins Schlafzimmer. »Ja? Was ist denn?«

»Paß schön auf unterwegs.«

»Natürlich.«

Sie sah ihn an. »Ich hab dich sehr lieb.«

»Ich dich auch, Claudia.«

Herr Meyer-Jülich war ein junger, blonder Mann in Hemdsärmeln, er ließ Kamp eine Viertelstunde warten, sah dann den Antrag flüchtig durch, warf einen Blick auf die Police, beantwortete Kamps Fragen, während er bereits in anderen Papieren blätterte. Er wiederholte nicht, was der Agent über den Verlust gesagt hatte, den Kamp durch die vorzeitige Auflösung der Lebensversicherung erleiden würde, Kamp bemerkte das mit Mißbilligung, aber auch mit Erleichterung, er war sich nicht ganz schlüssig gewesen, wie er solche Bedenken am besten und am schnellsten hätte zurückweisen können. Herr Meyer-Jülich schob ihm den Antrag zu. »Hier unterschreiben, bitte.« Kamp unterschrieb und fragte, wann das Geld auf seinem Konto sein werde. Herr Meyer-Jülich hob die Schulter, in einer Woche, zehn Tagen vielleicht, das könne er so genau nicht sagen.

Es ging auf zehn, als Kamp die Wohnungstür aufschloß. Er war den Weg von der Straßenbahnhaltestelle nach Hause sehr schnell gegangen, ihm war warm geworden. Während er den Mantel und den Hut aufhängte, sah er ins Wohnzimmer. Er rief: »Claudia?«

Er ging ins Schlafzimmer. Das Bett war gemacht. Die Tür des Badezimmers stand offen. Er sah hinein. Die Handtücher hingen über der Stange. Ihre Haarbürste lag nicht mehr auf der Ablage. Ihm wurde bewußt, daß auch ihr Regenmantel nicht mehr an der Garderobe gehangen hatte. Hatte ihr Auto noch auf dem Parkplatz gestanden?

Er ging langsam zurück ins Wohnzimmer. Ihr Gedeck war abgeräumt, das seine stand noch auf dem Tisch. Sein Blick fiel auf den Schreibtisch. Die kleine Blumenvase, die im Wohnzimmerschrank gestanden hatte, stand auf der Schreibunterlage. Ein kleiner, bunter Blumenstrauß. An den Blumen lehnte ein Blatt Papier. Kamp ging zum Schreibtisch, nahm das Blatt. Plötzlich hatte er das Gefühl, daß seine Knie nachgeben würden. Er griff hinter sich nach dem Schreibtischstuhl, setzte sich. Nach einer Weile nahm er das Blatt auf und las.

Lieber Heinz! Sei mir nicht böse, bitte! Ich weiß nicht, wie ich es erklären soll. Es ist alles so kompliziert. Ich hab Dich in mein Leben verwickelt (sie hatte *Scheiß-Leben* geschrieben, aber das erste Wort durchgestrichen), *und das war total unfair von mir. Das geht nicht. Es war ganz wunderbar bei*

Dir! Ich wäre sehr gern geblieben! Aber das geht nicht. Leider! Ich hab Dich sehr lieb! Du bist der Allerliebste. Paß bitte sehr gut auf Dich auf! Einen ganz lieben Kuß von Deiner Claudia.
   P. S.: Den Schlüssel werfe ich in den Briefkasten. Cl.
   P. S.: Ich habe Dich sehr lieb!!! Deine Claudia.

12

Kamp beschloß noch vor dem Mittagsläuten an diesem Montag, sich das Allerschlimmste klarzumachen und daran festzuhalten, auf keine Überlegung sich einzulassen, die auch nur im entferntesten auf einen bloßen Wunsch zurückzuführen war. Es nutzte nichts, Gedankengänge zu verfolgen, die am Ende dann doch sich als Illusionen erweisen konnten. Würde er sich das Allerschlimmste klarmachen und daran festhalten, dann gab es nichts mehr zu verlieren, er würde wieder in Sicherheit leben können, unangreifbar, unverletzlich. Niemand würde ihn noch berauben, niemand ihm wehtun können.

Eine Weile schwankte er, ob er ein Blatt Papier nehmen und seine Überlegungen wieder in Stichworten notieren solle. Es fielen ihm ständig neue Anhaltspunkte ein, die es zu beachten galt, und er fürchtete, den einen oder anderen zu vergessen, es drängte ihn, sie in einer Liste zusammenzustellen. Aber plötzlich widerstrebte ihm dieses Verfahren. Es hätte die ganze Geschichte nur wieder dramatisiert, ihr eine Bedeutung verliehen, die ihr nicht zukam. Es war ja doch nur eine banale, alltägliche, gewöhnliche Geschichte. Wollte er sich noch einmal lächerlich machen, indem er Seiten um Seiten beschrieb, sinnlos, ohne einen halbwegs vernünftigen Zweck?

Die wesentlichen Tatsachen, die es sich klarzumachen galt, waren ja auch sehr einfach, es würde keiner Aufzeichnung bedürfen, um sie zu überblicken und zu durchschauen. Vielmehr war anzunehmen, daß sie sich, wenn er nur alle Wünsche, die lächerlichen Illusionen ausscheiden würde, an fünf Fingern aufzählen ließen, erstens und zweitens, daraus folgt drittens, und viertens, daraus folgt fünftens. Viel mehr als das würde sich gar nicht herausstellen, eine simple, ganz gewöhnliche Geschichte. Er mußte sich nur an die Tatsachen halten, die unbezweifelbaren.

Unbezweifelbar war die Tatsache, daß sie ihn verlassen hatte. Unsinn, Kamp schüttelte heftig den Kopf. Das klang schon wieder wie aus einem Roman, wie eine Liebesgeschichte, die einen tragischen, einen hochdramatischen Ausgang genommen hatte. Tatsache war, daß sie gegangen war. Sie war gegangen. So einfach war das.

Natürlich stellte sich die Frage, warum sie gegangen war, und die mußte auch beantwortet werden. Das eben galt es ja sich klarzumachen. War sie gegangen, weil sie ihm nicht zur Last fallen wollte? Lächerlich. Sie war ja nicht dumm, und das hatte sie mit Sicherheit begriffen, daß sie ihm keineswegs zur Last gefallen, sondern daß er froh und glücklich gewesen war, sie bei sich zu haben.

Die richtige Antwort war natürlich nicht im Handumdrehen zu geben, es bedurfte zur Begründung schon der Tatsachen, denn Unrecht sollte ihr ja nicht getan werden, diese Möglichkeit mußte jedenfalls ausgeschlossen bleiben. Ein erster, kaum bezweifelbarer Hinweis ließ sich immerhin aus einer anderen Frage gewinnen: Wohin war sie gegangen?

Zu der Freundin? Wohl kaum. Daß diese Freundin in der Lage sein sollte, ihr eine Wohnung zu beschaffen, hatte von Anfang an nicht sehr überzeugend geklungen, und davon, daß sie bei dieser Freundin hätte unterkommen können, war allenfalls am Rande die Rede gewesen. Die wiederholten Anrufe, nun ja, sie hatte ihr Gesicht wahren wollen, nein, vielleicht nicht einmal das: Sie hatte die bloße Form wahren wollen, denn sie war intelligent genug, um zu erkennen, daß auch Kamp die Form wahrte und nur so tat, als glaube er an die Freundin und deren wunderbare Fähigkeit, Wohnungen zu beschaffen.

Wohin also? Die Antwort lag nahe genug: Zurück zu dem Freund, mit dem sie sich angeblich knapp vier Tage zuvor so sehr zerstritten hatte, daß ihr nichts anderes übriggeblieben war, als Zuflucht bei Kamp zu suchen. Natürlich, es mochte auf Anhieb unplausibel erscheinen, daß sie ausgerechnet dorthin zurückgehen würde, wo sie nicht hatte bleiben wollen. Aber unplausibel nur, solange man das für bare Münze nahm, was sie über den Streit und die Unerträglichkeit dieses Freundes erzählt hatte.

Der Bursche war tatsächlich arrogant und aggressiv, das hatte Kamp ja selbst erlebt. Aber hatte er sich ihr gegenüber nicht doch ganz anders verhalten? Er war zurückgewichen, als sie auf ihn eindrang, ihn trat und schlug, er hatte sich nicht einmal zur Wehr gesetzt. Vielmehr hatte er sie bestürmt, zu ihm zurückzukommen. Er hatte diesen Wunsch anmaßend ausgedrückt, ja, arrogant und aggressiv, aber es war nicht zu verkennen gewesen, daß ihm sehr viel daran lag.

Und noch etwas, es hatte ja keinen Sinn, es zu unterschlagen, wenn es darum ging, sich das Allerschlimmste klarzumachen: Es gab solche Verhältnisse, Kamp hatte oft genug davon erfahren, wenn er es auch nie verstanden hatte, daß zwei sich prügelten und peinigten, daß sie immer wieder voreinander wegliefen und doch immer wieder zueinander zurückkehrten. Eine merkwürdige Art von Liebe, aber Liebe mußte es sein, sonst hätten ja Menschen, die sich anscheinend so sehr haßten, doch nicht so aneinander hängen, sich nicht auf eine so absurde Art die Treue halten können.

Sie hatte gesagt, sie kenne den Burschen schon seit der

Schulzeit. Vielleicht war sie ihm nicht das erstemal weggelaufen und nicht das erstemal zu ihm zurückgekehrt. Vielleicht liebte sie ihn, und er sie, auf diese absonderliche Art?

Der Gedanke schmerzte Kamp, aber er wußte, daß es noch immer nicht das Allerschlimmste war. Es gab da noch ein paar andere Tatsachen, und sie reimten sich zusammen mit der Annahme, daß sie nun wieder bei diesem Freund lebte, weil nämlich ihr Verhältnis zu ihm viel inniger, viel verwickelter war, als sie Kamp hatte ahnen lassen wollen.

Kamp verschränkte die Hände fest ineinander. Woher hatte der Bursche seine Adresse gewußt? Daß das eine heikle Frage war, hatte sie selbst gemerkt. Und sie hatte versucht, ihm eine Antwort vorzusagen: Max, der Büfettier. Max sollte sich an seinen Namen erinnert und ihn dem Burschen gesagt haben. Von da an wäre dann tatsächlich alles plausibel gewesen. Aber war es plausibel, daß Max sich an Kamps Namen erinnert hatte? Kamps Besuch in der Kneipe, das war jetzt zwei Wochen her. War es nicht unwahrscheinlich, daß Max seinen Namen noch wissen sollte?

Wie sonst aber hatte dieser Freund Kamps Adresse herausfinden können?

Kamp stand auf. Er ging ein paarmal auf und ab, ging dann auf den Balkon, hielt es auch dort nicht lange aus. Er ging zurück, verschloß die Tür, setzte sich in den Sessel, spannte beide Hände um die Armlehnen. Das mußte jetzt ein für allemal erledigt werden, und zwar schnell. Es hatte keinen Sinn, sich in diese simple, gewöhnliche Geschichte zu vergraben. Es tat zu weh. Und es war auch nicht nötig. Die Geschichte war klar genug. Das Allerschlimmste, es trat unmißverständlich hervor, und es galt jetzt nur noch, es festzuhalten.

Dieser Freund, er wußte Kamps Namen und Adresse schon lange.

Der Einbruch. Sie waren gestört worden. Aber sie hatte Kamp nicht vergessen. Schon als sie Hilfe brauchte, um die

Truhe wiederzubekommen, hatte sie ihn eingespannt. Vielleicht war das gerade wieder eine Phase gewesen, in der sie dem Freund weggelaufen war. Wahrscheinlich. Wie auch immer: Sie war ein zweites Mal wiedergekommen, hatte bei Kamp übernachtet, als sie angeblich in Amsterdam gewesen war und der Vermieter sie ausgesperrt hatte. Und dabei hatte sie ganz nebenbei ihm dieses windige Projekt vorgetragen, der Laden, für den sie angeblich sechstausend Mark brauchte. Kamp hatte ihr in dieser Nacht das Geld noch nicht angeboten. Aber er hatte auch nicht gesagt, daß er so viel Geld nicht habe.

Weiter. Weiter, und jetzt durch bis zum Ende.

Danach war sie wieder spurlos verschwunden, sie wohnte nicht mehr an der Adresse, die sie ihm gegeben hatte. Aber am Donnerstagabend hatte sie vor seiner Tür gesessen. Weil sie sich mit dem Freund zerstritten hatte? Schon möglich. Aber vielleicht hatte der Freund sie auch vorgeschickt. Sie hatte ihm von Kamps Reaktion auf das Ladenprojekt erzählt, das sie sich doch nur ausgedacht hatte, und der Freund hatte überlegt, ob bei Kamp nicht vielleicht doch etwas zu holen sei.

Er hatte sie vorgeschickt, um das zu testen, und deshalb war sie abermals zu Kamp gekommen, am Donnerstag. Aber dann hatte sie sich ein bißchen zu viel Zeit gelassen, das ganze Wochenende, und der Freund hatte irgendwann die Geduld verloren, sie hatte ihm zu lange mit diesem Alten herumgemacht, sie hatte Kamp kitzeln sollen, aber mehr auch nicht, also war der Freund aufgetreten und hatte den wilden Mann gespielt.

Sie hatte die Form gewahrt und war bei Kamp geblieben, noch eine Nacht. Aber die erste Gelegenheit, sich auf französisch zu verabschieden, hatte sie genutzt.

Eine Tatsache gab es, ja, die nicht in dieses Bild zu passen schien: Sie hatte sich bis zuletzt gesträubt, das Geld anzunehmen. Weil sie es ihm nie hätte abnehmen wollen? O nein.

Nein, ganz einfach: Sie hatte Skrupel bekommen, gewisse Bedenken. Deshalb hatte sie sich auch so lange bei ihm herumgedrückt, war seinem Angebot immer wieder ausgewichen. Sie hatte sich nicht entscheiden können, Gewissensbisse hatten sie geplagt. Und daß dann der Freund persönlich erschien und Kamp auch noch tätlich angriff, das war ihr nun doch zu weit gegangen.

Natürlich sprach es in einer gewissen Weise für sie, daß sie immerhin Skrupel bekommen hatte. Aber änderte es irgend etwas an der Geschichte, etwas Ausschlaggebendes, stellte es sie etwa auf den Kopf?

Nein. Sie war eindeutig. Und ein letzter Beweis würde vermutlich noch folgen: Es blieb ja abzuwarten, ob sie sich nicht sehr bald noch einmal melden würde, vom Freund vorgeschickt oder auch aus eigenem Antrieb, entschlossen so oder so, die Chance nun doch noch zu nutzen.

Kamp biß auf die Zähne. Es würde die Chance nicht mehr geben, sie war vorüber. Er würde sich vom Allerschlimmsten nichts mehr abhandeln lassen, keiner Täuschung mehr erliegen.

Er schüttelte den Kopf. Ja, sie mochte ein armes, beklagenswertes Geschöpf sein, ein verlorenes Kind, das auf die abschüssige Bahn geraten war, und vielleicht ließ sich dergleichen sogar von dem Freund sagen, er hatte ja gar nicht so übel ausgesehen, dieser Bursche, und viel älter als sie war er auch nicht. Aber wenn sie glaubten, Kamp wäre dumm und blind, dann irrten sie. Es ließ sich schon denken, warum sie Geld brauchten, viel Geld, und in welche Art von Geschäften sie verwickelt waren, sich verstrickt hatten.

Amsterdam, nicht wahr. Und Castaneda, diese merkwürdigen Bücher, für die sie sich interessierte. Transpersonalisation.

Rauschgift, das war es wohl, was das alles bedeutete. Kamp wußte nicht viel darüber, eigentlich nur das, was hin und wieder in der Zeitung stand, und was das Fernsehen brachte, natürlich. Aber war das, was er wußte, nicht auch eine Erklärung für diese plötzliche, rätselhafte Übelkeit? Der Schweißfilm auf der Stirn und über den Lippen. Die Müdigkeit, die fast einer Betäubung gleichkam. Die allgemeine Trägheit, die unversehens in übersprudelnde Aktivität umschlug. Diese merkwürdige Mischung aus Melancholie und Fröhlichkeit.

Kamp schüttelte den Kopf, er stand auf. Es hatte keinen Sinn, weiter darüber nachzudenken. Er hatte sich das Allerschlimmste klargemacht. Das genügte. Jeder weitere Gedanke war überflüssig. Nein, nicht nur das: Lebensgefährlich. Das Grübeln würde ihn ablenken, ihn nur davon abhalten, mit dem Allerschlimmsten zu leben und das einzig Mögliche zu tun. Nämlich sich auf sich selbst zurückzuziehen, die Bresche zuzumauern, durch die er angreifbar, verletzlich geworden war.

Am Nachmittag ging Kamp einkaufen. Er hatte den Gang aufgeschoben, weil er befürchtete, was dann schon auf dem Weg am Spielplatz entlang eintrat: Er sah sie diesen Weg zurücklegen, mit schnellen Schritten, geschäftig, die Einkaufstasche an der Hand, der viel zu große Regenmantel wehte um ihre Beine, die frischgewaschenen Haare wippten. Sie ging vor ihm in der Dämmerung, eine vage, wie durchsichtige Gestalt, aber jede der schnellen, so eifrig vorwärtsstrebenden Bewegungen war klar erkennbar. Kamp beschleunigte seinen Schritt, er wollte sie einholen, durch diesen Schemen hindurchgehen, ihn hinter sich lassen. Er biß auf die Zähne.

Es war ein wäßriger Tag im Februar. Eine rötliche, flache Wolkenbank im Westen über dem Fluß. Der Himmel im Osten war schon dunkel. Die Straßenlaternen wurden eingeschaltet, das Licht pflanzte sich lautlos und in Sekundenschnelle von einem Mast zum anderen fort, weißlich strahlende Punkte unter der graublauen Kuppel. Die Temperatur ein wenig über Null, feuchte, kühle Luft. Die Sirene eines Schleppboots.

Es war doch alles, wie es schon immer gewesen war. Was sollte sich denn verändert haben? Nichts. Kamp kannte das alles doch, er wußte auch, wie es weitergehen würde. Jeder neue Tag schob die Dämmerung ein wenig weiter hinaus. In vier, fünf Wochen, vielleicht schon ein wenig früher ein erster Hauch von Wärme. Das Dämmerlicht würde den Tag nicht beenden, es würde ihm nur ein geheimnisvolles Aussehen verleihen, das sanfte Erwartungen weckte. Die Sträucher, die sich regten, vage, süße Gerüche in der Abendluft.

Und Kamp wußte auch, wie es danach weitergehen würde. Irgendwann würde die Hitze kommen. Zitternder, blendender Glast über der Stadt, vielleicht ein paar Tage lang. Dann der Regen, vom Wind gepeitscht, Blitze, krachende Donnerschläge. Oder ganz unerwartet während der Nacht, von einer Minute zur anderen das Rauschen, still und stark. Und schon würden die Tage merklich kürzer werden, kühler die Luft. Noch einmal eine Woche, die die Wärme zurückbrachte, mild und wohltuend, blauer Himmel über gelben Blättern, ein Fächelwind. Aber dann würde die Dunkelheit vordringen, die Kälte. Schon um fünf die Straßenlaternen, und bis in den Morgen hinein. Vielleicht würde es wieder schneien. Die Welt verwandelt, für ein paar Stunden, ein paar Tage, bis die Straßen verschmutzten, die aufgetürmten weißen Haufen abschmolzen. Und dann sehr bald schon wieder der wäßrige Februar.

Was hatte sich denn verändert? Was würde sich denn verändern, außer dem Tageslicht, der Temperatur, dem Wind, den Wolken am Himmel? Nichts, gar nichts.

Vor der Tür des Supermarktes wollte Kamp umkehren. Er zwang sich, hineinzugehen durch die Glastür, die schon aufgefahren war. Der Geruch des Gemüses schlug ihm in die Nase. Kamp griff hastig nach der Milch. Im Vorübergehen nahm er eine Flasche Rotwein. Er vermied es, an der Fleischtheke vorbeizugehen, fuhr mit seinem Wagen einen Umweg. Als er sich in die Schlange vor der Kasse eingereiht hatte, machte er plötzlich einen unkontrollierten Schritt zur Seite, als wolle er sich den Blicken, die ihn stumpf musterten, entziehen. Er zog sein Taschentuch und tat, als müsse er sich schneuzen, wischte sich zweimal mit dem Taschentuch über die Augenwinkel.

Als er auf dem Heimweg allein über den schmalen Gehsteig ging, murmelte er mit zusammengebissenen Zähnen: »Bist du noch gescheit? Bist du von allen guten Geistern verlassen? Willst du dich nun auch noch in aller Öffentlichkeit blamieren? Willst du dich nicht endlich mal wieder benehmen wie ein halbwegs vernünftiger Mensch?«

Bis um zwei in der Nacht blieb er im Sessel sitzen. Er hatte den Fernsehapparat nicht eingeschaltet, trank langsam den Rotwein, bis die Flasche leer war. Der Wein benebelte seinen Kopf, aber er ließ die Bilder nur um so deutlicher hervortreten, die Kamp verdrängen wollte. Die schlanken Finger, zerbrechlich, ja, zerbrechlich waren sie wie Kinderfinger. Die glatte Haut der Füße. Und dann diese flachen, ausgetretenen Schuhe, hier und da sprang schon die Naht auf. Die abgetragenen Jeans. Der dünne Pullover, es fror einen, wenn man ihn ansah. Und dieser unförmige Regenmantel, viel zu dünn für das kalte Wetter.

Ein Bild des Jammers. Ein kleines, hilfloses Menschenkind.

War das richtig? War es nicht eher imponierend gewesen? Sie hatte dieses ärmliche Zeug mit einer stillen, entschlossenen Tapferkeit getragen, als wisse sie nicht, wolle sie nicht wissen, welch erbarmenswerten Anblick sie bot.

Kamp wollte das nicht gelten lassen. Er versuchte, sich klarzumachen, daß dieser Aufzug als Provokation zu verstehen war und verstanden werden sollte. Es kümmerte sie doch nicht, was die Spießbürger von ihr dachten. Der Gastwirt Heuser, Hertha, was sie dazu zu sagen hatten, war klar:

»Lumpazivagabundus. Die reinste Vogelscheuche, tatsächlich! Ungewaschen, ungekämmt, die bleibt kleben, wenn man sie an die Wand schmeißt.« Na eben, sie sollten sich ja empören, die Spießbürger. Wer würde schon einem Spießbürger gefallen wollen?

Manchmal schon, ja. Es gab gewisse Ausnahmen. Nämlich dann, wenn sich die Chance bot, einen Spießbürger auszunehmen.

Er versuchte, sich an diesem bösen, feindseligen Gedanken festzuhalten. Aber die Bilder schoben sich ein ums andere Mal dazwischen. Erst lange nach Mitternacht verloren sie die Schärfe, vor der er immer wieder in sich zusammengekrochen war. Müdigkeit ließ seine Muskeln erschlaffen, die Anspannung wich allmählich von ihm. Er ließ den Kopf auf die Lehne des Sessels zurücksinken, aber er fand keine Position, in der er hätte schlafen können. Schließlich stand er auf.

»Hast du tatsächlich Angst, in dieses Bett zu gehen? Ist das dein Ernst? Willst du dir vielleicht eine neue Wohnung suchen?«

Als er aus dem Bad kam, überfiel ihn die Erinnerung. Er sah sie, wie sie in den Kissen gelegen hatte, am Sonntagmorgen, mit offenen Augen, lächelnd, obwohl ihr der Notschweiß auf dem kleinen Gesicht gestanden hatte. Er ging noch einmal zurück ins Bad, senkte den Kopf, ballte die Fäuste, atmete tief. Dann ging er ins Schlafzimmer. Er schlug das Bett auf, legte sich auf den Rücken, schaltete die Nachttischlampe aus und deckte sich zu.

Er lag da mit offenen Augen. Als ein Zug auf die Brücke rollte, fing er plötzlich heftig an zu atmen, vier, fünf Atemzüge, seine Brust bewegte sich immer heftiger, und dann ließ er das Stöhnen ungehemmt aus sich herausdringen, es war ein Laut, vor dem er selber erschrak, langgezogen, schwankend, in die Höhe steigend und wieder absinkend auf einen tiefen, fast tierischen Ton. Er warf sich auf den Bauch, grub das Gesicht ins Kissen und weinte. Mit den Händen fuhr er unter die Seiten des Kissens, hob sie an und preßte sie gegen seinen Kopf.

Nach einer langen Zeit legte er sich wieder auf den Rücken. Er suchte im Dunkeln nach dem Taschentuch, trocknete sich die Augen und die Wangen. Nachdem er das Taschentuch weggesteckt hatte, sagte er: »So. Das ist in Ordnung. So etwas kann passieren. Aber das war's jetzt auch. Das wird nicht wieder vorkommen.«

Am Dienstag ging Kamp in die Stadtbibliothek. Er fragte die Bibliothekarin, ob sie ihm einen Roman empfehlen könne. Er blieb vor dem Buch sitzen, bis die Bibliothek schloß.

Am Mittwochmorgen ging er zu der gewohnt frühen Stunde ins Schwimmbad. Er mochte den feuchtwarmen Geruch, der ihm schon auf dem Weg zu den Umkleideräumen entgegenschlug. Bevor er in die Halle ging, stellte er sich auf die Waage. Sein Gewicht war unverändert. Er sah hinab auf seine Füße, strich sich mit der flachen Hand über den Bauch, bewegte die Zehen. Dann spreizte er die Finger, ballte die Fäuste, spreizte die Finger wieder.

Der braungebrannte Kerl mit der weißen Badmütze stand auf dem Drei-Meter-Brett, er wollte seinen Salto zeigen. Die beiden Mädchen, mit denen er in der letzten Zeit häufiger gekommen war, hielten sich am Beckenrand fest und sahen zu ihm empor. Sie lachten, weil immer wieder einer von dem halben Dutzend älterer Leute, die im Becken langsam ihre Bahn zogen, unter das Sprungbrett schwamm. Schließlich nutzte er eine Lücke, das Brett donnerte, er überschlug sich, tauchte ein, eine breite Fontäne sprang hoch. Als er zu den Mädchen schwamm, schüttelte er den Kopf, zeigte mit dem Daumen über die Schulter.

Es wurde ruhig, nachdem die drei gegangen waren. Kamp ging mit einem flachen Sprung vom Beckenrand ins Wasser. An der ersten Wende begann er die Bahnen zu zählen. Zwanzig Bahnen waren sein Pensum. Zweimal geriet er aus dem Rhythmus, weil eine der alten Frauen seinen Weg kreuzte, mächtige Schwimmützen, darunter die breiten fahlen Schultern, gespitzte Lippen, die den Atem in kleinen Stößen ausbliesen. Kamp ließ die Arme paddeln, zog dann hinter den Hindernissen vorbei. Einmal traf ihn ein dicker Fuß in die Seite. Kamp zog die Arme durch, als ob er den Zeitverlust aufholen müsse.

Als er die Wende zur achtzehnten Bahn hinter sich hatte, befiel ihn eine jähe Übelkeit. Wasser drang ihm in den Mund, er verschluckte sich, tat noch ein paar Armzüge, aber die Übelkeit wurde stärker. Er trat Wasser, sah um sich. Niemand war mehr im Becken, auch am Rand des Beckens konnte er niemanden sehen.

Angst krallte sich in seine Brust. Er peitschte das Wasser mit den Armen, kämpfte sich zurück, bis er den Boden des flachen Beckenteils unter den Füßen spürte. Lange Schritte bis zur Leiter, das Wasser leistete den Schaufeln seiner Hände, die es abwechselnd nach hinten schoben, zähen Widerstand, es schien ihn festhalten zu wollen. Mit einer verbissenen Kraftanstrengung zog Kamp sich die Leiter hoch. Er taumelte, als er über die Platten ging, fast wäre er ausgeglitten. Er ließ sich langsam auf einer Bank nieder, stützte beide Hände auf die Bank, ließ den Kopf vornüber sinken.

Ein Mann und eine Frau gingen an ihm vorüber, Kamp hörte die nassen Füße heranplatschen, er wollte den Kopf heben und sagen, sie möchten bitte einen Arzt rufen, ihm sei nicht gut, aber sie waren vorüber, ehe er sich entschieden hatte. Er hob den Kopf und sah ihnen nach. Massige Figuren, das Gesäß der Frau bewegte sich unter dem feuchten Badeanzug. Kamp fühlte sich erleichtert, daß die beiden in seiner Nähe blieben. Er atmete tief durch.

Nach ein paar Minuten ließ die Übelkeit nach. Er blieb still sitzen, den Kopf gesenkt. Den Gedanken, sich den Puls zu fühlen, verwarf er. Die Leute hätten es sehen können. Er lauschte auf seinen Herzschlag, aber er konnte ihn nicht wahrnehmen.

Plötzlich fiel ihm auf, daß seine Oberschenkel mager waren. Er wollte ein Bein heben, es fiel ihm schwer. Die Übelkeit hatte eine merkwürdige Schwäche zurückgelassen, er fühlte sich, als hätte er eine gewaltige Last transportiert und gerade erst abgeworfen. Aber der Anblick seiner Oberschenkel ließ ihn nicht los. Er hob eine Hand, strich über den Schenkel, faßte ihn mit den Fingern und drückte die Finger zusammen.

Das Fleisch war weniger geworden, daran konnte kein Zweifel sein. Die Muskeln schienen auszutrocknen. Er betrachtete seine Hand, seine Arme. Auch die Arme waren dünner geworden. Und die kleinen Flecken, die sie sprenkelten, nahmen zu. An seinem Oberarm entdeckte er einen etwas größeren Fleck, von dem er glaubte, ihn noch nicht gesehen zu haben. Er hob den Daumen und rieb daran.

Sie ließen sich nicht wegreiben, diese Flecken. Und sie ließen sich nicht übersehen.

Er lehnte den Kopf an die Wand und schloß die Augen. Das Gefühl durchdrang ihn, daß er nun endlich alles klar erkannte.

Was hatte er denn geglaubt? Was für eine abenteuerliche Geschichte hatte er sich denn da ausgedacht, um sich diesen lächerlichen Glauben zu bewahren? War eine Kriminalgeschichte nötig, um zu erklären, warum sie gegangen war? War kein anderer Grund vorstellbar als das Allerschlimmste, das er unbedingt hatte herausfinden und festhalten wollen, um weiterleben zu können?

Er hatte sich diese Geschichte ausgedacht, um sich zu beweisen, daß an ihm selbst nichts auszusetzen war. Wenn sie gegangen war, dann lag es nicht an ihm, o nein, dann konnte es nur an ihr liegen, so hatte er es sich einzureden versucht, an ihr und an diesem Freund, dem sie folgte, obwohl er doch ein so übler Kerl sein mußte.

Und das hatte die Wahrheit sein sollen? Die Wahrheit war ganz anders, sie war in der Tat ganz einfach: Sie war gegangen, weil er ein alter Mann war. Er hatte sie eine Weile interessiert, dieser alte Mann, dieses merkwürdige Lebewesen. Aber auf die Dauer hatte sie nichts mit ihm anzufangen gewußt. Und das war nicht der Beweis irgendeiner niedrigen, verkommenen, lieblosen Gesinnung. Es war nur natürlich. Hatte nicht er selbst ihr erklärt, daß es nicht natürlich sei, wenn ein alter Mann und eine so junge Frau miteinander umgingen, als könnten ihre Ansprüche ans Leben sich ergänzen, als könne einer die Bedürfnisse des anderen erfüllen? Hatte er das alles vergessen gehabt, was er ihr so angestrengt darzulegen versucht hatte?

Nein. Er hatte das nicht vergessen gehabt. Aber er hatte es nie glauben wollen. Er hatte vielmehr geglaubt, sie sei eben doch zu ihm gekommen wie eine Frau zu einem Mann, eine junge Frau zu einem Mann, nach dem es sie verlangt. Und deshalb hatte es ihn so tief getroffen, daß sie gegangen war. Es hatte offensichtlich werden lassen, daß es sie nicht nach ihm verlangte. Aber das hatte er nicht wahrhaben wollen. Und deshalb hatte er sich seine Kriminalgeschichte ausgedacht. Diese abenteuerliche, niederträchtige Geschichte hatte ihm über die wahre Erklärung hinweghelfen sollen: Sie war gegangen, weil er ein alter Mann war, ein Lebewesen mit mageren Armen und Beinen, einer fleckigen Haut, mit einem Herzen, das jederzeit aufhören konnte zu schlagen.

Kamp saß noch immer auf der Bank, als die erste Schulklasse schreiend einfiel. Er fröstelte, versuchte aufzustehen. Es ging. Die Schwäche saß noch in seinen Gliedern, aber er konnte sich voranbewegen, langsam, vorsichtig. Er trat an die Wand, stützte sich an den Platten ab, als ein paar dieser kleinen, halbnackten Teufel auf ihn zurannten. Unter der warmen Dusche wurde ihm wohler.

In der darauffolgenden Woche nahm Kamp die Lektüre der Bücher über das Leben nach dem Tod und das Leben vor dem

Leben wieder auf. Nach seinen ersten Erfahrungen mit diesem Studium versprach er sich davon nicht viel, aber er wollte sichergehen, kein Argument, und sei es noch so schwach und albern, unberücksichtigt zu lassen. Meist stand er schon vor dem Portal der Stadtbibliothek, bevor es geöffnet wurde, seine Tasche mit dem Papier und den Bleistiften in der Hand. Er machte sich viele Notizen, sah sie an den Abenden und an den Wochenenden durch.

Seine Meinung änderte sich nicht: Das war Humbug, was diese Leute berichteten. Sie täuschten sich über die Wahrheit hinweg. Sie sahen den Tod wie einen jähen Einschnitt, irgend etwas ganz Neues, Unbekanntes, das plötzlich hereinbrach, von einer Sekunde zur anderen. Und weil sie sich davor fürchteten, redeten sie sich ein, daß das Leben sich nur verwandeln würde, schlagartig, in ein neues, nur eben ganz anderes Leben, ja sogar ein schöneres. Frei von der Schwerkraft, dieser Körper, der sich vom Fleisch löste und zu schweben begann, frei von Schmerzen, im Licht schwebend, alles hörend, alles sehend, aber nicht mehr leidend.

Das waren Einbildungen. Träume. Es war schon möglich, daß ein Mensch, der den klinischen Tod starb, solche Träume erlebte, das letzte Aufflackern des Lebens, bevor der richtige, der biologische Tod es für immer auslöschte. Aber wollten diese Leute nicht wahrhaben, daß das Sterben schon lange vor dem biologischen und selbst schon vor dem klinischen Tod begann, lange, lange vorher? Hatten sie nicht die Erfahrung gemacht, machen müssen, daß das Leben über Jahre, Jahrzehnte hinweg sich aus einem Menschen zurückzieht, daß er Stück um Stück abstirbt, Muskel um Muskel, Faser um Faser, und daß der Herzstillstand nur den Schlußpunkt setzt? Wer lange genug lebte, der mußte doch wissen, konnte es spüren, wie der Tod in ihn hineinkroch, ganz allmählich, sehr sanft, aber unaufhaltsam Besitz ergreifend.

In der zweiten oder dritten Woche seiner Studien kam Kamp auf einen Gedanken, der ihn lange beschäftigte und durch den er sich am Ende bestätigt fand. Ihm fiel auf, daß in den meisten dieser Erfahrungsberichte die Rede war von den Bildern, Erinnerungen, die im Augenblick des klinischen Todes vor dem Sterbenden aufgetaucht seien, aufeinanderfolgend wie in einem Film oder wie Diapositive, die in Sekundenbruchteilen einander ablösen. Er hatte darüber hinweggelesen, das war ja nichts Neues, der Film des Lebens, nicht wahr, davon hatte er auch früher schon einmal gehört, ein Mann rutscht vom Baugerüst, und während er sich mit einer Hand noch festklammert, zieht von dieser zur nächsten Sekunde sein ganzes Leben an ihm vorbei.

Kamp hatte das früher immer so verstanden und manchmal ungläubig darüber gelächelt, daß dieser Film des Lebens eine Art Fotosammlung sein sollte, der erste Schultag, die Abschlußprüfung, die Hochzeit, die Kindtaufe, das Begräbnis eines Menschen, der einem nahegestanden hatte. Aber nun, nachdem er einige der Erfahrungsberichte noch einmal nachgelesen hatte, begann er zu vermuten, daß etwas ganz anderes gemeint war, Bilder nämlich, wie auch er sie in sich herumtrug, diese Bilder, die mit keinem bestimmten, greifbaren, datierbaren Ereignis verbunden waren, und in denen doch, wenn sie plötzlich auftauchten, das Leben festgehalten schien.

Es waren eigentlich keine Bilder, das Wort war mißverständlich, und vielleicht deshalb hatte er bisher nicht richtig verstanden, was gemeint war. Es waren eher Empfindungen, bloße Stimmungen, ja, die ohne irgendeinen erkennbaren Anlaß ihn ergriffen, Erinnerungen schon, sehr deutlich, sehr lebendig, aber Erinnerungen woran, das hätte er nicht sagen können. Irgendein Geruch, ganz unverwechselbar, füllte plötzlich seine Nase, es war nicht festzustellen, woher er kam, ein guter, intensiver Geruch, er genoß ihn, dieser Geruch verlieh ihm ein Hochgefühl, und Kamp wußte genau, daß er ebendas schon einmal erlebt hatte. Aber wann? Wo? Bei anderen Gelegenheiten war es nicht mehr als ein Gefühl, das unversehens die Brust weitete, Sehnsucht, und oft eine Sehnsucht in der Gewißheit, daß die unmittelbare Erfüllung bevorstand, wie damals. Wann damals? Und was war es, wonach er sich sehnte und was sich erfüllen würde?

Der Gedanke, daß dieser offenbar tieflagernde, aber überdauernde Schatz von Bildern, nein, von Empfindungen in dem Augenblick schlagartig freigesetzt würde, in dem der Tod sich daranmachte, den letzten Rest des Lebens auszulöschen, erschien Kamp nicht unplausibel. Ja, so konnte es sein, wenn das Leben noch einmal aufflackerte, zum letztenmal, die heiße Flamme, bevor sie in sich zusammenfiel. Aber woher rührten sie denn, diese Empfindungen? Wie kam es, daß man sie so deutlich wiedererkannte, sooft sie auftauchten, aber sich an den Augenblick nicht zu erinnern vermochte, in dem sie entstanden waren und sich abgelagert hatten?

Kamp fand eine Erklärung, und sie schien ihm zu bestätigen, daß das Sterben sehr früh begann, viel früher, als viele Menschen es wahrhaben wollten: Diese Empfindungen, es mußten Erinnerungen aus weit zurückliegenden Lebensjahren sein, Eindrücke aus der Kindheit, in der das Leben noch frisch, alle Sinne noch scharf gewesen waren. Die Zeit hatte nur alles Nebensächliche weggeschliffen, den Tag und die Stunde, den Ort, die Umstände allesamt, in denen das Leben sich so kräftig geregt, solche Empfindungen erzeugt hatte, die aber zu tief reichten, zu gründlich waren, als daß sie je verlorengehen konnten.

War es nicht so, daß er als Kind von einer zur anderen Minute von höchstem Glück in abgrundtiefe Trauer hatte stürzen können? Und war nicht diese Empfindsamkeit, die Fähigkeit, die Welt und zugleich sich selbst wahrzunehmen und zu erleben, im Lauf der Jahre immer mehr abgestumpft?

Das kaum erklärbare Glücksgefühl an einem Wintermorgen, wenn Spuren von Rauch in der Schneeluft zu riechen waren: es war vielleicht nur die Erinnerung an die Kindheit, als Schnee noch die Gelegenheit bedeutete, sich auszutoben bis zur Erschöpfung, am Abend todmüde ins Bett zu fallen und in einen köstlichen Schlaf zu sinken. Das durchdringende, ganz unverwechselbare Gefühl, das der Geruch von Kreide und Schwamm auslöste, sobald er das Schulzimmer betreten hatte. Das ungestüme Herzklopfen bis zum Hals, als er zum erstenmal, unabsichtlich und unbemerkt in ein halbdunkles Zimmer blickend, den Pelz dunkler Schamhaare unter einem nackten, weißen Bauch gesehen hatte: War die Lust am Geschlechtlichen je stärker gewesen als zu der Zeit, in der er noch gar nicht wußte, wie sie zu befriedigen war, und sie nicht empfinden konnte ohne eine heftige Beimischung von Angst und Schuldgefühlen?

Es wurde immer weniger, was man erlebte, die Eindrücke wurden immer flüchtiger. Was würde er in fünf Jahren noch zu empfinden imstande sein, was in zehn Jahren? Nur noch die Schwäche seiner Muskeln. Das Zittern seiner Hände. Die Schwerfälligkeit seiner Gedanken. Vielleicht würde ab und zu noch eines dieser Bilder in ihm aufsteigen, ungreifbar, nur eine Stimmung, die ein paar Sekunden lang seinen leeren Kopf, die flache Brust ausfüllen würde. Er würde den Kopf ein wenig vorstrecken, mit getrübten Augen, mit ertaubenden Ohren zu erkennen versuchen, was ihn da anrührte. Er würde nicht mehr begreifen können, daß es der letzte Rest des Lebens war, der sich noch einmal in ihm regte.

In der fünften Woche, nachdem sie gegangen war, wurde Kamp den Erkenntnissen, die er gewonnen zu haben glaubte, noch einmal untreu. An einem Sonntagnachmittag, an dem er seine Notizen durchgesehen und hier und da mit einer Anmerkung versehen hatte, schob er die Papiere plötzlich zur Seite. Er zog die Jacke an, sah in den Spiegel, strich sich über die Haare, über den Schnurrbart, fuhr hinab und klingelte an Herthas Tür.

»Ach nein.« Sie hielt die Tür halb geöffnet. »Ist es aus mit der jungen Dame? Will sie nicht wiederkommen?«

Kamp wendete sich auf dem Absatz und ging zurück zum Aufzug. Er hörte, wie die Tür sich schloß.

Der erste warme Tag kam um die Mitte der Woche. Kamp beschloß, nicht in die Stadtbibliothek zu gehen. Er hatte ohnehin in den vergangenen Tagen nur in einem neuen Roman gelesen, den die Bibliothekarin ihm empfohlen hatte, dem er aber nichts abgewinnen konnte. Er ging, nachdem er die Zeitung ausgelesen hatte, spazieren, das Ufer des Flusses hinab. Eine Weile sah er den jungen Leuten zu, die ein Ruderboot ins Wasser ließen. Als sie die Ruder einsetzten, mit ein paar langsamen Schlägen hinaus in die Strömung glitten, dann die Arme durchzogen und das Boot in kräftigen Schüben stromauf bewegten, ging er weiter.

Unter der schwarzen Eisenkonstruktion der Brücke spürte er, wie plötzlich Trauer sich auf ihn herniedersenkte. Er blieb stehen. Ein Zug fuhr auf die Brücke, das Gitterwerk begann ohrenbetäubend zu dröhnen. Kamp konnte durch die Lücken der Konstruktion die Unterseite der Güterwagen sehen, Licht und Schatten wechselten, die Räder rollten und stampften. Er wartete, bis der Zug das andere Ufer erreicht hatte, der letzte, singende Laut der Eisenträger erstorben war. Dann ging er nach Hause.

Als er die Wohnungstür aufschloß, klingelte das Telefon. Er hängte die Jacke auf, sah in den Spiegel, strich sich übers Haar, ging dann langsam ins Wohnzimmer. Vor dem Schreibtisch blieb er stehen. Das Telefon klingelte noch immer. Er hob ab. »Ja, bitte?«

»Gott sei Dank, da bist du ja.« Ihre Stimme klang erleichtert. »Ich hab schon gedacht, du bist unterwegs.«

»Ich bin eben nach Hause gekommen.«

»Da hab ich aber Glück gehabt.«

Kamp schwieg. Sie sagte: »Ich bin's, Claudia.«

»Ja, das hab ich gehört.«

»Ich wollte dich nur fragen, ob du nicht Lust hast, ein bißchen rauszufahren. Ich könnte dich jetzt abholen, wenn du magst, und wir könnten irgendwohin fahren. Und ein Stück laufen, und dann vielleicht draußen Kaffee trinken.«

Kamp räusperte sich.

Sie sagte: »Es ist doch so ein wunderbarer Tag.«

»Ich war gerade erst spazieren.«

Eine Weile schwieg sie. Dann sagte sie: »Du bist mir sehr böse, nicht wahr?«

»Böse? Warum sollte ich dir böse sein?«

Sie schwieg. Kamp sagte: »Ja, also dann...«

Sie sagte: »Ich möchte dich so schrecklich gern sehen. Kannst du dir's nicht doch noch überlegen?«

»Das hat doch keinen Sinn, Claudia. Also...«

»Häng noch nicht auf, bitte!« Nach einer Weile sagte sie: »Ich werd sehr unglücklich sein, wenn du jetzt aufhängst. Sag doch ja. Bitte.«

Kamp räusperte sich. »Also gut. Ich warte vor der Tür.«

13

Sie trug Jeans, ein kurzes Jäckchen, das er noch nicht kannte, dazu einen dicken Wollschal hoch um den Hals gebunden. Sie beugte sich herüber, öffnete ihm die Autotür, griff nach seiner Hand und drückte sie stumm, lächelte ihn an. Kamp, dem im Sonnenschein vor dem Haus warm geworden war, legte seinen Mantel auf den Rücksitz.

Sie sagte kein Wort. An der ersten Ampel, an der sie anhalten mußte, lächelte sie ihn an, stumm. Sie konnte den Hals kaum bewegen in dem dicken Schal. Ihm schien, als seien ihre Augen feucht. Er räusperte sich. »Hast du dich erkältet?«

Sie schüttelte den Kopf. »Nur ein bißchen.« Sie schwieg wieder.

Das Stillschweigen bedrückte Kamp, aber er wollte sich nichts vergeben. Erst als sie auf die Autobahn fuhr, fragte er: »Wohin fährst du denn?«

»Ich kenn da einen Platz, Brennermühle, da kann man schön spazierengehen. Viel Wald, bis hinauf auf die Höhe. Und danach können wir in der Mühle Kaffee trinken.« Sie lächelte ihn an. »Ich lad dich ein.«

»Kommt gar nicht in Frage.«

»Doch. Sich ausführen lassen und selbst bezahlen gilt nicht.«

Nach einer Weile griff sie nach seiner Hand, hielt sie fest. Kamp wollte die Hand wegziehen, aber er brachte es nicht fertig.

Als sie auf der Serpentinenstraße durch die ersten grünen Hügel fuhren, sagte sie: »Wie geht's dir denn?«

»Mir? Mir geht's gut.« Er zögerte, dann sagte er: »Und wie geht es dir?«

Sie nickte, lächelte.

Sie drehte das Fenster auf. »Riech mal. Riechst du die Luft?«

»Ja. Aber das ist nicht gut, wenn du erkältet bist.«

»Ich fahr ja langsam, das zieht nicht. Aber wenn du willst, kannst du auch dein Fenster aufmachen, dann mach ich meines zu.«

Kamp drehte sein Fenster auf. Sie drehte ihr Fenster zu. »Kannst du es riechen?«

»Ja.«

»Ist das nicht irre?«

»Ja.«

Er kniff die Augen zusammen. Die Luft traf ihn in zitternden, sanften Stößen, aber sie griff ihn nicht an. Sie war warm, ein wenig herb. Er glaubte, die glatten braunen Zweige riechen zu können, die Verdickungen der grünen Triebe, die vor dem Sprung standen. Ein starker Dunggeruch drang vor, als sie ein Gehöft passierten, schwarzweißes Fachwerk. Das verzog sich, ein dichter Tannenwald trat zu beiden Seiten an die Straße heran, Kamp roch den Saft der Nadeln.

Sie sagte: »Ist das nicht komisch, daß man im Frühling immer glaubt, das Leben fängt wieder von vorne an?«

»Das tut es ja nicht.«

»Aber man glaubt das doch.«

»Solange man jung ist, ja.«

Sie sah ihn an. »Glaubst du das nicht? Jetzt, meine ich. An so einem Tag.«

»Wie soll ich das glauben. Ich weiß doch, wie alt ich bin.«

Sie lachte. »Ach, du! Willst du wieder mit deinem Alter anfangen?« Sie puffte ihn in die Seite. »Ich kenn dich doch. Mir kannst du nichts vormachen.«

»Was soll das denn heißen? Ich mach dir nichts vor.« Er rückte sich auf dem Sitz zurecht. »Und mir brauchst du auch nichts vorzumachen.«

»Ich hab's doch nicht bös gemeint.« Sie griff nach seinem Nacken, bewegte die Finger durch seine Haare. Kamp hielt den Kopf steif. Er sagte: »Willst du uns in den Graben fahren?« Sie lachte, legte die Hand wieder aufs Lenkrad. »Du kleiner Feigling.«

Nach einer Weile sagte sie: »Warst du eigentlich im Krieg?«

»Ja.«

»Lange?«

»Drei Jahre. Und zwei in Gefangenschaft.«

»Wo?«

»In Frankreich. In Gefangenschaft, meine ich.«

»Und davor?«

»In Rußland. Und auf dem Balkan.«

Sie sah ihn an: »Warst du da richtig, ich meine, wo geschossen wurde? Im Kampf?«

Er lachte. »Ja, kann man sagen.«

»Und wie war das?«

»Wie soll das gewesen sein? Beschissen.«

Sie überlegte, dann sagte sie: »Ich hab dich noch nie so ein Wort sagen hören.«

»Wir haben auch noch nie vom Krieg gesprochen.«

Sie sah auf die Straße. »Ich weiß nicht, ob ich mir das richtig vorstelle. Da mußt du doch dauernd Angst gehabt haben. Oder?«

»Doch. Nicht dauernd, meine ich. Das würde man ja gar nicht aushalten. Und wir haben ja auch immer gehofft, daß wir heil rauskämen. Aber wenn's krachte oder wenn man wußte, daß es bald krachen würde, da hat man schon Angst. Ziemlich viel Angst.«

»Kannst du mir nicht ein bißchen mehr davon erzählen?«

»Warum interessiert dich das denn so?«

Sie zuckte die Schulter. »Weil ich so wenig davon weiß.«

Kamp rieb sich über die Stirn. Der Schlamm. Die berstenden Einschläge. Die Erde, die in den Mund drang. Die Schreie. Plötzlich ganz nahe das platzende Geräusch, das Gesicht war nicht mehr zu erkennen, eine Blutlache hatte sich schlagartig über die Stirn gelegt, über die zertrümmerte Nase, die rote Lache breitete sich in dünnen Rinnsalen über die stierenden Augen, die verzerrten Wangen aus.

Er sagte: »Warum willst du das wissen?«

Sie schwieg eine Weile. Dann sagte sie: »Aber du warst doch bestimmt auch schon mal in einer Situation, damals, in der du gar keine Hoffnung mehr haben konntest, du würdest da heil rauskommen. Lebend rauskommen.«

»Ja. Das gab es. Das gab es schon einmal.«

Sie sah ihn an. »Und wie hält man das aus?«

Er zuckte die Schulter. »Ich weiß nicht. Irgendwie. Wahrscheinlich so, wie alle Menschen das aushalten. Ich meine, es weiß doch jeder, daß er sterben muß.«

»Ja, irgendwann. Aber doch nicht so. Nicht so plötzlich.«

Kamp spürte, daß seine Gedanken in Unordnung gerieten. War es möglich, daß er seine Erfahrungen aus dem Krieg nicht genügend bedacht hatte? Sie waren ihm immer eher nebensächlich erschienen. Aber was hatten sie denn auch mit dem richtigen Sterben zu tun, dem langsamen, unaufhaltsamen, dem Sterben von Kindheit an?

Er rieb sich die Stirn. »Das waren doch die Ausnahmen, damals. Ich meine, es war keine Ausnahme, daß einer fiel, das war ja manchmal eher die Regel. Aber wir waren doch noch viel zu jung für den Tod. Wir wollten doch leben, und wir waren ja auch noch jung genug dafür. Ja, und deshalb haben wir wahrscheinlich auch die Angst ausgehalten. Wir haben wahrscheinlich immer gehofft, daß wir heil da rauskommen würden, auch im größten Schlamassel. Und daß es höchstens den anderen treffen würde.«

»Aber wenn du nun gar keine Hoffnung mehr haben kannst?«

Er schüttelte den Kopf: »Ich weiß nicht, warum du so darauf herumreitest. Ich war einundzwanzig, als der Krieg vorüber war. So alt wie du jetzt. Wieso hätte ich keine Hoffnung mehr haben sollen? Ich weiß nicht, warum das so schwer zu verstehen ist.«

»Entschuldigung.« Sie griff nach seiner Hand. »Ich wollte dir nicht auf die Nerven gehen.«

»Tust du ja nicht.«

Als sie auf dem Parkplatz vor der Mühle ausgestiegen waren, kam sie um das Auto herum zu ihm. Sie hakte sich in seinen Arm ein, drückte den Arm fest an sich. »Ich bin froh, daß du heil aus dem Krieg rausgekommen bist.«

Sie überquerten die Holzbrücke, gingen an einer Weide vorbei, auf der vier Kühe standen, die stumm mahlten und sie betrachteten. Hinter der Weide führte ein steiler Weg in den Wald hinauf. Kamp spürte ihr Gewicht an seinem Arm, es war ein leichtes Gewicht, aber sie ließ sich ziehen. An der Bank, die hinter der dritten Wegbiegung auf einem Ausguck stand, blieb sie stehen. Sie atmete tief, lachte: »Puh, das ist ganz schön steil!«

»Wird dir der Schal denn nicht zu warm?« Er wies mit

dem Finger auf ihren Hals. »Da kommst du nur ins Schwitzen und erkältest dich nachher noch mehr.«

Sie schüttelte den Kopf. »Das ist mir angenehmer so.« Sie ging zu der Bank. »Wollen wir uns ein bißchen setzen? Die Aussicht gefällt mir.«

Kamp blieb stehen. »Hast du abgenommen?«

»Kann sein. Ein Pfündchen oder zwei.« Sie setzte sich, lachte, klopfte neben sich auf die Bank. »Kommst du?«

Kamp setzte sich, schlug die Füße übereinander, lehnte sich zurück. Unter ihnen lag die Mühle. Rauch kräuselte aus dem Schornstein. Auf dem Hang gegenüber stiegen die Fichten in den blauen Himmel hinauf. Von fern war das Geräusch eines Sportflugzeugs zu hören, ein dünnes Brummen, das sich verzog und nur die Vogelstimmen übrig ließ.

Sie sagte: »Ich wollte dir was sagen.«

Kamp sah sie an. Sie schüttelte den Kopf. »Ich meine, es ist furchtbar schwer zu erklären. Und ich hab auch Angst, daß du es mißverstehen könntest.«

»Was denn?«

Sie hob einen Fuß, betrachtete den Schuh. »Daß ich so einfach abgehauen bin. Und daß ich mich so lange nicht mehr gemeldet habe. Der Brief, na gut, aber da stand ja auch nicht viel drin. Ich hab keine Ruhe gehabt. Ich hab noch die Blumen geholt und ein bißchen aufgeräumt, und dann hab ich den Brief geschrieben, ganz eilig, ich wollte unbedingt weg sein, bevor du zurückkommst. Das wär mir zu schwer gefallen.« Sie sah ihn an. »Du hast das bestimmt nicht verstehen können.«

»Was soll daran so schwer zu verstehen sein?«

»Das kannst du doch nicht sagen. Du weißt doch, wie gern ich bei dir gewesen bin.«

Kamp strich über seine Hosenbeine, schlug die Arme übereinander, blickte hinab auf die Mühle. Sie tippte mit einem Finger auf seinen Arm. »Ich würd dir das gern erklären.«

»Du brauchst mir das nicht zu erklären. Ich versteh das auch so.«

»Nein, das verstehst du ganz bestimmt nicht!« Ihre Stimme klang aufgebracht. Sie wandte sich ab, sah ihn dann wieder an. »Was würdest du denn denken, wenn ich mich überhaupt nicht mehr bei dir gemeldet hätte?« Er sah sie an. Ihre Lippen zitterten. Ihre Augen waren feucht.

»Was sollte ich denn denken? Das wäre doch... das wäre doch nur natürlich.«

»Nein, das wäre es eben nicht!« Sie ballte die Fäuste im Schoß, sah hinab auf die Mühle. »Du glaubst nicht, daß ich dich lieb habe. Aber ich hab dich sehr lieb. Sehr.«

»Claudia!« Er schüttelte den Kopf. »Mach dir doch nicht selbst was vor. Ich bin ein alter Mann, und du bist...«

Sie schlug ihn mit der Faust auf den Oberschenkel, sagte sehr laut: »Fängst du schon wieder an mit dem Scheiß? Ich kann das nicht mehr hören!«

Er zog die Augenbrauen zusammen: »Schrei nicht so!«

Sie schlug die Arme übereinander, nagte an den Lippen.

Kamp stand auf, ging ein paar Schritte auf und ab, setzte sich wieder.

Sie sagte: »Ich würd es dir so gern erklären. Aber ich weiß nicht wie.«

Nach einer Weile sagte er: »Wo wohnst du denn jetzt?«

»Ich bin wieder zu Stefan gezogen.«

Er nickte.

»Ich hatte ja nichts anderes. Ich weiß, was du jetzt sagen möchtest. Ich weiß auch, daß du mich nicht rausgeschmissen hättest. Aber ich konnte nicht bei dir bleiben. Je besser es mir bei dir gefiel, um so mehr wurde es Zeit, daß ich mich vom Acker machte. Das ist mir an dem Sonntagabend klargeworden. Es hat gelangt, daß er einmal da angekommen ist und Terror gemacht hat. Ich hab dein ganzes Leben durcheinander gebracht.«

»Das ist doch Unsinn.«

»Ist es aber nicht.«

»Du solltest dir nicht um mein Leben Gedanken machen. Du solltest an dein eigenes Leben denken. Das liegt doch noch vor dir. Das ist wichtig.«

»Ja.«

Plötzlich sah Kamp, daß eine Träne über ihre Wange lief. Er nahm sein Taschentuch und tupfte sie ihr ab, beugte sich ein wenig über sie und trocknete auch die andere Wange. Sie lächelte ihn an. Er sagte: »Geht er denn jetzt ein bißchen anständiger mit dir um?«

Sie nickte.

»Oder streitet ihr euch immer noch so?«

Sie lachte. »Manchmal hat's ganz schön gekracht. Peng, peng!«

»Was meinst du damit?« Er sah sie an. »Schlägt der dich etwa?«

Sie strich ihm übers Haar. »Worüber du dir Gedanken machst.«

»Willst du es mir nicht sagen?«

»Was soll ich dir denn sagen? Du machst dir zu viel Gedanken, wirklich.«

Er schüttelte den Kopf. »Ich versteh so was nicht.«

»Ist auch schwer zu verstehen.«

»Kannst du denn niemanden finden, mit dem du dich besser verträgst? Einen, der anständig mit dir umgeht?«

»Als ob das so einfach wäre.« Plötzlich faßte sie ihn mit beiden Händen an den Ohren, schüttelte ihn ein wenig. »Ich hab doch schon jemanden gefunden. Rat mal, wer das ist.«

Er faßte nach ihren Armen. »Nicht, Claudia...«

»Du bist zu dumm, um das zu raten, nicht wahr? Also gut, dann werd ich's dir sagen: Du bist das. Du. Da bist du platt, nicht wahr?« Sie lachte.

»Claudia. Hör doch auf mit dem Unsinn.«

Sie hörte auf, ihn zu schütteln, ließ seine Ohren aber

nicht los. Ihr Gesicht wurde ernst. Kamp sah, wie die Tränen ihre Augen füllten.

Sie sagte: »Wenn ich mich nie mehr bei dir melden würde... könntest du trotzdem daran glauben, daß ich dich sehr lieb habe?«

Kamp hielt ihre Arme fest. »Hat er dir verboten, zu mir zu kommen?«

»Das gilt nicht. Ich hab dich was gefragt. Das ist unfair, mich einfach was anderes zu fragen. Du mußt antworten.«

»Was soll ich denn antworten?«

»Daß du endlich daran glaubst, daß ich dich sehr lieb habe.«

Kamp schüttelte den Kopf. Dann sagte er: »Ja, ich glaube es.«

»Auch, wenn ich mich nie mehr bei dir melden würde?« Die Tränen liefen ihr über die Wangen.

»Ja, auch dann.«

Sie ließ ihn los. Kamp zog das Taschentuch und trocknete ihre Wangen. Sie sagte: »Das stimmt gar nicht.«

»Was stimmt nicht?«

»Daß du mir das glaubst.«

»Claudia... Ich hab dir doch schon mal erklärt...«

»Ja, das hast du. Aber da war so viel dummes Zeug dabei, Sachen, die du dir einredest, ich weiß gar nicht...«

Eine Frau und ein Mann kamen den Weg hinab. Sie grüßten, Kamp grüßte zurück. Plötzlich spürte er, wie sie den Arm um seinen Hals schlang, sie küßte ihn, auf die Wange, auf den Mund, streichelte sein Haar. Die Frau und der Mann starrten sie an.

Als die beiden vorüber waren, sagte Kamp: »Warum machst du denn so was?«

»Ich hatte Lust dazu.«

Kamp stand auf, klopfte seine Hose ab.

Sie sagte: »Wenn wir gebumst hätten, dann würdest du glauben, daß ich dich lieb habe, nicht wahr?«

»Ich hab dir schon mal gesagt, du sollst nicht solche Wörter gebrauchen.«

»Wie soll ich denn sagen? Das ist doch scheißegal, du weißt doch, was ich meine.«

»Ja, ich weiß, was du meinst, aber ich weiß nicht, warum wir uns darüber unterhalten müssen.«

Sie nickte. »Entschuldigung.« Sie stand auf. »Magst du noch ein Stück gehen?«

Kamp ging voran. Sie kam hinter ihm her. »Darf ich mich einhängen?«

Als sie den Wald hinter sich gelassen und die Höhe erreicht hatten, war sie außer Atem. Sie setzte sich auf die Bank, streckte den Finger aus. »Sieh mal, da kannst du das alte Kloster sehen.« Sie holte tief Atem. »Die beiden Türme da hinten, ganz winzig.« Sie hustete. »Das soll sehr schön sein. Warst du schon mal da?«

»Ja.«

»Ich noch nie.«

Kamp blieb vor der Bank stehen. »Sag mal, mit deiner Erkältung, die mußt du aber mal gründlich auskurieren.«

Sie nickte, klopfte mit der Hand auf die Bank. »Setz dich doch zu mir.«

Er setzte sich. »Warst du denn wenigstens beim Arzt?«

Sie nickte.

»Und was sagt der?«

»Ach, das geht vorüber.«

»Das sagen die immer.« Er schüttelte den Kopf. »Claudia, du mußt auf dich aufpassen.«

Sie küßte ihn auf die Wange, lehnte sich zurück, schlug die Arme übereinander. »So könnte ich jetzt für den Rest meines Lebens sitzen bleiben.«

»Das wäre aber ein bißchen wenig für den Rest deines Lebens.«

»Wieso?« Sie schloß die Augen. »Ich kann alles riechen. Ich kann die Vögel hören. Und ich kann alles sehen. Vielleicht bilde ich mir das nur ein, aber ich kann alles sehen. Mit geschlossenen Augen mehr, als wenn ich die Augen offen hätte. Ich sehe die Bäume, an denen wir eben vorbeigekommen sind. Den weichen Boden, die vielen braunen Nadeln. Und den Schnee, der im Wald noch am Weg lag. Die weißen Flecken. Komisch, wie lange der sich hält. Aber da ist's ja auch dunkel im Wald, da kommt die Sonne nicht hin. Jetzt kann ich die Sonne auf meinem Gesicht spüren. Das kribbelt richtig. Und ich kann das Kloster sehen. Wenn ich jetzt wollte, könnte ich hinfliegen. Einmal rund um die Türme, und dann käme ich zurück. Aber ich bleibe lieber hier. Ich seh ja alles von hier. Kannst du das auch, mit geschlossenen Augen? Mach doch mal die Augen zu.«

Kamp schloß die Augen.

»Hast du sie zugemacht?«

»Ja.«

»Und?«

»Ich weiß nicht. Ich sehe alles rot. Das ist die Sonne hinter meinen Augenlidern. Sonst sehe ich nichts. Vielleicht dauert das bei mir länger.«

»Ach, schon wieder! Du Spielverderber.« Sie tastete über seine Brust, seinen Arm entlang, faßte seine Hand und legte sie auf ihren Schenkel. »Fühlst du denn wenigstens was?«

»Ja. Ich fühle dein Bein. Und deine Hand.«

»Du fühlst doch noch mehr. Sei ehrlich. Du fühlst deinen Rücken an der Lehne. Und deinen Hintern auf der Bank.« Sie lachte. »Die Bank könnte ein bißchen weicher sein. Aber sonst ist alles perfekt. Findest du nicht? Sei ehrlich. Möchtest du nicht für den Rest deines Lebens hier sitzen bleiben?«

Kamp schwieg eine Weile. Dann sagte er: »Doch. Das wäre schön.«

»Siehst du.« Sie schwieg, streichelte mit den Fingern ein wenig seine Hand. Plötzlich begann sie zu lachen.

»Was ist denn?«

»Ich kann noch viel mehr. Weißt du, was ich jetzt kann?«

»Was denn?«

»Ich kann den Kaffee schmecken, den wir nachher trinken werden. Und den Stollen, den wir essen.«

»Hast du Hunger?«

»Nein.« Sie legte den Kopf auf seine Schulter. »Es geht mir nur gut.«

Nach einer Weile sagte Kamp: »Passiert dir das auch schon mal, daß du irgend etwas siehst, nein, nicht richtig siehst, es ist nur so ein Gefühl, du weißt genau, das hast du schon mal erlebt, aber du kannst nicht sagen, wann und wo?«

»Klar. Das hab ich oft. Déjà-vu.« Sie lachte. »Das Leben vor dem Leben.«

»Was soll das denn jetzt heißen?«

»Na ja, das sagen diese Leute doch. Sie sagen, du erinnerst dich an die Zeit vor deiner Geburt. Das sind natürlich keine richtigen Erinnerungen, nur so ein Gefühl, das kommt auf einmal, ganz plötzlich, und dann ist es wieder weg.«

»Das ist doch Humbug. Das Leben vor dem Leben!« Kamp wollte seine Hand wegziehen.

»Laß uns nicht wieder streiten!« Sie hielt die Hand fest, legte sie in ihren Schoß, legte beide Hände darüber. »Ich möchte dir noch etwas sagen. Und weil du bestimmt wieder böse werden wirst, sag ich dir's jetzt, dann kannst du nachher wieder lieb sein.«

Kamp sah auf ihr Gesicht. Sie hielt die Augen geschlossen. Der leichte Wind hob eine der Haarsträhnen. Der dicke Schal stand über ihr Kinn empor.

»Ich wollte dir noch sagen, daß du dich irrst. Du bist kein alter Mann. Jedenfalls nicht so, wie du das meinst. Ich hab das sowieso nicht verstanden, dieses Theater, das du gemacht hast wegen deiner Haut, und wegen der krummen Knochen, die Muskeln, ich weiß nicht, was alles. Stell dir mal vor, ich müßte sterben, sehr bald sterben, und dann kämst du und würdest sagen: Du bist ja schon halbtot, ich mag deine Haut nicht anfassen, danach kann man doch kein Verlangen haben, das ist ja unnatürlich. So ein Quatsch. Oder? Würdest du das sagen? Siehst du. Und damit du das jetzt endlich mal richtig kapierst, sag ich dir auch noch, daß ich dich gern anfasse. Ich faß deine Haut gern an. Es war sehr schön, als ich dein Herz gefühlt habe. Und es macht mir Spaß, dich am Kopf zu kratzen. Ich bin nicht zu dir ins Bett gekommen, weil ich mit dir... na, du weißt schon, was. Ich hab gar nicht daran gedacht. Aber wenn du gewollt hättest, hätte ich vielleicht auch Lust bekommen. Vielleicht hab ich sogar Lust bekommen, als ich... als ich das gespürt habe, du weißt schon, in der Nacht, als du hinter mir lagst. Vielleicht hätten wir's machen sollen, es hätte uns sicher Spaß gemacht, und dann könnten wir uns jetzt beide daran erinnern. Aber das ist doch auch nicht so wichtig, oder? Ich weiß nur, daß ich dich sehr lieb habe. Daß ich dich in meinen Armen halten möchte und lieb zu dir sein möchte. Aufpassen, daß dir nichts passiert. Und dich streicheln. Und ich hab es sehr gern, wenn du mich streichelst. Hörst du? Willst du das endlich mal einsehen? Du darfst das nicht vergessen, hörst du? Alles, was ich dir jetzt gesagt habe. Und vor allem darfst du nie vergessen, daß ich dich sehr lieb habe. Daran wird sich nämlich nichts ändern.«

Kamp blieb regungslos sitzen. Plötzlich sprang sie auf. Sie lachte ihn an. »Und jetzt gehen wir Kaffee trinken. Ich hab schrecklichen Hunger.«

Er stand auf. Sie trat dicht an ihn heran, sah ihm in die Augen. »Willst du mich nicht endlich mal richtig in die Arme nehmen, du alter sturer Bock? Es ist doch kein Schwanz hier, der uns sehen könnte.«

Er nahm sie in die Arme. Sie legte den Kopf an seine Brust, umschlang ihn mit beiden Armen, preßte ihn fest an sich.

Am Eckfenster der niedrigen Gaststube, knorrige, krummgezogene Balken unter der weißgestrichenen Decke, saßen die Frau und der Mann, die ihnen begegnet waren. Sie hob die Hand, winkte ihnen: »Hallo!« Die beiden sahen sich an.

Sie aß kräftig, stieß ihn unversehens mit der Faust vor die Brust: »Nun hau doch mal richtig rein! Geht alles auf meine Kosten.«

»Darüber reden wir noch.«

»Nichts da. Darüber wird kein Wort mehr verloren.« Sie stellte ihre Kaffeetasse ab. »Du grübelst wieder, nicht wahr?«

»Nein.«

»Du kannst mich nicht ankohlen. Woran hast du gerade gedacht?«

»An nichts Bestimmtes.« Er nahm eine Schnitte von dem Stollen, bestrich sie mit Butter. »Studierst du jetzt wieder?«

Sie schüttelte den Kopf. Dann lachte sie: »Sind doch Semesterferien.«

»Ach so. Und was tust du so?«

»Hier was und da was.«

»Geld verdienen?«

»Ja. Hab ich auch noch mal gemacht.«

Kamp kaute eine Weile. Er trank einen Schluck Kaffee.

»Warst du noch mal in Amsterdam?«

Sie sah ihn verständnislos an. »In Amsterdam? Wie kommst du denn darauf?«

»Na, du hast mir doch mal erzählt, an dem einen Abend, an dem du mit deinem Gepäck zu mir gekommen bist, daß du in Amsterdam warst, mit ein paar Freunden.«

»Ach, die Tour!« Sie lachte. »Das war an dem Wochenende, als der Scheißkerl mir das Schloß auf die Tür gehängt hat. Nein, in Amsterdam war ich nicht mehr. Das hat mir damals auch gereicht.«

Kamp nickte. Nach einer Weile sagte er: »Eine neue Wohnung suchst du jetzt gar nicht mehr?«

»Nein. Das hat doch keinen Zweck.« Plötzlich legte sie das Stück Stollen ab, das sie in der Hand gehalten hatte, rührte in ihrer halbleeren Tasse, starrte in die Tasse.

Kamp sagte: »Warum hat das keinen Zweck? Weil er dich doch nicht in Ruhe lassen würde?«

Sie gab keine Antwort.

Kamp berührte mit den Fingerspitzen ihren Arm. »Warum hat das keinen Zweck?«

Sie sah ihn an. »Weißt du was? Ich möchte dich jetzt gerade noch mal richtig abschmusen. Aber ich tu's nur, wenn du dich nicht genierst.« Sie wies mit dem Daumen zum Eckfenster. »Die glotzen die ganze Zeit hier rüber. Also, genierst du dich?«

Kamp sagte: »Nein.«

Sie richtete sich auf, beugte sich heftig über die Tischecke, die Tassen klirrten, zog ihn mit beiden Armen an sich, küßte ihn ab, Stirn, Augen, Wangen, Lippen. Dann ließ sie ihn los, sank mit einem Seufzer auf die Bank zurück, lachte.

Die Frau hob ihre Schultern unter der Bluse ein wenig an und ließ sie wieder sinken, wandte den Kopf ab und sah aus dem Fenster. Der Mann lächelte vor sich hin.

»So, das hat gut getan.« Sie nahm das Stück Stollen und biß hinein. »Darf ich dich auch mal was fragen?«

»Natürlich. Entschuldige, ich wollte dich nicht ausfragen.«

»Weiß ich doch.« Sie sah ihn an. »Hast du wieder Arbeit?«

»Nein. Aber ich bekomme demnächst Rente. Das ist alles durch.«

»Hast du mir nicht mal gesagt, das ist weniger, als du sonst bekommen hättest?«

»Ja. Aber ich komme gut zurecht.«

Sie nickte. Nach einer Weile sagte sie: »Scheiße.«

Auf der Rückfahrt schwieg sie. Kamp zögerte lange, aber die Frage ließ ihm dann doch keine Ruhe. Er räusperte sich: »Leben deine Eltern eigentlich noch?«

»Meine Eltern? Ja, die leben noch.«

Kamp öffnete den Mund, schloß ihn wieder. Dann sagte er:

»Aber nicht hier?«

Sie schüttelte den Kopf. »Nein. Meine Mutter lebt auf dem Dorf. Und mein Vater ist nach München gezogen.« Sie sah ihn an. »Sie sind geschieden.«

»Aber dann muß er doch Unterhalt für dich bezahlen?«

»Ja.« Sie lachte, sah über das Lenkrad. »Manchmal schickt er mir auch was. Aber der hat Probleme, verstehst du. Genau so wie meine Mutter. Meine Mutter hat einen Freund. Und er hat eine neue Frau. Die sind pausenlos mit sich selbst beschäftigt.«

Kamp schüttelte den Kopf. »Aber du kannst ihn verklagen, wenn er dir nicht Unterhalt bezahlt. Das kannst du auf Heller und Pfennig einklagen.«

»Wie soll ich das denn machen?«

»Da mußt du zu einem Rechtsanwalt gehen.«

Sie nickte. Kamp beugte sich vor. Sie legte die Hand auf seinen Arm. »Red jetzt nicht mehr davon, ja? Bitte.«

»Aber...«

Sie drückte seinen Arm. »Bitte.« Kamp ließ sich zurücksinken.

Sie wandte sich ihm erst wieder zu, als sie vor dem Haus anhielt. Ihre Augen waren naß. Sie sagte: »Paß auf dich auf.« Sie schlang einen Arm um seinen Nacken, zog ihn an sich, als ob sie ihn erdrücken wollte, küßte ihn, flüsterte in sein Ohr: »Und vergiß nicht, was ich dir gesagt habe. Hörst du? Das darfst du nie vergessen.«

Kamp sagte: »Ich möchte aber noch mal ausführlich mit dir reden.«

Sie schüttelte den Kopf. »Das geht nicht. Das geht nicht mehr.« Sie lächelte. »Steig jetzt aus, bitte.«

Kamp stieg aus. Erst als sie abgefahren war, wurde ihm klar, daß er noch immer nicht ihren Nachnamen wußte.

14

Bis in den Sonntag hinein konnte Kamp sich nicht schlüssig werden, was er tun sollte. Er versuchte immer wieder sich klarzumachen, daß er gar nichts tun konnte, daß er auch nichts tun mußte oder tun wollte.

Daß sie ihn nicht mehr zu sehen beabsichtigte, hatte sie deutlich genug gesagt, da war wohl kaum ein Mißverständnis möglich. Über die Gründe dafür konnte man lange nachdenken, aber sie waren streng genommen nebensächlich. Es hatte ja schließlich keinen Zweck, sich ihr gegen ihren eigenen Willen aufzudrängen, wie hätte er das auch bewerkstelligen sollen? Und selbst wenn sie den Wunsch geäußert hätte, ihn wiederzusehen: Hätte er ihr diesen Wunsch nicht abschlagen müssen, wenn er nicht wieder alles, was er zuvor erkannt hatte, vergessen und einer Illusion hätte nachlaufen wollen?

Er schob, so gut er es konnte, das beiseite, was sie ihm über ihre Empfindungen für ihn gesagt hatte. Empfindungen, welch ein Wort schon in diesem Zusammenhang! Also gut, sie hatte gesagt: Ich hab dich sehr lieb. Und wenn man diesen Satz mit dem zutreffenden Hinweis anzweifeln wollte, daß er sehr vieles und sehr verschiedenes bedeuten konnte, so ließ sich dagegen doch anführen, daß sie auch noch einiges mehr gesagt hatte. Daß sie ihn gern anfasse, zum Beispiel, und daß sie sich gern von ihm anfassen lasse, und so weiter und so weiter. Ergänzungen, die diesem vieldeutigen Satz durchaus eine tieferreichende Bedeutung zu verleihen schienen. Aber gab es nicht auch eine andere Erklärung dafür, eine Erklärung, die viel wahrscheinlicher war?

Sie hatte ihn trösten wollen. Sie war gekommen, um ihm zu sagen, daß er von nun an nichts mehr von ihr hören werde, und sie hatte gemeint, sie müsse ihm über die Trennung hinweghelfen. Und über die Tatsache, die sie ja auch eingestanden hatte, daß sie zu diesem Freund zurückgegangen war, dem Kerl, der Kamp angegriffen hatte. Sie hatte gemeint, das werde ihn wie einen Mann kränken, den eine Frau verläßt, um zu einem anderen zu gehen, einem jüngeren, stärkeren. Und deshalb hatte sie sich, sie hatte es zweifellos gut gemeint, diese Art von Liebeserklärung einfallen lassen, ja, es war gut gemeint gewesen, aber war es nicht auf den ersten Blick durchschaubar? Wenn es so wäre, wie sie gesagt hatte – hätte sie dann die Verbindung zu ihm abbrechen wollen? Hätte sie nicht im Gegenteil darauf bestanden, ihn wiederzusehen?

An diesem Punkt jedoch geriet Kamp bereits in Schwierigkeiten. War es etwa nicht vorstellbar, daß sie ihn auch in Zukunft hin und wieder einmal ganz gern sehen, ihn gern besuchen wollte? Es hatte ihr bei ihm ja doch gefallen, das hatte sich nicht übersehen lassen. Nein, es war durchaus vorstellbar, daß sie die Verbindung nicht ungern aufrechterhalten würde. Aber es war eben auch vorstellbar, daß sie daran gehindert, daß es ihr verboten wurde.

Der Freund. Er hatte sie mit Gewalt bei Kamp herauszuholen versucht. Und es sah nun doch so aus, als ob er auch bei ihr vor Gewalt nicht zurückschreckte. Sie war Kamps Frage ausgewichen, ob der Kerl sie schlüge.

Kamp machte eine kaum zu ertragende Stunde durch, als ihm plötzlich der Wollschal einfiel. Es war ja völlig unverständlich gewesen, daß sie an einem so warmen Tag, und dann auch noch beim Spazierengehen und Klettern, diesen dicken Schal getragen hatte. Nicht einmal mit der Erkältung, von der ihr im übrigen kaum etwas anzumerken gewesen war, reimte sich das zusammen, der Schal hätte ihr dann doch noch lästiger fallen müssen.

Aber vielleicht hatte sie ihn getragen, um die Spuren von Gewalttätigkeit zu verbergen? Ein Würgemal am Hals.

Kamp schlug, was er bis dahin peinlich vermieden hatte, den Namen im Telefonbuch nach, Stefan Marx, es war eine

Adresse in der Südstadt. Er stand schon in Hut und Mantel in der Diele, um hinzufahren und den Kerl zur Rede zu stellen. Nach einer Viertelstunde, einer halben Stunde vielleicht, zog er Hut und Mantel wieder aus.

Angst? Angst vor diesem Kerl? Kamp prüfte sich genau, aber er konnte nicht feststellen, daß Angst ihn abhielt. Die Frage war nur, was es ihr nutzen würde und ob es ihr überhaupt etwas nutzen konnte, wenn er den Kerl zur Rede stellte, ihm vielleicht mit der Polizei drohte. Sie war zu ihm zurückgegangen, obwohl sie ihn doch kannte, seine Gewalttätigkeit, seine Aggressivität. Hatte sie nicht selbst gesagt, an dem Abend, an dem sie vor Kamps Tür gesessen hatte, vor dem könne man Muffensausen bekommen? Muffensausen, ja, so hatte sie sich ausgedrückt.

Es konnte so ein Verhältnis sein, in dem zwei sich das Leben zur Hölle machen und doch nicht voneinander lassen können, dagegen war kein Kraut gewachsen. Und es konnte sogar noch schlimmer sein: Sie war abhängig von diesem Freund. Finanziell war sie es wahrscheinlich ohnehin, weil sie bei ihm wohnen konnte und kein Geld hatte, sich eine eigene Wohnung zu mieten. Und vielleicht war sie auch noch in anderer Weise von ihm abhängig. Auch von solchen Fällen hatte Kamp schon gehört, Hörigkeit. Und dieser Mensch nutzte das aus, gebrauchte und schikanierte sie nach seinem Gefallen, maß ihr das zu, wonach sie lechzte, und verbot ihr, was seine Herrschaft hätte einschränken können.

Ganz unvermeidlich geriet Kamp wieder auf seine Vermutung, es könne Rauschgift im Spiel sein. Sie war süchtig, der Kerl besorgte ihr die Tabletten oder das Haschisch oder was immer, vielleicht handelte er damit, und deshalb ließ sie mit sich tun und lassen, was er wollte. Das bedeutete aber nur um so klarer, daß Kamp die Hände gebunden waren: Selbst dann, gerade dann, wenn Rauschgift im Spiel war, würde er ihr nicht helfen können, obwohl sie gerade dann die Hilfe am meisten brauchte. Sie würde sich mit Händen und Füßen dagegen sträuben, aus den Fängen dieses Freundes befreit zu werden. Eine richtige Behandlung, ja. Aber wie sollte er das durchsetzen? Er hatte ja kaum einen Beweis für seine Vermutung, den er den zuständigen Stellen hätte vorlegen können.

Am Sonntagabend fand Kamp gleichwohl einen Ausweg, der es ihm erlaubte, tätig zu werden: Der Vater. Er kümmerte sich offenbar nicht um sie, und die Mutter auch nicht. Waren pausenlos mit sich selbst beschäftigt. Aber wenn dieser Vater es schon nicht für nötig hielt, sich darum zu kümmern, wie und mit wem seine Tochter lebte, dann sollte er wenigstens das für sie tun, wozu das Gesetz ihn verpflichtete, nämlich Unterhalt bezahlen. Das Geld konnte sie jedenfalls gebrauchen, nein, sie war darauf angewiesen. Und vielleicht konnte dieses Geld ihr sogar helfen, sich aus der Abhängigkeit von dem Kerl zu befreien. Wenn sie eine regelmäßige Zahlung erhielt, konnte sie sich vielleicht eine eigene Wohnung mieten, ein Zimmer würde ja schon genügen.

Kamp wußte sofort, daß diese neue Überlegung auf schwachen Füßen stand, dann jedenfalls, wenn er die Überlegungen ernst nehmen wollte, die er zuvor angestellt hatte. Aber er schob die Bedenken zur Seite. Seine Erleichterung, endlich wieder tätig werden zu können, war zu groß, er wollte sich die Hoffnung nicht zerstören lassen.

Am Montagmorgen fuhr er in die Stadtbibliothek. Er fragte die Bibliothekarin, wo er etwas über Unterhaltszahlungen finden könne. Ganz allgemein? Ja, ziemlich allgemein, er habe wenig Ahnung davon und wolle sich das einmal ansehen. Die Bibliothekarin gab ihm zwei Broschüren über den Versorgungsausgleich, ein juristisches Nachschlagewerk und einige Gesetzestexte, Kamp zog sich an seinen Arbeitsplatz zurück, legte Papier und Bleistift zurecht.

Am Nachmittag verließ ihn die Hoffnung. Er blieb noch

sitzen, bis die Bibliothek geschlossen wurde, blätterte in den Gesetzestexten, tat aber nur noch so, als ob er lese. Er war schon am Morgen unsicher geworden, als er den Satz fand, in den er sich mühsam hineingrub und der lautete, es sei derjenige nicht unterhaltspflichtig, der »bei Berücksichtigung seiner sonstigen Verpflichtungen nicht in der Lage ist, ohne Gefährdung seines eigenen angemessenen Unterhalts den Unterhalt zu gewähren«. Sollte das heißen, daß der Vater gar nicht zahlen mußte, wenn er sich dadurch ins eigene Fleisch schneiden würde? Wieviel konnte so ein Vater denn behalten, obwohl seine Tochter gar nichts hatte? Was war denn der »eigene angemessene Unterhalt«, den dieser Vater für sich selbst beanspruchen konnte?

Er kannte den Mann ja gar nicht. Er kannte weder den Vater noch die Mutter. Daß er sich wieder einmal eine Rechenaufgabe gestellt hatte, in die er nur unbekannte Größen einzusetzen wußte, wurde ihm vollends klar, als er sich durch eine Erläuterung des neuen Eherechts durchgearbeitet hatte und zufällig noch einmal auf das Datum der Gesetzesänderung sah. 1. Juli 1977? Er wußte ja nicht einmal, ob die Eltern vor dem 1. Juli 1977 geschieden worden waren oder erst danach. Welche Ansprüche konnte sie stellen, die der alten oder die der neuen Regelung?

Nachdem er sich das Scheitern seines Unternehmens eingestanden hatte, ließen sich auch die Bedenken nicht mehr unterdrücken, die er am Vorabend kurzerhand verbannt hatte. Wenn seine Vermutung zutraf, und sie ließ sich ja nun einmal nicht widerlegen, daß sie von diesem Freund abhängig war, weil er ihr das Rauschgift gab, dann würde ihr die Unterhaltszahlung, eine kleine monatliche Überweisung doch nichts nutzen. Die würde der Kerl doch kassieren, Monat um Monat.

Auf dem Heimweg setzte Kamp sich auf eine Bank am Fluß. Die Aprilsonne ging rot hinter den Lagerhäusern auf dem anderen Ufer unter. Er zog den Regenmantel aus und hängte ihn über die Lehne der Bank, öffnete den Hemdkragen. Nach einer Weile zog er auch die Jacke aus. Er saß da, ein wenig breitbeinig, stützte die Ellbogen in den Hemdsärmeln auf die Oberschenkel, ließ die Hände und den Kopf hängen.

Er lauschte auf das dumpfe Blubbern eines Motorschiffs, das schnell stromab fuhr. Als das Schiff vorüber war, hob er den Kopf und suchte das jenseitige Ufer ab. Irgendwo hinter den Lagerhäusern, ein wenig stromauf, lag die Südstadt. Alte Straßen, auf denen jetzt noch die Kinder spielten, schwarzhaarige Kinder, es gab da viele Ausländer, die Gemüseläden in den Toreinfahrten, ein paar Ecken weiter die Häuser, in denen früher die besseren Leute gewohnt hatten, alte Bäume auf beiden Seiten der Straße.

Er wußte nicht, wo die Wohnung des Kerls lag, er hätte es gern gewußt. Über einer dieser Toreinfahrten? Lärm vor den Fenstern, das Leuchtschild eines Stehrestaurants, griechisch oder italienisch, die Düfte des Fleischs, das sie da brutzelten. Oder über dem Wipfel eines knorrigen Baums, die Wohnung im Dachgeschoß? Dunkle Holzstiegen, und auf jeder Etage ein paar wurmstichige Türen, große, geschwungene Klinken, kleine Pappschilder, mit Reißnägeln aufs Holz geheftet.

Er schloß die Augen. Es war ein großes, düsteres Zimmer. Hohe Decke, zerfressene Stuckornamente, unebene Dielen. Ein Zottelteppich, der einmal weiß gewesen war. Quer ins Zimmer hinein ein Regal, aus Metall, konnte ziemlich teuer gewesen sein. Bücher, Zeitschriften, wirr gestapelt. Eine Stereoanlage, große schwarze Lautsprecher. Die Schallplatten im untersten Fach des Regals, sie quollen über. Eine niedrige Stehlampe, darunter ein sehr tiefer Tisch, nacktes Holz. Ein paar Sitzpolster auf der Fensterseite. Poster an den Wänden. Auf der anderen Seite des Regals, in der dunklen Ecke des Zimmers, in die die Nacht schon hineinkroch, eine breite Couch, irgend etwas Zusammengebautes, Hügel und Täler unter der Tagesdecke, ein paar Kissen.

Sie lag auf dem Rücken, einen Arm über die Stirn gelegt. Sie sah auf zur Decke. Ihre Augen schimmerten im Halbdunkel. Sie hatte geweint, und noch immer standen ihr die Tränen in den Augen. Ab und zu zog sie die Luft durch die Nase ein, es klang wie ein Schnüffeln. Die letzten Ausläufer des Schluchzens. Kamp wollte sich über sie beugen und sie an sich ziehen, aber das Zimmer schwand ihm unter den Füßen, es sank abwärts, wurde immer kleiner, das Dach schob sich davor, viele Dächer, Kamp schwebte darüber und wußte nicht mehr, unter welchem dieser vielen, immer kleiner werdenden, sich ineinander schiebenden Dächer er sie suchen sollte. Er glaubte, das schneidende Gefühl in seiner Brust, die Angst um sie, das Verlangen nach ihr nicht mehr aushalten zu können.

Er starrte auf die Lagerhäuser, die schwarz vor dem roten Himmel standen, öde, tot. Die Augen brannten ihm. Er stand auf, zog die Jacke und den Regenmantel an, nahm die Tasche und ging nach Hause.

Am anderen Morgen versuchte er noch einmal, sich über seine Situation klarzuwerden, sich einzuhämmern, was er doch schon vor langer Zeit erkannt hatte. So, genauso war das Sterben, so und nicht anders. Es war ihm nur wieder ein Stück des Lebens verlorengegangen. Und es war töricht, sich nach dem Verlorenen zu sehnen, das tat nur schrecklich weh, er konnte es ja nicht mehr einholen und an sich ziehen, es war dahin. Das nächste Stück Leben würde folgen, sich schon bald von ihm ablösen, vielleicht würde ihm der Verlust dieses nächsten Stücks nicht so weh tun, vielleicht würde er gar nicht spüren, wie es dahinschwand. Aber so würde es weitergehen, Stück um Stück, bis zum letzten, dünnen Atemzug, darauf mußte man sich einstellen, damit mußte man leben, ja, so widersinnig das auch klingen mochte. Leben, um zu sterben, das war das Gesetz.

Er hatte im Verlauf der nächsten Tage schon geglaubt, es endlich begriffen und sich zu eigen gemacht zu haben, als ein neuer, verzweifelter Einfall das ganze Gedankengebäude zum Einsturz brachte. Das war am Sonntagmorgen, die Glocken läuteten zum Hochamt, Kamp ahnte schon, was kommen würde, und dann überfielen ihn die Erinnerungen an jenen anderen Sonntagmorgen, er wußte sich ihrer nicht zu erwehren. Er sah sie wieder auf den hochgetürmten Kissen liegen, mit offenen Augen, den Notschweiß auf der Stirn und über den Lippen, aber lächelnd, ihn anlächelnd, um ihn zu beruhigen, tapfer ihre Not verleugnend.

Er konnte sie nicht ihrem Schicksal überlassen. Er mußte wenigstens versuchen, ihr zu helfen. Wie?

Während der nächsten Stunde überlegte er fieberhaft. Das Geld. Es lag auf der Bank. Er hatte es, sobald die Versicherung es überwiesen hatte, auf sein Sparbuch eingezahlt, er hatte ja nichts mehr damit anzufangen gewußt, nichts mehr damit anfangen wollen, nachdem sie gegangen war. Aber dieses Geld war vielleicht doch ein Mittel, um ihr zu helfen. Er hatte auch zuvor schon daran gedacht, den Gedanken jedoch verworfen. War nicht zu befürchten, daß der Kerl ihr Konto kontrollierte und das Geld sofort mit Beschlag belegen würde? Was konnte das Geld ihr nutzen, solange sie diesem Menschen ausgeliefert war?

Nur eben das ließe sich ja vielleicht ändern. Eine monatliche Überweisung, die würde versickern, an jedem Ersten auf der Stelle aufgesaugt werden von dem Kerl. Machte es aber nicht doch einen erheblichen Unterschied, wenn sie auf einen Schlag über siebentausend Mark würde verfügen können? Wäre das nicht ein Startkapital, das es ihr erlauben würde, sich aus der Abhängigkeit zu lösen, sich auf eigene Füße zu stellen? Allerdings mußte man sorgfältig vorgehen, man mußte natürlich alle erdenklichen Vorkehrungen treffen, damit sie tatsächlich über das Geld verfügen, die Chance auch nutzen konnte.

Kamp war sich wohl bewußt, daß sie das Geld beharrlich abgelehnt hatte. Und entgegen seinem Verdacht, diesem niederträchtigen Verdacht, hatte sie, als sie zum letztenmal zurückgekommen war, nicht einmal mit einer vagen Andeutung danach gefragt. Aber dieses Verhalten schien ihm nun eher für seinen Plan zu sprechen: Machte es nicht ganz deutlich, daß sie das Geld unter gar keinen Umständen dem Kerl in die Finger fallen lassen wollte?

Es mußte möglich sein, das zu verhindern. Und wenn er sie davon überzeugen konnte, dann würde sie sich auch helfen lassen.

Wie? Kamp fand einen Weg: Er mußte ihr das Geld in bar bringen. Er mußte es irgendwie einrichten, sie noch einmal zu sehen. Eine halbe Stunde, mehr würde nicht nötig sein. Er würde mit ihr auf die nächste Bank gehen und das Geld für sie einzahlen. Sie würde ein neues Konto einrichten, von dem der Kerl nichts wußte, und Kamp würde das Geld darauf einzahlen. Er würde sich einen Schuldschein geben lassen, natürlich, um sie zu beruhigen. Und diesen Schuldschein würde er zu Hause verbrennen. Seinem Sohn sollte er jedenfalls nicht in die Hände fallen.

Die entscheidende Schwierigkeit schob Kamp in seinen Überlegungen bis zuletzt auf, aber am Ende mußte er sich doch damit auseinandersetzen: Wie konnte er sich mit ihr in Verbindung setzen, wie konnte er ihr alles erklären, ohne daß dieser Freund dahinterkam?

Nachdem Kamp immer wieder die Risiken durchdacht hatte, entschied er sich für ein Telefongespräch. Wenn der Kerl abnahm, würde er auflegen, ohne seinen Namen zu nennen. Das mußte den Kerl zwar auch mißtrauisch machen, und vielleicht würde sie darunter zu leiden haben. Aber alle anderen Möglichkeiten, ein Brief, ganz zu schweigen von einem Besuch, waren noch viel riskanter.

Kamp verbrachte den Sonntagnachmittag damit, sich das zurechtzulegen, was er ihr sagen wollte. Es mußte kurz sein, und es mußte sie überzeugen. Er schrieb eine Reihe von Zetteln voll, warf sie schließlich alle weg und ging hinaus auf den Balkon, atmete tief.

Um sechs setzte er sich wieder an den Schreibtisch. Bis um halb sieben saß er da, bewegte ab und zu stumm die Lippen. Seine Hände waren feucht. Schließlich nahm er den Hörer ab und wählte die Nummer. Es dauerte ein paar Sekunden, dann hörte er die Stimme: »Stefan.« Er legte auf.

Am frühen Montagmorgen versuchte er es noch einmal, am Montagabend wieder. Beide Male meldete sich der Kerl, Kamp legte beide Male auf, beim letztenmal ließ er den Hörer fallen. Es war ihm klar, daß er sie in Schwierigkeiten gebracht hatte. Der Kerl würde es nicht auf sich beruhen lassen, daß da dreimal jemand anrief und immer wieder auflegte, ohne seinen Namen zu nennen.

Obwohl sein Plan offensichtlich gescheitert war, obwohl er wahrscheinlich nur Schaden angerichtet hatte, wollte Kamp nicht aufgeben. Er verwarf den Gedanken, ein paar Tage vergehen zu lassen, und dann noch einmal anzurufen. Plötzlich ängstigte ihn die Vorstellung, daß er unversehens sterben könne. Eine jähe Übelkeit, wie im Schwimmbad, dieses Mal verlor sie sich nicht, sie zog ihm die Kehle zu, eine eiskalte Klaue krallte sich in sein Herz, die Finsternis brach herein, für immer. Sein Sohn würde das Geld einstreichen.

Während der Nacht entschloß er sich, schon am nächsten Morgen mit dem Geld zu der Wohnung zu gehen. Er legte sich zurecht, was er sagen würde, sollte der Kerl die Tür öffnen: Claudia habe ihn in einer Rechtssache um Rat gefragt. Es gehe um die Unterhaltszahlung ihres Vaters. Er wolle mit ihr zu einem Rechtsanwalt gehen, einem Freund, der sich bereit erklärt habe, ihr kostenlos Auskunft zu geben. Sobald er mit ihr allein war, unterwegs zur Bank, würde er ihr die Adresse des Rechtsanwalts geben. Sie konnte dann dem Kerl sagen, der Anwalt habe keine Zeit gehabt, aber sie solle wegen eines neuen Termins anrufen. Das konnte sie am nächsten Tag tun, Kamp würde dem Rechtsanwalt Bescheid sagen.

Es war nicht anzunehmen, daß der Kerl sich bei einer solchen Erklärung sperren würde. Er würde Geld wittern.

Kamp lag lange wach, wendete alles noch einmal hin und her. Aber am Ende lag er ruhig und entspannt. Er wußte, daß er sich zu dem Richtigen, dem Notwendigen entschlossen hatte. Es war nicht irgendein müßiger, lächerlicher Versuch, dem Leben hinterherzulaufen, eine Illusion einzufangen. Es war das, was er noch zu tun hatte. Sobald das erledigt war, konnte und würde er sich zur Ruhe setzen und das Sterben über sich ergehen lassen.

Pünktlich zur Öffnungszeit stand er vor der Sparkasse. Niemand sonst betrat die Halle. Er hob von seinem Sparbuch achttausend Mark ab, sieben Tausender, zehn Hunderter. Er hatte befürchtet, daß sie ihm irgend etwas von der Kündigungsfrist erzählen würden, und sich darauf vorbereitet, er hatte die Geschäftsbedingungen durchgelesen. Aber der Kassierer nickte nur. Er gab ihm das Geld in einem blauen Plastikmäppchen, Kamp verstaute das Päckchen in seiner Brusttasche.

Es war eine von den baumbestandenen Straßen. Das Haus schmalbrüstig, rote Klinker, weißgestrichene Fenstersimse, es glänzte in der Morgensonne. Kamp stieg die steinernen Stufen vor dem Eingang empor, eine doppelflüglige Tür, Ziergitter vor den dunklen Scheiben. Neben dem alten Klingelbrett waren ein paar zusätzliche Knöpfe mit Schildern angebracht. Kamp fand den Namen, *Stefan Marx*, in Druckbuchstaben geschrieben. Darunter gekritzelt stand *Claudia*. Er klingelte, reckte die Schultern, räusperte sich, sah hinunter auf die Straße. Mit der Rechten tastete er nach dem Päckchen, zog den Mantel straff darüber. Der Türöffner summte.

Kamp stieg durch das dämmrige Treppenhaus hinauf auf den ersten Stock. Die Dielen knarrten. Ein breites Podest, mehrere Türen, alle geschlossen. Kamp sah sich suchend um, trat an eine der Türen heran, um das Namensschild zu lesen. Er hörte die Stimme: »Hier oben.« Der Kerl sah übers Treppengeländer, Kamp erkannte das bärtige Gesicht. Er stieg empor in den zweiten Stock. Der Kerl war zurückgetreten, er stand in einer offenen Tür, ein breiter Streifen von Sonnenlicht, in dem winzige Staubpartikel schwebten. Es roch nach Kaffee.

Kamp sagte: »Guten Morgen.«

»Guten Morgen.« Er trat zur Seite, hob die Hand. »Wollen Sie nicht reinkommen?«

Kamp ging an ihm vorbei, »Danke«. Ein nicht sehr großes Zimmer. Die breite Liege, uneben. Bücherregale. Ein Sessel. Eine lange Holzplatte auf zwei Böcken, darauf Papiere, aufgeschlagene Bücher, ein großer, gemusterter Kaffeebecher. Vor den schmalen Fenstern die Zweige, sie bewegten sich sacht, das Sonnenlicht tanzte auf den Knospen.

Kamp wandte sich um. »Ich wollte zu Claudia.«

Der Kerl zog langsam die Tür zu. »Zu Claudia?« Er wischte sich die Hände an den Jeans ab, ließ die Arme hängen. Kräftige Hände und Unterarme, das T-Shirt saß fest auf den Schultern. Er schien sich das Haar und den Bart frisch gewaschen zu haben, die Locken schimmerten rotbraun.

»Ja.« Kamp räusperte sich. »Sie hat mich in einer juristischen Sache um Rat gefragt. Es geht um den Unterhalt, den ihr Vater ihr bezahlen muß.«

»Aber sie ist doch nicht hier.« Er sah Kamp an.

»Wo ist sie denn?« Kamp hob die Hand. »Es ist ja wichtig für sie, es wird auch nicht lange dauern, ein Rechtsanwalt, ich bin befreundet mit ihm.« Kamp räusperte sich. »Er will ihr Auskunft geben. Kostenlos.«

Der Kerl ging an seinen Schreibtisch, legte die Hand darauf. Er sah auf seine Hand, dann sah er Kamp an. »Sie ist doch im Krankenhaus.«

»Im Krankenhaus?« Kamp griff sich an die Wange. Sein Herz begann heftig zu schlagen. Er spürte auf einmal seine Beine, seine Füße, es war, als wenn die Schwäche sie aushöhlte. Er sagte, sein Mund war trocken: »Hat sie einen Unfall gehabt?«

»Einen Unfall? Wie kommen Sie denn darauf?« Er schüttelte den Kopf. Dann wies er auf den Sessel. »Setzen Sie sich doch.«

Kamp ließ sich nieder, er stützte sich mit beiden Armen ab. Er sah den Kerl an. »Aber warum ist sie denn im Krankenhaus?«

»Wissen Sie das denn nicht?«

Kamp schüttelte den Kopf.

»Aber sie ist doch bei Ihnen gewesen.« Er ließ sich langsam an seinem Schreibtisch nieder, wandte den Stuhl Kamp zu. »Sie wollte sich doch von Ihnen verabschieden.«

»Sie war bei mir, ja, vor zwei Wochen. Knapp zwei Wochen. Aber davon hat sie nichts gesagt. Vom Krankenhaus, meine ich.«

»Sie war bei Ihnen an dem Tag, bevor sie ins Krankenhaus mußte. Sie wollte unbedingt noch zu Ihnen.«

Kamp schluckte. Sein Mund war wie ausgedörrt. »Vom Krankenhaus hat sie kein Wort gesagt.«

Der Kerl nickte. Er senkte den Kopf ein wenig, schloß die Augen, drückte Zeigefinger und Daumen in die Augenwinkel. Er ließ die Hand sinken, öffnete die Augen wieder, sah Kamp an. »Wollen Sie einen Kaffee?«

»Ja, danke. Gern, wenn es keine Umstände macht.«

Er verließ das Zimmer, ließ die Tür offen. Kamp hörte ihn mit einem Löffel klappern. Er stand auf und trat an die Tür: »Herr Marx?«

»Ja?«

»Wenn Sie etwas Milch hätten... Halb und halb vielleicht?«

»Ja, mach ich.«

Er kam mit einem großen Kaffeebecher zurück, stellte ihn neben Kamp. »Kein Zucker?«

»Nein, danke.«

»Sie können übrigens Stefan sagen.« Er setzte sich an seinen Schreibtisch.

»Ja.« Kamp trank einen Schluck, noch einen, er trank den

Becher halbleer. Dann stellte er ihn ab, sah den Jungen an.

»Aber was fehlt ihr denn?«

Der Junge stieß die Luft durch die Nase, schwieg eine Weile. Dann sagte er: »Lymphogranulomatose.«

Kamp schüttelte verständnislos den Kopf: »Was ist das denn? Das hab ich noch nie gehört.«

»Ich auch nicht. Vorher.« Er sah Kamp an. »Das ist eine sehr seltene Krankheit. Aber eine sehr schlimme. Und wenn sie nicht rechtzeitig behandelt wird...« Plötzlich stand er auf, trat ans Fenster. Er wandte Kamp den Rücken zu. Er zog sein Taschentuch und schneuzte sich.

Kamp sagte: »Aber... Aber jetzt ist sie doch in Behandlung. Ich meine, die werden ihr doch helfen können.«

Der Junge schüttelte den Kopf. Nach einer sehr langen Zeit wandte er sich um zu Kamp, der starr in seinem Sessel saß. Er sagte: »Vielleicht kommt sie durch. Aber ich glaub das nicht.« Er sah auf das Taschentuch, das er noch immer in der Hand hielt. »Sie wird sterben.«

Kamp schluckte. »Haben Ihnen das die Ärzte gesagt?«

Der Junge stieß die Luft durch die Nase. »Die reden doch drumherum.« Er setzte sich an seinen Schreibtisch, stützte den Ellbogen auf. »Aber ich hab einen Freund, der Medizin studiert. So, wie das aussieht...« Er schüttelte den Kopf. Sein Gesicht verzerrte sich. »Keine Hoffnung.« Er legte die Hand über die Wangen.

Kamp sagte: »Aber das ist doch... das ist doch unmöglich.«

»Warum ist das unmöglich?«

Kamp starrte vor sich hin. Nach einer Weile griff er nach dem Kaffeebecher. Er trank ihn leer, stellte ihn ab.

»Wollen Sie noch einen Kaffee?«

»Nein, danke.« Kamp stand auf. »Ich möchte dann... Wo liegt sie denn?«

»In der Universitätsklinik. Haus zwei, Station sieben B.«

Kamp nickte. »Also dann... Vielen Dank.«

Der Junge gab ihm die Hand. »Ich möchte mich noch bei Ihnen entschuldigen. Es tut mir leid.«

Kamp schüttelte den Kopf. »Das spielt doch keine Rolle mehr. Ich hab doch...« Er schüttelte den Kopf und ging.

Als er die breite Glastür aufschob, die Blumen vorsichtig zur Seite haltend, kam eine Krankenschwester über den Flur. Sie blieb stehen und sah ihm entgegen. Kamp ging mit kurzen, fast trippelnden Schritten auf sie zu. Er blieb vor ihr stehen, nickte und versuchte zu lächeln. »Guten Tag, Schwester, mein Name ist Kamp. Ich möchte eine Patientin von Ihnen besuchen. Sie heißt Claudia.«

»Claudia wie?« Sie zog die Augenbrauen zusammen.

»Ich weiß ihren Familiennamen nicht.« Kamp lächelte. »Das ist dumm, ich hab jetzt vergessen, mich zu erkundigen.« Er hob die freie Hand, deutete vage Claudias Körpergröße an. »Sie ist noch jung, Studentin, einundzwanzig...«

Die Krankenschwester fiel ihm ins Wort. »Dann gehen Sie erst mal und erkundigen Sie sich nach dem Familiennamen. Außerdem ist jetzt keine Besuchszeit.« Sie hob die Hand und wedelte in Richtung der Glastür. »Da müssen Sie später noch mal wiederkommen.«

Kamp sagte: »Wann ist denn Besuchszeit?«

Sie sah ihn an, rückte die Haube auf den blonden Haaren zurecht. »Um zwei.«

Kamp rief aus einer der Telefonzellen in der Halle den Jungen an und ließ sich Claudias Familiennamen sagen. Der Junge schien nicht überrascht, daß er ihn nicht wußte.

Vor der Klinik gingen ein paar Leute langsam auf und ab. Zwei Taxis warteten am Halteplatz. Die Wiesen waren schon saftig grün. Kamp ging zu einer der Bänke, die in der Sonne standen. Er setzte sich, wollte die Blumen neben sich ablegen. Er zögerte, stand wieder auf und setzte sich auf eine Bank im Schatten.

Als er um zwei die Klinke der Glastür behutsam hinunterdrückte, fürchtete er, wieder dieser Krankenschwester zu begegnen. Aber nur ein alter Mann bewegte sich langsam und hüstelnd über den Flur, die Hand an der Wand, blaurot gestreifter Bademantel über den Pantoffeln.

Kamp sah ins Stationszimmer hinein. Eine andere Schwester, noch sehr jung, stand an einem Wandschrank und räumte Tablettenschachteln ein. Sie sagte Kamp die Zimmernummer.

Er klopfte an. Es kam keine Antwort. Er klopfte noch einmal, lauschte, öffnete dann behutsam die Tür. Zwei Betten, im vorderen lag eine ältere Frau auf dem Rücken, die Augen geschlossen, rosa Bettjacke, die Brust hob und senkte sich ruhig. Kamp ging auf Zehenspitzen ein paar Schritte weiter. Im Bett am Fenster erkannte er ihre Haare. Sie lag auf der Seite, den Rücken ihm zugewandt.

Kamp trat an das Bett, die Blumen abwärts haltend. Sie drehte sich langsam herum, sah ihn an. Er sah die Schwellungen an ihrem Hals. Er lächelte. »Na, du?«

Sie zog das Federbett hoch bis unters Kinn, hielt es mit beiden Händen fest. Plötzlich begann sie zu lächeln. Sie streckte eine Hand nach ihm aus. Er legte die Blumen ab, trat an die Seite des Betts und nahm die Hand.

Sie flüsterte: »Wie kommst du denn hierher?«

»Ich war bei Stefan.«

Sie nickte. Nach einer Weile flüsterte sie: »Das hättest du nicht tun sollen.«

Er lächelte. »Ich hatte aber Sehnsucht nach dir.«

Sie schüttelte den Kopf. »Da ist nicht mehr viel, wonach du Sehnsucht haben kannst.«

»Was soll das denn heißen?« Er streichelte ihre Hand. Er glaubte zu fühlen, daß sie abgemagert war, die Finger, das Handgelenk, das aus dem Nachthemd hervorsah, dünn und zerbrechlich. Ihre Wangen waren rund, aber sie schienen ihm ein wenig fleckig, eine unregelmäßige Röte.

Sie flüsterte: »Wie geht es dir?«

»Gut. Aber du mußt jetzt nicht so viel sprechen. Ich wollte nur ein bißchen bei dir sitzen.«

Sie nickte.

Er zog den Stuhl heran, ohne ihre Hand loszulassen, setzte sich. Sie löste ihre Hand, streichelte mit den Fingerspitzen seinen Handrücken, umschloß dann seine Hand mit ihren Fingern. Sie schloß die Augen. Kamp betrachtete die langen Wimpern, die kleine Nase, die Lippen.

Sie öffnete die Augen, lächelte ihn an. Sie flüsterte: »Ich bin froh, daß du gekommen bist.«

Kamp nickte.

»Aber wenn's mir schlechter geht, darfst du nicht mehr kommen.«

»Warum denn nicht? Das geht doch vorüber.«

Sie schüttelte den Kopf. Plötzlich zog sie die Nase kraus, lächelte: »Das ist kein schöner Anblick.«

Kamp sagte: »Du bist für mich der allerschönste Anblick von der ganzen Welt.«

Sie zog seine Hand an die Lippen, küßte sie, bettete sie wieder. Sie schloß die Augen. Ihm schien, als falle sie in einen leichten Schlummer. Er blieb regungslos sitzen. Eine lange Zeit verging.

Als sie die Augen wieder öffnete, sagte Kamp: »Ich werd jetzt gehen. Das wird sonst zu anstrengend für dich. Ich komme wieder. Wenn du magst.«

Sie zog die Nase kraus: »Ich mag das sehr.«

»Wünschst du dir irgendwas? Ich werd es dir mitbringen.«

Sie schüttelte den Kopf. »Du brauchst nur so zu kommen, wie du bist.«

Kamp streichelte ihre Hand. Er stand auf, sah sich um nach den Blumen, hob sie hoch. »Hast du eine Vase?«

»Das können die Schwestern machen. Vielen Dank. Sie sind wunderschön. Aber das darfst du nicht noch mal tun. Die sind viel zu teuer.«

Kamp legte die Blumen ab. Er trat an das Bett heran, beugte sich über sie und küßte sie auf die Wange. Sie lag ganz starr, streichelte nur mit der Hand über seine Schulter.

»Mach's gut, Claudia. Wenn du magst, komm ich morgen wieder.«

Sie nickte.

Er sagte: »Mach's gut. Ruh dich ein bißchen aus.« Von der Tür winkte er ihr noch einmal. Sie lächelte, winkte zurück.

Er ging zur offenstehenden Tür des Stationszimmers. Die Krankenschwester, die ihn am Morgen zurückgeschickt hatte, sah von ihrem Schreibtisch auf. »Ja?«

»Ich möchte gern den Arzt sprechen.«

»Warum?«

Kamp sagte: »Das möchte ich mit dem Arzt besprechen.«

Sie rückte die Haube zurecht. »Sie waren das doch heute morgen, der den Familiennamen nicht wußte?«

»Ja, das war ich.«

»Dann sind Sie doch kein Verwandter von ihr, oder?«

»Nein, das bin ich nicht. Aber ich bin ein sehr guter Freund.«

Sie lächelte. »Wissen Sie, da könnte ja wirklich jeder kommen.«

Kamp starrte sie an.

Sie sagte: »Wenn Sie kein Verwandter sind, wird der Arzt Ihnen sowieso keine Auskunft geben.«

Kamp öffnete den Mund.

Sie sagte: »Sie können ganz beruhigt sein, sie ist hier in den besten Händen.« Sie wandte sich wieder ihren Papieren zu. Dann sah sie noch einmal auf. »Sie können sie natürlich jederzeit besuchen, während der Besuchszeit.«

Kamp wandte sich ab und ging. Als er schon an der Glastür war, hielt er ein. Er überlegte eine Weile, mit gesenktem Kopf. Dann ging er zurück zu der Tür ihres Zimmers, atmete noch einmal durch, klopfte an. Eine dunkle Stimme sagte:

»Herein.«

Die Nachbarin schlief nicht mehr. Kamp sagte »Guten Tag«, nickte und ging auf Zehenspitzen zu dem Bett am Fenster. Sie hatte das Federbett schon wieder mit beiden Händen hochgezogen, sah ihn mit großen Augen an. Dann lächelte sie, flüsterte: »Was ist denn? Hast du schon wieder Sehnsucht bekommen?«

»Ja, das auch.« Er beugte sich über sie, flüsterte: »Ich wollte dir nur noch sagen, wenn irgend jemand hier dich schlecht behandelt, dann mußt du es mir sagen. Ich werd schon dafür sorgen, daß sie sich anständig benehmen.«

Sie nickte. »Du brauchst dir aber keine Sorgen zu machen. Die sind alle sehr nett hier.« Sie lächelte ihn an, setzte einen Schmatz in die Luft.

Kamp sah auf die dünnen Finger, die das Federbett festhielten. Dann sah er ihr in die Augen. Er beugte den Kopf auf ihr Gesicht, streichelte ihre Wange, küßte sie auf die Augen, die Wangen, den Mund. Sie lag ganz starr. Er flüsterte ihr ins Ohr: »Du brauchst dich gar nicht so steif zu machen. Ich wollte dir nämlich auch noch sagen, daß ich dich sehr gern anfasse. Das kannst du mir glauben. Ich hab dich nämlich sehr lieb.«

Sie schlang einen Arm um seinen Nacken und preßte ihn an sich.

15

Ein Tag im Spätsommer, wie Kamp ihn schon hunderte Male erlebt hat. Als er am frühen Morgen die Zeitung aus dem Briefkasten holt, tritt er vor die Tür. Ein Hauch von Herbst hängt in der frischen Luft. Noch stehen die Bäume, die Sträucher voll Saft. Aber den süßen Geruch haben sie verloren. Kamp glaubt, schon eine Spur des bitteren Aromas riechen zu können, das sie verströmen werden, wenn die Blätter gilben. Auch der Tauschleier auf dem Gras des Spielplatzes scheint ihm anders auszusehen als noch vor zwei, drei Wochen.

Kamp spaziert, die Zeitung unter dem Arm, zum Spielplatz. Er betrachtet das Gras eine Weile, dann bückt er sich, fährt mit den Fingern über die grünen Spitzen. Ein paar Tautropfen bleiben hängen an seinen Fingern, er hält sie unter die Augen. Es wird nicht mehr lange dauern, dann werden es Nebeltröpfchen sein, die sich am frühen Morgen auf dem Gras niederschlagen. Kamp nimmt sich vor, an einem dieser Morgen schon sehr früh hinauszugehen, noch vor der Dämmerung, und zu erleben, wie der Nebel sich herniedersenkt.

Er spaziert zurück zum Haus. Den Kaffee hat er schon gekocht, er wird ihn riechen, wenn er die Wohnungstür öffnet. Ein Mann, der anscheinend schon zur Arbeit muß, kommt ihm entgegen, Kamp kennt ihn nicht, aber er grüßt ihn. Er steigt die sieben Stufen vor dem Haus empor, bleibt noch eine Weile vor der Tür stehen. Er zieht die frische Luft in seine Lungen ein, sie tut ihm gut.

Zum Frühstück liest er die erste Seite der Zeitung, danach setzt er sich mit der Zeitung an den Schreibtisch. Gegen neun hat er sie ausgelesen. Er sieht auf die Uhr, überlegt eine Weile. Er wollte einkaufen gehen. Aber das kann er auch später noch erledigen, am späten Vormittag, oder am Nachmittag. Es verlangt ihn, jetzt schon zum Krankenhaus zu fahren, die Freiheit zu nutzen, die sie ihm einräumen. Seit sie auf der Intensivstation liegt, schreiben sie ihm die Besuchszeiten nicht mehr vor, er darf nur nicht allzu oft kommen. Seit zwei Wochen lassen sie ihn ohnehin nicht mehr an ihr Bett. Er muß draußen stehenbleiben, auf dem schmalen Flur, durch dessen Glasscheiben er ihr Bett sehen kann, ihr Gesicht, solange der Vorhang nicht zugezogen wird.

In der Straßenbahn überlegt Kamp wieder, was in ihrem Kopf vorgehen mag. Sie hat die Augen schon lange nicht mehr geöffnet, aber ihr Gesicht bewegt sich hin und wieder. Manchmal ist es nur ein Zucken, die langen Wimpern flattern ein wenig. Aber manchmal lächelt sie auch, Kamp hat es ganz deutlich gesehen. Stefan hat es ihm bestätigt, er hat neben ihm gestanden an einem Abend. Zuerst haben sie beide geglaubt, es sei nur der Widerschein der Signallichter, die auf den Apparaten neben ihrem Bett sich unablässig bewegen. Ihre Zelle war abgedunkelt, ihr Gesicht nur undeutlich zu erkennen. Aber dann haben sie es beide gesehen, es war kein Zweifel möglich. Sie hat gelächelt. Und Kamp hat es ein andermal im Tageslicht ganz deutlich gesehen. Sie hat still gelächelt, es sah so aus, als würde sie im nächsten Augenblick die Augen aufschlagen und ihn ansehen.

Kamp kann sich nicht vorstellen, daß sie in solchen Augenblicken leidet. In anderen ja, manchmal verzerrt sich ihr Gesicht sekundenlang, oder sie zieht plötzlich die Augenbrauen zusammen, preßt die Lippen aufeinander oder bewegt sie, unruhig, rastlos. Aber wenn sie lächelt, dann muß doch irgend etwas in ihr vorgehen, das ihr Freude macht? Vielleicht ist ihr einer ihrer Scherze durch den Kopf gegangen? Oder sie glaubt, daß jemand sie streichle.

Kamp klingelt an der Tür der Intensivstation. Sie hat keine Klinke, nur einen Knopf. Um sie von außen zu öffnen, braucht man einen Schlüssel, wie ihn nur die Ärzte und die Schwestern haben. Kamp betrachtet seine Schuhe. Er weiß, daß es manchmal lange dauern kann. Er ist geduldig. Die Patienten gehen vor. Es sind ja nur schwere Fälle, die sie hier haben, und oft stirbt auch einer, ein Bett steht plötzlich leer.

Die Tür wird geöffnet. Es ist Schwester Birgit, Kamp kennt ihren Namen. Er sagt: »Guten Morgen, Schwester Birgit.«

Sie sagt: »Ach, Herr Kamp.« Sie zögert einen Augenblick, dann sagt sie: »Kommen Sie doch rein. Dr. Zohaili wollte mit Ihnen sprechen. Ich sage ihm Bescheid.« Sie läßt Kamp eintreten. »Es kann allerdings einen Augenblick dauern. Setzen Sie sich doch so lange.«

Kamp setzt sich auf die Bank in dem engen Flur. Zwei Meter weiter liegt die verglaste Tür, durch die man auf den anderen Flur kommt, den Querflur, dessen Innenfenster den Blick in die Zellen erlauben, solange die Vorhänge nicht zugezogen sind. Durch die verglaste Tür und durch das Außenfenster des Querflurs kann Kamp den blauen Himmel sehen, das Glas trübt die Farbe ein wenig, aber Kamp weiß, daß der Himmel ein strahlendes Blau angenommen hat, das zarte Grün des frühen Morgens ist längst vergangen. Kamp legt die Hand an den Schrank, der neben der Bank steht. Darin werden die sterilen Handschuhe verwahrt und die weißen Kittel, er mußte das immer anziehen, bevor sie ihn an ihr Bett ließen. Aber das braucht er nicht mehr. Man muß das nicht anziehen, wenn man nur vom Flur in die Zelle blicken will.

Kamp bewegt die Lippen. Er sagt, es ist kaum hörbar: »Ich hab eine gute Nachricht, Herr Kamp. Es geht ihr besser. Ziehen Sie sich Kittel und Handschuhe an. Sie können jetzt kurz zu ihr.« Kamp wiederholt das, er flüstert es ein drittes Mal. Dann schüttelt er den Kopf. Er legt die Hände auf die Knie, starrt vor sich hin. Er läßt den Kopf langsam sinken. Nach einer Weile flüstert er: »Ich hab eine schlechte Nachricht, Herr Kamp.« Er nickt.

Plötzlich steht er auf. Er geht zu der verglasten Tür, bleibt davor stehen. Er atmet tief ein. Dann öffnet er die Tür und geht auf den Querflur. Er geht den Querflur entlang, bis zu dem Innenfenster, durch das man in ihre Zelle sehen kann. Er tritt näher heran, um sicher zu gehen.

Die Zelle ist leer. Sie haben das Bett hinausgefahren. Nur die Apparate stehen noch da, die Schläuche hängen auf den Boden. Die Lichter der Apparate brennen nicht mehr.

Er nimmt in dem Raum, in dem die Schreibtische stehen, eine Bewegung wahr. Die Schwestern haben ihn gesehen. Eine verschwindet in einem Hinterzimmer, sie kommt mit dem Arzt zurück. Der Arzt tritt zu Kamp auf den Flur hinaus, schließt die Glastür hinter sich. »Herr Kamp, tut mir leid, ich mußte Sie warten lassen.«

Der Arzt ist noch jung, Ende dreißig vielleicht. Er hat schwarze, lockige Haare, weiße Zähne. Sein Gesicht ist bräunlich, ein Farbton, der ins Dunkle hineingeht. Kamp kennt den Arzt, er hat schon mit ihm gesprochen. Der Arzt spricht gut Deutsch. Man hört kaum, daß er ein Ausländer ist.

Der Arzt sagt: »Ja, Herr Kamp.« Er faßt Kamp leicht am Arm. »Sie hat ausgestanden. Tut mir sehr leid. Aber wir konnten nichts mehr tun.«

»Ja.« Kamp blickt eine Weile durchs Fenster. Dann sieht er den Arzt an. »Hat sie...«

Der Arzt sieht ihn fragend an. Kamp schluckt, aber er kann den Satz nicht vollenden. Der Arzt sagt: »Sie wollen wissen, ob sie gelitten hat?«

Kamp nickt.

»Nein. Bestimmt nicht, Herr Kamp. Sie können ganz beruhigt sein. Ist ganz still gestorben.« Er lächelt, legt Kamp die Hand auf die Schulter. »Sie war ein tapferes Mädchen.«

»Ja. Und wann?«

»Heute morgen. Kurz nach sechs Uhr.«

Kamp nickt. Der Arzt faßt wieder seinen Arm. »Ich weiß nicht, ob Sie noch einmal sehen wollen? Im Augenblick geht nicht, aber...«

»Nein.« Kamp sieht den Arzt an. »Nein. Das ändert ja nichts.«

Als er über den breiten Flur zur Halle geht, Patienten gehen an ihm vorüber, Schwestern, da schluchzt er einmal heftig auf. Seine Augen bleiben trocken, aber dieses Schluchzen hat er nicht unterdrücken können, er hat es gar nicht kommen gespürt. Eine Sekunde lang hat ihn die Sehnsucht überwältigt, der Schmerz darüber, daß er sie nun nie mehr in seine Arme nehmen kann.

Das Schluchzen kommt noch einmal wieder, als er sich vor

dem Krankenhaus auf eine Bank gesetzt hat. Er hat eine Sekunde lang geglaubt, sie auf dem jenseitigen Rand des Rasens zwischen den Bäumen herauskommen zu sehen, in ihren flachen Schuhen, und in diesem Regenmantel, er hängt ihr weit über die Schultern, weht ihr um die Beine. Sie kommt aus dem Schatten heraus in die Sonne, mit eiligen, ein bißchen geschäftigen Schritten. Kamp ballt die Fäuste, preßt die Finger so fest zusammen, daß sie sich in den Rillen der Haut weiß färben.

Das Bild löst sich auf. Kamp entspannt sich allmählich. Er versucht, sich dieses Lächeln in Erinnerung zu rufen, das Lächeln noch im Sterben, er hat es doch ganz deutlich gesehen. Sie lag da mit geschlossenen Augen, hoch in den Kissen, die Brust bewegte sich angestrengt in den kleinen, schnellen Atemzügen, aber sie lächelte, daran kann gar kein Zweifel sein.

Der Tod kann ihr doch nichts angetan haben? Er kann ihr doch nicht weh getan haben? Hätte sie sonst im Sterben lächeln können? Der Tod ist wie ein tiefer, sehr tiefer Schlaf, nicht wahr? Keine Schmerzen mehr, keine Unrast mehr. Der Tod hat sie in sich aufgenommen, und in ihm ruht sie jetzt. Sie fehlt den Lebenden, und es tut schrecklich weh, daß es sie nun nicht mehr gibt. Aber sie vermißt keinen von den Lebenden. Sie ruht. Sie schläft, sehr tief.

Kamp bleibt noch eine Weile sitzen. Er sieht vor sich hin, atmet ruhig. Schließlich steht er auf. Er bewegt im Stehen die Beine ein wenig, sie sind lahm geworden. Dann geht er zurück in die Halle. Er muß Stefan anrufen.

Hans Werner Kettenbach
im Diogenes Verlag

Minnie
oder Ein Fall von Geringfügigkeit
Roman

Es sollte eine Urlaubsreise werden. Die Geschäfte in Nashville waren abgeschlossen, nun wollte Wolfgang Lauterbach ausspannen, eine Woche lang durch den Süden der USA bummeln. Aber in dem Motel am Highway gerät er in eine rätselhafte Geschichte. Leute, die er nie zuvor gesehen hat, trachten ihm nach dem Leben, sie verfolgen ihn durch Tennessee und Georgia.

»Ein Thriller, den man nach der Lektüre nicht so leicht vergessen wird und der sich getrost mit den besten Romanen der Schweden Sjöwall/Wahlhöö, des Engländers Jack Beeching oder des rebellischen Südafrikaners Wessel Eberson vergleichen läßt.« *Plärrer, Nürnberg*

»Ein Glücksfall – Hans Werner Kettenbach auf der Höhe seiner Kunst.« *Die Zeit, Hamburg*

Hinter dem Horizont
Eine New Yorker Liebesgeschichte

In Manhattan begegnen sich die Amerikanerin Nancy Ferencz und der Deutsche Frank Wagner. Nancy fühlt sich angezogen und zugleich irritiert von diesem Europäer, der sich für New York begeistert und den Atlantik überquert hat wie einst Millionen von Einwanderern: in der Hoffnung, den Horizont der alten Welt hinter sich zu lassen und endlich das Zentrum des Lebens zu finden.

»Natürlich gibt es heute wie früher Journalisten, die sich aufs Erzählen verstehen: H.W. Kettenbach beispielsweise mit seinem Liebesroman *Hinter dem Horizont*.« *Süddeutsche Zeitung, München*

Sterbetage
Roman

»Es gilt eine Geschichte von hoher erzählerischer Qualität vorzustellen: Kettenbach entfaltet in behutsamer Weise das Ereignis einer ›unmöglichen Liebe‹ zwischen einer jungen Frau und einem alternden Mann. Alles in dieser Geschichte ist unauffällig, passiert ohne große Worte. Kettenbach erzählt in einer eigenartigen Mischung von Sprödigkeit und Zartheit, von Humor und Melancholie, aber immer auf erregende Art glaubwürdig. In diesem Buch, das sich so wenig ambitiös gebärdet, steckt viel: Es ist ein Buch über die Trauer des Alterns, ein Buch über das Sterben, aber in erster Linie doch wohl ein Buch über das Lieben in einer Zeit, die das große Gefühl verbietet, auch wenn sie von Toleranz und Freiheit spricht. Und daß Liebe Fesseln sprengt, lehrt diese Begebenheit einer ›unmöglichen Beziehung.‹« *Neue Zürcher Zeitung*

Schmatz
oder Die Sackgasse
Roman

Uli Wehmeier, Texter in einer Werbeagentur, gerät – scheinbar unaufhaltsam – in eine bedrohliche Lage, seine Existenz ist in Frage gestellt. Zu der Krise in seiner Ehe kommen Probleme bei der Arbeit: durch die Schikanen des neuen Creative Directors Nowakowski fühlt er sich immer stärker eingeengt und abgewürgt. Wehmeier, dessen Phantasie sich in der Werbung sowohl für Hundefutter wie für den Spitzenkandidaten einer politischen Partei bewährt, reagiert auf seine Art, er spielt mit dem Gedanken an einen Mord.

»Schon lange hat niemand mehr – zumindest in der deutschen Literatur – so erbarmungslos und so unterhaltsam zugleich den Zustand unserer Welt beschrieben. *Schmatz* – ein literarisches Ereignis.«
Die Zeit, Hamburg

Der Pascha
Roman

»Obwohl der Autor auch dieses Buch mit einer tatsächlich fast unerträglichen Spannung ausgestattet hat, ist es weit mehr geworden als ein geschickt gebauter Psycho-Thriller. Mir scheint der Vergleich mit Strindberg nicht aus der Luft gegriffen. Wie Martin Marquardt, unter Zuhilfenahme aller Beweise, kalte Logik über menschliche Regungen obsiegen läßt, das ist nicht nur ungemein faszinierend und trotz aller abstoßenden Überspitzung glaubhaft – es ist ja auch, weit über den Gegenstand des Romans hinaus, erhellend für unsere immer mehr dem technischen Zweckdenken verfallende Epoche.«
Stuttgarter Zeitung

»…sehr exakt, richtig bis ins letzte Detail.«
Neue Zürcher Zeitung

Der Feigenblattpflücker
Roman

Faber ist freier Feuilletonjournalist. Nebenbei arbeitet er als Lektor für einen kleinen Verlag. Eines Tages gerät ihm ein Manuskript in die Hände, das nach einem Schlüsselroman aussieht: Da packt einer aus, ein Insider der politischen Szene, und berichtet Skandalöses über allerhöchste Regierungskreise. Faber beginnt zu recherchieren, erst unauffällig, dann immer dreister, je sicherer er sich seiner Sache fühlt.

»Ein beweglicher ›Weiterschreiber‹ nicht nur der Nachkriegsgeschichte, sondern der Geschichte der Bundesrepublik ist Hans Werner Kettenbach. Seine sieben bis acht Romane aus dem bundesrepublikanischen Tiergarten sind viel unterhaltsamer und spitzer als alle Weiterschreibungen Bölls.«
Kommune, Frankfurt

»*Der Feigenblattpflücker* ist eine Abrechnung mit der Parteipolitik und dem Politjournalismus: eine treffsichere Arbeitsplatzbeschreibung des Journalisten und Schriftstellers Kettenbach.«
Spiegel Spezial, Hamburg

»Ein Buch, das die ethischen Dimensionen des Aufklärungsjournalismus thematisiert. Und ein Roman, der alle Qualitäten hat, eine erfolgreiche Bett- und Ferienlektüre zu werden: temporeich geschrieben, spannend, anregend für den Geist.« *Neue Zürcher Zeitung*

Davids Rache
Roman

Die Studienreise durch das schöne Georgien hat er längst abgehakt. Auch die Gastfreundschaft von David Ninoschwili und dessen attraktiver Lebensgefährtin Matassi. Er, das ist der engagierte Oberstudienrat Christian Kestner, glücklich verheiratet mit einer erfolgreichen Anwältin, weniger glücklicher Vater eines Sohnes, der neuerdings Kontakte zu rechtsradikalen Kreisen pflegt.
Sieben Jahre später holt Kestner die Vergangenheit wieder ein: In Georgien herrscht mittlerweile Bürgerkrieg, Ninoschwili kündigt seine Ankunft im Westen an. Wo wird er wohnen? Nach den Regeln georgischer Gastfreundschaft bei dem, den er damals bewirtet hat: bei Kestner. Die Familie reagiert mit offener Ablehnung. Nur für zwei, drei Wochen, versichert Kestner – und hat sich gründlich getäuscht.

»*Davids Rache* ist eine große Parabel auf deutsche Ängste und Vorurteile in den 90er Jahren.«
Karin Weber-Duve/Die Woche, Hamburg

»*Davids Rache* ist so subtil geschrieben wie kaum ein anderer deutscher Roman, der sich als Thriller bezeichnen läßt.« *Jochen Schmidt/Radio Bremen*

*Erich Hackl
im Diogenes Verlag*

Auroras Anlaß
Erzählung

Eines Tages sah sich Aurora Rodríguez veranlaßt, ihre Tochter zu töten. So beginnt die außergewöhnliche Geschichte der Spanierin Aurora Rodríguez, die auf der Suche nach Selbstverwirklichung an die Schranken gesellschaftlicher Konventionen stößt und ihre Träume von einer besseren Welt von einer anderen, fähigeren Person realisiert sehen möchte: einer Frau, ihrer Tochter Hildegart.

»Bewundernswert ist die artistische Sicherheit, mit der Erich Hackl zu Werke geht, ist die Präzision, mit der dieser Schriftsteller Auroras Abenteuer protokolliert auf eine Weise, die uns, wenn der Aberwitz mit solcher Beiläufigkeit zur Sprache findet, nachhaltig in die größte Spannung versetzt. So daß wir fast nicht glauben mögen, daß sie sich tatsächlich zugetragen hat, diese Geschichte.«
Frankfurter Allgemeine Zeitung

»Kleistisch erzählt.«   *Die Weltwoche, Zürich*

»Ein großartiges Debut.«   *Le Monde, Paris*

Ausgezeichnet mit dem Aspekte-Literaturpreis 1987

Abschied von Sidonie
Erzählung

Erich Hackl ist einem unerhörten, jahrzehntelang verschwiegenen Fall nachgegangen; in einer knappen, präzisen Sprache erzählt er das bewegende Schicksal des Zigeunermädchens Sidonie Adlersburg, ihr kurzes Glück bei den Pflegeeltern und deren verzweifelte Bemühungen, das Kind vor dem ihm zugedachten Ende zu bewahren.

Abschied von Sidonie ist nicht nur eine Chronik der Gewalt, von ›Trägheit des Herzens‹ und Bestialität des Anstands, sondern auch eine Liebeserklärung an Menschen, die in großen wie in kleinen Zeiten Mitgefühl und Selbstachtung vor falsch verstandene Pflichterfüllung gestellt haben.

»Die Fähigkeit Hackls, aus den zur Meldung geschrumpften Fakten wieder die Wirklichkeit der Ereignisse zu entwickeln, die Präzision und zurückgehaltene Kraft der Sprache lassen an Kleist denken. Aber von Abhängigkeit, von Nachahmung gar kann die Rede nicht sein. Hier hat ein junger Autor den Mut, sich in gutgebauten Sätzen zu äußern, sich nicht quasi-experimentell zu geben, nicht um jeden Preis neu zu sein. Schon das ist eine Neuheit.«
Kyra Stromberg/Süddeutsche Zeitung, München

König Wamba
Ein Märchen. Mit Zeichnungen von Paul Flora

»Das Märchen von Macht, Usurpation, Sanftmut und List erzählt Hackl lakonisch, klar, ohne auf poetischen Stelzen zu schreiten. Er bringt seine Geschichte so rein, deutlich und sicher ins Wort, wie unverfälschte Märchenerzähler das können. Simplizität als Merkmal von Wahrheit – und Genie. Allerhöchstes Lesevergnügen!«   *Ute Blaich/Die Zeit, Hamburg*

Sara und Simón
Eine endlose Geschichte

Die Geschichte einer jungen Frau namens Sara Méndez, die 1973 aus Uruguay flieht und in Argentinien den Kampf gegen das Regime fortsetzt. Ihren Sohn Simón muß sie zurücklassen – einen von Tausenden ›Verschwundenen‹.

»Eine der wichtigsten literarischen Innovationen dieses Jahrhunderts. Genau und mit beachtlicher Kenntnis der Verhältnisse beschreibt Hackl die Intrigen der Macht, die Untaten der Folterer und Mörder, die Winkelzüge politischer Repression.«
Süddeutsche Zeitung, München

»Drei Jahre hat Hackl für *Sara und Simón* vor Ort recherchiert, und das Ergebnis ist frei von Verkünderpathos. Ein schlichter, berührender Tatsachenbericht mit dem durch nichts zu übertreffenden Vorzug der Wahrheit.« *News, Wien*

»Hackl versteht es zu schreiben, daß der Leser atemlos bei der Sache bleibt.« *Salzburger Nachrichten*

In fester Umarmung
Geschichten und Berichte

Der Biographie unseres Jahrhunderts auf der Spur – so könnte man diese einfühlsamen Gedenkblätter, hellwachen Tagträume und spöttischen Sittenbilder nennen, in denen Erich Hackl von Aufruhr und Widerstand, Wut und Zärtlichkeit, Würde und Freundschaft erzählt.

Geschichten und Berichte, unter anderem über ein mitteleuropäisches Gelage und über die Winde, die dabei entschlüpfen; über Liebesbriefsteller und ihren zweifelhaften Nutzen; über einen Mörder und sein Gewissen; über Gedichte einer Frau, die immer alles gewußt hat, und über Gedichte einer Frau, die sich nie überschätzt hat; immer wieder über Menschen, denen der Autor zugetan ist – in fester Umarmung.

»Hackl erzählt zügig, in einer faszinierend klaren, transparenten Sprache. Knapper, präziser und schöner lassen sich individuelles Leid und gesellschaftliche Not, Mensch und Welt, nicht in Sätzen vereinen.«
Thomas Rothschild/Freitag, Berlin

Thomas Strittmatter
im Diogenes Verlag

Raabe Baikal
Roman

»Mit irvingscher Fabulierkunst erzählt Strittmatter die grotesken und dennoch in einer durchaus realen Welt angesiedelten Erlebnisse des Raaben Baikal. Sei es im Internat mit weiteren schrägen Vögeln, in der Lehre beim wortkargen, wodkasaufenden Steinmetz oder auf seiner modernen Odyssee in die feindliche Stadt, Raabe hat immer wieder das unverschämte Glück, dem bösen Schicksal einen kleinen Schritt vorauszusein.« *Annabelle, Zürich*

»Strittmatter hat einen Roman geschrieben, in dem sich auf eigenwillige Weise realistisches Erzählen mit phantastischen und skurrilen Elementen verbindet.«
Der Spiegel, Hamburg

»Ein schreibender Jim Jarmusch.« *Basta, Wien*

»Ein fesselnder und kraftvoller Roman, in einer vitalen, bildreichen Sprache geschrieben. In seinen exzentrischen Beschreibungen zeigen sich eine große Fabulierkunst und Erzählkraft.« *Deutsche Welle, Köln*

»Ein zeitgenössischer, zeitüberschreitender Roman.«
Stuttgarter Zeitung

»Es ist ein eigenwilliges, schockierend-realistisches und zugleich phantastisches Prosastück, daß einem beinahe die Spucke wegbleibt.« *tz, München*

»Strittmatter besitzt eine geradezu berauschende Fähigkeit zum sinnlichen Erzählen.«
Kölnische Rundschau

»Extrem lesenswert.«
Harry Rowohlt/Die Zeit, Hamburg

Viehjud Levi
und andere Stücke

Strittmatters Stücke spielen auf Schwarzwaldgehöften, in Autobahnmotels und im Stau, in märchenhaften Königreichen, an Badeseen und im Polizeisportverein. Und immer sind Realität, Geschichtliches und Erfundenes so miteinander verschmolzen, daß über Ort und Zeit hinaus Erfundenes historisch wahrscheinlich, Geschichtliches aber poetisch verwandelt wird. Meist erzählt Strittmatter von kleinen Leuten an unbedeutenden Orten, doch es gelingt ihm, die großen Geschichten aus dem Banalen und Alltäglichen herauszulösen. Obwohl sein Blick auch auf die düsteren Flecken der Welt fällt, machen sein luzider Humor, sein grimmiger Witz und die Zuneigung zu seinen Figuren die Lektüre seiner Stücke zu einem erhellenden Vergnügen.

»Seit Brechts *Furcht und Elend des Dritten Reiches* hat kein Schriftsteller die bieder-menschliche Fratze einer Epoche derart knapp und konzentriert in wenigen Strichen auf die Bühne gebracht – *Viehjud Levi*, ein kleines Meisterwerk.« *Theater heute, Berlin*

»Mit seinen zeitgeschichtlich orientierten, politisch sensiblen Stücken bestätigt Thomas Strittmatter seinen Ruf, einer der interessantesten deutschen Nachwuchsdramatiker zu sein.« *Der Spiegel, Hamburg*

»Ein unerbittlicher Chronist der Provinz, ein alemannischer Erzähler mit kritischem Verstand, ein Heimatdichter ohne jeden nationalistischen Einschlag.«
Die Weltwoche, Zürich

»Der *Polenweiher* beschwört keine Nostalgie, keinen Patriotismus. Strittmatter überläßt beim Erzählen seiner Geschichten nichts dem Zufall, nicht das ›Wie‹ oder mit wessen Hilfe erzählt wird.«
Südkurier, Konstanz

Doris Dörrie
im Diogenes Verlag

»Doris Dörrie ist als Erzählerin Spezialistin in diffizilen Angelegenheiten der kleinen Rache und gezielten Ohrfeigen zum Zwecke der Unterstützung des eigenen Selbstwertgefühles. Sie ist eine sehr gute Kurzgeschichten-Schreiberin mit der erforderlichen Prise Selbstironie und mit stilistischer Eleganz.«
Annemarie Stoltenberg/Die Zeit, Hamburg

»Es ist vollkommen gleichgültig, ob Sie Doris Dörrie in der Badewanne, im Intercity-Großraumwagen, im Lehnstuhl oder in der Straßenbahn lesen, nur: Lesen Sie sie!« *Deutschlandfunk, Köln*

*Liebe, Schmerz und
das ganze verdammte Zeug*
Vier Geschichten

»Was wollen Sie von mir?«
und 15 andere Geschichten
Mit Fotos von Helge Weindler

Der Mann meiner Träume
Erzählung

Für immer und ewig
Eine Art Reigen

Love in Germany
Deutsche Paare im Gespräch mit Doris Dörrie
Unter Mitarbeit von Volker Wach. Mit 13 Fotos

Bin ich schön?
Erzählungen

Samsara
Erzählungen